LES SORCIERS DE LA DOMBES

Dans la même collection, Chemins Nocturnes

Du même auteur
Les Croix de paille
Implacables Vendanges
La Peste blonde

Fred Vargas
Ceux qui vont mourir te saluent
Debout les morts
(Prix Mystère de la Critique 1996 – Prix du Polar de la ville du Mans 1995)
L'Homme aux cercles bleus
(Prix du festival de Saint-Nazaire 1992)
Un peu plus loin sur la droite
Sans feu ni lieu
L'Homme à l'envers
(Grand Prix du roman noir de Cognac 2000 – Prix Mystère de la Critique 2000)

Fred Vargas / Baudoin
Les Quatre Fleuves
Prix ALPH-ART du meilleur scénario – Angoulême 2001

Dominique Sylvain
Baka !
Sœurs de sang
Travestis
Techno Bobo
Vox
(Prix Sang d'encre – Vienne 2000)
Strad

Colette Lovinger-Richard
Crimes et Faux-semblants
Crimes de sang à Marat-sur-Oise

Estelle Monbrun
Meurtre chez tante Léonie
Meurtre à Petite-Plaisance

Maud Tabachnik
Un été pourri
La Mort quelque part
Le Festin de l'araignée
L'Étoile du Temple
Fin de parcours
Gémeaux

Jean-Pierre Maurel
Malaver s'en mêle
Malaver à l'hôtel

Liliane Korb / Laurence Lefèvre
Sang dessus dessous

PHILIPPE BOUIN

LES SORCIERS DE LA DOMBES

VIVIANE HAMY

Conception graphique, Pierre Dusser

ISBN 2-87858-144-X
ISSN 1251-6961

Pour Jean-Louis, Isabelle,
leurs enfants. Affectueusement...

ROUGE

Par quel sortilège la nature donne-t-elle à cet endroit du monde l'impression que le temps n'existe pas ? À part le murmure du vent, le bruissement soyeux de l'envol d'un colvert, le saut d'un rotengle chassé par un brochet, pas un bruit ne trouble ce coin d'Éden.

Les bois, les champs, les étangs se confondent dans un décor de conte de fées. Voile magique, une dentelle de brume transfigure le paysage, l'imaginaire s'emporte ; on sort du siècle, on voyage entre terre et Walhalla. Tout peut y arriver. Là, d'un château caché entre les arbres, l'irruption d'un chevalier en armure ne saurait surprendre ; ici, d'un faisceau de joncs, l'apparition de Mélusine semblerait naturelle. Le fabuleux a élu domicile en ces terres, on s'y promène avec des yeux d'enfant.

La Dombes ensorceleuse, par un matin d'automne, étale son tapis d'eau sous un soleil timide. Elle fascine, elle envoûte. Pauvres hommes, leur verbe a ses limites, il ne peut atteindre les sommets poétiques que leur esprit entrevoit, l'encre de leur plume trace de pauvres mots, il n'existe pas de langage pour célébrer ses charmes…

– Putain ! Les rotoplots ! Elle en a une vache de paire !

– Et ce cul ! T'as vu son cul, Martin ?

Absorbé par ailleurs, le dénommé Martin regimbe :

– Tu m'emmerdes, Bouteiller, je mate sa founette à la rouquine…

Entre Bourg-en-Bresse et Trévoux, dans un endroit isolé de la Dombes, trois garnements se livrent avec passion aux joies de la découverte. Cachés dans des roseaux, nos Einstein en herbe consacrent leur dimanche à une leçon d'anatomie. Jusque-là, tout va bien, on les en félicite, les grenouilles ont formé des millions de petites têtes blondes aux joies des sciences naturelles ; hélas, la suite s'annonce moins studieuse, puisqu'en matière de batracien, il y a comme un lézard… Leur sujet d'observation n'a rien à voir avec l'une de ces pauvres bêtes destinées au sacrifice scolaire : il s'apparente plutôt à une superbe rousse de vingt-huit ans, totalement nue, offerte sans complexe à la lumière automnale.

Loin du village, isolée de tout, sa maison en pisé s'étale sur un niveau face à un étang immense. Elle ouvre les fenêtres en grand, s'assure que personne n'a touché à sa moto garée dans le jardin, s'étire longuement en regardant le ciel, puis s'assied à une fenêtre pour boire un café. Dès la dernière goutte avalée, elle pose le bol, franchit l'encadrement, fait quelques pas, apprécie l'endroit, s'arrête, s'étend dans l'herbe mouillée ; un chant, ou plutôt une incantation s'échappe de ses lèvres ; elle psalmodie les paroles en se roulant sur le sol avant de se redresser sur les genoux, paumes des mains ouvertes en offrande au soleil. Non loin de là, le trio captivé n'en perd pas une miette :

– Elle est bien foutue, la garce !… Comme dit mon oncle, il y a tout ce qu'il faut là où il faut mettre les mains.

– Moi, c'est ses nibards que j'aime, tout ronds, tout lisses, plus gros qu'un ballon de foot… Ceux de ma sœur, c'est des vrais œufs de mésange…

– Et sa tête, t'en fais quoi de sa tête ? T'as déjà vu une rousse aux yeux bleus ? Même à la télé ils en ont pas.

Sait-elle qu'on la regarde ? Si tel est le cas, elle s'en fiche, elle est chez elle, libre de se promener nue. D'ailleurs, pour venir ici, il faut le vouloir ; alors tant pis pour les voyeurs que le spectacle de son corps excite ou scandalise, ils connaissent le prix à payer pour se rincer la rétine. Surtout quand elle chante ses drôles de comptines. Pour les croyants mâles, d'aucuns prétendent que le châtiment consiste à se voir frappé d'un priapisme de bouc, d'une éternelle rigidité à devenir franc fou ; pour les femelles, qu'il les condamne à baigner dans leurs lunes jusqu'à la fin de leurs tristes jours. Les incrédules, eux, se moquent de ces superstitions, mais ils ne s'y frottent pas pour autant. On ne sait jamais…

– Attention, les gars, elle zyeute vers nous.

Tétanisés, les trois Schtroumpfs n'osent plus bouger, plus respirer.

Elle se redresse, s'avance lentement jusqu'à leur cachette, s'immobilise, fixe de ses yeux lavande l'endroit où les petits salopiauds se terrent, écarte les doigts en éventail, les lance devant elle comme pour repousser quelqu'un, en soufflant entre ses dents blanches :

– Pchaaa !

Indicible terreur, panique indescriptible. Les gamins hurlent de frayeur en prenant la fuite, sans s'occuper des écorchures qu'ils se font aux mollets. Ils galopent, ils s'envolent, la trouille au ventre :

– Je te l'avais dit, Martin, faut être taré du chou pour venir chez la Solange.

– La ferme, Bouteiller, fonce !

À toute allure, ils sautent par-dessus les haies, trébuchent, se relèvent, pataugent dans la bouillasse, s'en dépêtrent, filent sans demander leur reste, se retrouvent enfin hors de portée de la jeune femme, ralentissent pour reprendre leur respiration. Moins essoufflé, en rage, humilié, l'un des gones se retourne pour crier :

– Sorcière ! Sorcière ! Sorcière !

– T'es dingue, Morillon ?

– Ta gueule, Martin, on va pas se laisser faire par cette… cette…

Au bord de l'asphyxie, Bouteiller trouve la force d'achever la phrase de son camarade :

– Sorcière. Tu l'as dit, Morillon, c'est une sorcière. Arrête de gueuler, elle va nous jeter un sort.

– Nous transformer en têtards, surenchérit Martin, ou en vers luisants.

Du haut de son mètre vingt, Morillon les toise avec mépris :

– Vous croyez à ces trucs de bonne femme, les mecs ?

– Toi, pas ? Alors pourquoi tu t'es sauvé ?

– Et très beaucoup, même.

La remarque de ses copains le touche où ça fait mal ; du coup le fier-à-bras n'en pipe plus une. Il aimerait leur répliquer une phrase en acier trempé pour sauver la face, il en cherche bien une dans sa mémoire, au creux d'une bulle de Tintin, Tif et Tondu ou Spiderman, mais ses héros sont secs… Vaincu, il baisse les bras, change de sujet :

– Je sais pas pourquoi j'ai eu les chocottes… Bon ! pas grave. En route, on n'est pas venus là pour la Solange Boqueteau.

Ils acquiescent ; Martin, philosophe, tire la conclusion de leur aventure :

– N'empêche qu'elle a des sacrés nibards, ça valait le coup d'avoir les foies.

De l'autre côté de l'étang, un sourire amusé aux lèvres, la jeune femme ne les a pas quittés des yeux. Les mains sur les hanches, elle secoue sa longue chevelure cuivrée en les regardant partir :

– Petits cons…

Puis elle rentre chez elle, accueillie par un gros matou noir, un raminagrobis cajoleur qu'elle repousse gentiment d'une voix au timbre voilé :

– Calme, Baël, va boire ton lait.

À l'image d'un de ces rois de l'enfer dont il porte le nom, le chat disparaît comme par enchantement, sans qu'elle ait le temps de comprendre comment. Aurait-il la faculté de se rendre invisible ? Tout est possible dans cette maison remplie de magie, l'étrange est sa vocation. À pas lents, Solange pénètre dans une pièce chargée de fioles, de cornues, d'herbes sèches, de minéraux alignés sur des étagères, de balances, d'objets bizarres. Un à un, elle vérifie leur alignement, redresse, rectifie, époussette. Satisfaite de son rangement, elle contemple alors son calendrier astrologique : octobre commence aujourd'hui, c'est le mois du combat entre l'ange Barbiel et le démon Baal, le mois des paysans ; belle époque, ils ne vont pas tarder à défiler chez elle, toujours honteux de la consulter, mais pleins d'espoir pour que d'un mot, d'un chant, d'un geste, elle protège leurs semailles. Beaucoup viendront de loin dans ce but, même des plaines du Mâconnais. Et pendant qu'ils y seront, ils en profiteront pour repartir avec un talisman, un petit paquet pour favoriser la chance ou combattre les bobos. Pour sûr qu'elle ne va pas chômer dans les semaines à venir, c'est tous les ans pareil. Consciencieuse, elle vérifie son stock d'amulettes ; il y en a pour tous les maux, c'est efficace et ça n'élargit pas le trou de la Sécu : topaze gravée d'un œil de chat pour l'asthme, aigue-marine pour les infections de la gorge, le très demandé mélange malachite-sardoine pour les rhumatismes, sans oublier le must, le numéro un de ses ventes, l'indéclassable corail-zircon prisé des troublés de l'estomac, au nombre toujours en hausse dans ces régions gastronomiques. Et comme voyance rime avec prévoyance, elle s'assure qu'elle ne manquera pas du produit le plus couru depuis que la Française des Jeux fait rêver les foules, à savoir des dents de tigre. Censée faire gagner au Loto ou à tout machin qui se gratte, la quenotte du félin se porte à même la peau ; c'est donc facile, très cher, mais elle confirme que ça peut rapporter gros. À elle, en tout cas, c'est certain.

En vérité, ces amusettes ne sont que broutilles, du consommable pour faire bouillir la marmite. Le haut de gamme de son fonds de commerce ne se montre pas, elle ne le sort qu'avec d'infinies précautions, tant pour elle que pour ses clients triés sur le volet. On ne badine pas avec la mort.

Solange Boqueteau exerce un métier dangereux…

Celui de sorcière ; elle préfère dire « magicienne ».

Non loin de là, d'autres qu'elle aiment le danger, les joies du cœur lancé à cent pulsations minute, la délicieuse sensation d'enfreindre les lois.

À trop jouer dans l'eau, nos garnements jouent avec le feu. Éléments incompatibles, ils sont pourtant réunis au grand bonheur des gamins partis braconner dans un étang d'empoissonnage. Malgré la peur du gendarme, l'amende à payer s'ils se font prendre à ferrer des carpes dans un lieu dit de « pêche réglée », ils jettent leurs lignes plombées avec de merveilleux frissons ; que c'est bon de braver les interdits à leur âge. Mais en vain, le poisson fait son raisonnable, il refuse les patates, comme s'il voulait leur éviter de gros ennuis. Morillon n'en peut plus :

– Sont crétins, ces bestiaux, c'est pourtant de la Noirmoutier qu'on leur file ; savent pas apprécier, ces blaireaux.

– C'est quoi que ça ? l'interroge Martin.

– De la pomme bio, y a que les mouettes qui ont droit de chier dessus, ça vaut des fortunes.

Perplexe, Bouteiller émet un avis :

– Les mouettes ça bouffe des morues, forcé que ça pue la morue. Les carpes, elles doivent se méfier, ça sent un poisson qu'elles connaissent pas.

Le raisonnement ne manque pas de rigueur. Faut-il encore vérifier sa pertinence. Fatigué d'attendre, Morillon propose :

– On doit tester… Changeons de coin, les mecs.

– Où tu veux la balancer, ta merde bio ?

– Là-bas, près du thou.

Son doigt désigne une vanne près des bouleaux rescapés de la tempête de décembre. Dans cette partie de l'étang, des bulles éclatent à la surface de l'eau ; c'est bon signe, la carpe doit y fouiller la vase. Gonflé d'espoir, le trio se rend vers le lieu prometteur, non sans balayer d'un œil prudent abords et alentours, des fois qu'un képi de garde champêtre viendrait à passer…

Premier sur place, Morillon manifeste sa joie, crie, lève les bras en signe de victoire. Plus terre à terre, Martin lui rappelle certains principes de sécurité :

– Joue de la trompette, pendant que tu y es.

– T'es jaloux parce que je suis plus rapide que toi.

– T'oublies de faire gaffe, crétin.

Ces paroles de bon sens ont le don de leur conférer des mines de conspirateurs. Ils inspectent le voisinage, inquiets. Le visage rond de Bouteiller se tourne vers un château en réfection, en partie couvert de bâches :

– Ça craint, par là ?

– Non, y a jamais personne, le rassure Martin. C'est à M. de Chailleux, il est journaliste à Lyon, il vient pas souvent.

– Et derrière les arbres, y a quoi ?

– Un chemin.

Ça, c'est moins bon, faut explorer le terrain. D'emblée, ils se dirigent vers les bouleaux, grimpent sur des billots, dévalent une petite pente, glissent, se retiennent aux branches… s'immobilisent dans l'horreur.

Là, à leurs pieds, gît un cadavre couvert de sang, la gorge tranchée, le cœur percé d'un poignard au manche sculpté en forme de démon. Autour de lui, des lambeaux de tissu rouge sont accrochés dans les branchages, une urne déverse des cendres sur son crâne. On dirait qu'un rituel a précédé la mort de la victime, que le criminel a voulu délivrer un message à l'au-delà ou aux hommes, dans une diabolique mise en scène.

Blêmes, pris de tremblements, prêts à vomir, les trois garçons n'arrivent pas à détacher leurs regards du cadavre. Plus réactif que ses copains, Morillon parvient à articuler :

– C'est le père Vouvéré… On l'a tué… Faut prévenir les gendarmes.

Ce qu'ils s'empressent de faire, droit devant, plus vite que jamais, les yeux noyés de larmes. Ils rebroussent chemin, à fond de train, sans écouter leur fatigue, poursuivis par la peur. Ils courent, courent…

Chez elle, Solange est sortie de la douche. Elle a enfilé un pantalon en cuir, des bottes d'une interminable hauteur, un chemisier Calvin Klein.

Maintenant, elle s'assied devant son miroir pour se maquiller, choisit un mascara, un fard, un rouge à lèvres. Sa main s'apprête à saisir un pot de crème hydratante, mais les vibratos du téléphone lui commandent d'arrêter d'abord ses arpèges.

Elle décroche sans parler, elle laisse toujours les autres commencer :

– Solange Boqueteau ?

Ah ! encore cette voix d'homme, un anonyme, un corbeau. Elle connaît sa chanson d'avance :

– Vous voulez ?

– Que tu t'en ailles, sorcière, que tu quittes la région, sinon…

– Sinon quoi ?

– On rallumera les bûchers.

– Va te faire foutre.

Et elle raccroche sur cette malédiction peu commune.

Vingt ? Trente ? Quarante ? Elle ne compte plus le nombre de fois que le bonhomme l'a appelée, toujours avec le même message, la même hargne. Ça ne l'inquiète pas, ça l'énerve. Quelques pas au-dehors lui feront du bien, elle a besoin de se calmer… Elle délaisse sa coiffeuse, sort, allume un cigarillo, aspire une large bouffée…

– Assassin ! C'est toi qui l'as tué !

– Sorcière ! Criminelle !

– On va te dénoncer aux gendarmes !

Abasourdie, elle ne comprend rien aux menaces des trois gamins qu'elle voit foncer comme des malades vers le village.

Il démarre bizarrement, ce mois d'octobre.

⁂

Quoi de plus diabolique, de plus sulfureux que cette preuve immonde ? Une minuscule tige en bois, décrétée pour l'heure symbole de la bassesse humaine réunit, dans l'esprit de sœur Guillemette, turpitude, ignominie, traîtrise. Du bout de ses doigts crochus, excitée par sa découverte, la religieuse porte l'objet du délit en courant dans les couloirs du couvent. Son maigre visage arbore un rictus aussi laid que les plis de ses vieilles fesses. Pressée de dénoncer, juger, condamner, elle en oublie de frapper à la porte du bureau de mère Adrienne. Son entrée en fanfare ne manque pas de faire sursauter l'imposante supérieure du couvent de la Sainte Croix, pourtant habituée à la mitraille ; dix années passées comme toubib partout où on se massacre, ça forge un tempérament, ça endurcit l'oreille. Sans autre forme de salutations, sœur Guillemette exhibe sa trouvaille :

– Vous voyez ça, ma mère ?

– Heu… Oui…

– Savez-vous ce que c'est ?

Vu le ton, l'emballement, la fureur de la sœur, mère Adrienne sent l'urgence de calmer le jeu :

– À moins que ce ne soit un morceau de la Vraie Croix, je qualifierai ce résidu d'allumette.

– Justement ! Allumette égale cigarette, égale tromperie ! Elle nous ment, ma mère, elle a encore fumé ! Voici la pièce à conviction.

Inutile qu'elle cite le nom de la coupable, la supérieure le connaît par cœur, il s'agit, une fois de plus, de sœur Blandine :

– Et où avez-vous trouvé ce… bout de preuve ?

– Dans la 4 L, sous le tapis.

– Ah ? À l'intérieur de la Titine.

Cette précision fait bouillir le sang de l'accusatrice :

– Ma mère, les prénoms sont réservés au baptême, pour les chrétiens, pas aux voitures.

– Parce que vous connaissez une sainte Titine, vous ?

Évidemment, considéré sous cet angle, il n'y a pas matière à polémiquer ; sœur Guillemette doit convenir que son âcre salive lui est plus utile pour instruire son procès :

– Bien, ma mère, je vous l'accorde… Revenons à cet objet.

– Une allumette usagée… Soit !… Êtes-vous sûre qu'elle a servi à une quelconque séance de tabagisme dans notre chère Titine ?

– Sûre ?… Non… J'en ai néanmoins une espèce de divine certitude.

– Établie sur quoi ? Avez-vous humé une odeur de tabac dans l'habitacle ?

Ce doit être bon de mentir, mais la sœur ne s'est-elle pas juré de consacrer sa vie à la sainteté en toute chose ? Fichu serment :

– Pas la moindre, ma mère. Toutefois, ne dit-on pas qu'il n'y a pas de fumée sans feu ?

– Mais il y a des allumettes sans gauloise, et, dans le cas présent, une Titine sans effluves. Notre sœur l'aura craquée pour mieux voir.

Sauvée ! Un coup à la porte interrompt sa plaidoirie, elle se sentait mal partie pour décrire les mille bonnes raisons d'utiliser une allumette dans une voiture :

– Entrez !

Le populaire l'affirme : quand on parle du loup…

– Sœur Blandine ! Vous tombez à pic…

Le visage radieux de l'arrivante fait plaisir à voir ; ses grands yeux de jade, ses longs sourcils anthracite, sa jeunesse mettent un peu de beauté dans ce couvent. En prime, elle apporte dans ces murs un bien cher à la supérieure : un esprit de répartie dont les traits ne sont pas toujours appréciés par l'Église… Mais les escargots évoluent bien, alors pourquoi pas Elle ?

– Bonjour, ma mère. Je viens vous prévenir que je pars à Trévoux pour garder M. Katz ; je mangerai sur place, comme tous les dimanches.

Les yeux de la supérieure s'assombrissent, compatissent :

– Clément Katz... Le pauvre homme, il n'en a plus pour très longtemps...

Puis ils s'ouvrent brusquement, s'enflamment :

– Belle attitude pendant la guerre, carrière magnifique. Il nous manquera.

– N'enterrons pas monsieur le député trop vite, ma mère, les voies de Dieu sont impénétrables.

– Autant que les métastases, ma sœur, hélas. Ces saloperies bouffent tout.

Nouveau sursaut indigné de sœur Guillemette.

– Eh bien quoi ? J'appelle un chat un chat, je ne vais pas me mettre, à mon âge, à déguiser la vérité. Croyez-vous que dans notre mission, au Vietnam, on prenait des gants pour apprendre à un G.I. qu'on avait dû lui couper les...

Elle s'arrête, considère les yeux consternés de sœur Guillemette :

– Bref, qu'il ne connaîtrait jamais plus les joies du marathon ?... Non ! On y allait franchement, on n'avait pas le temps, pas les moyens, il y avait des tonnes de chair abîmée derrière lui qui attendaient le scalpel... Alors, vous savez, quand on a vécu ça, on n'a pas peur de lui balancer dans les yeux, au crabe, que c'est une saloperie.

Bel enchaînement, se dit-elle avant de poursuivre :

– D'ailleurs, à ce propos, voyez ce qu'a trouvé sœur Guillemette à bord de la Titine. Reconnaissez-vous ce détritus, sœur Blandine ?

L'incriminée examine avec sérieux le mince bâtonnet :

– Par ma foi, on jurerait bien une allumette.

– Vous a-t-elle appartenu ?

– J'avoue, ma mère, ne pas faire graver mes initiales sur celles que j'utilise.

Dont acte, il est impossible de l'accuser, ce que l'ample mouvement de main de la supérieure fait admettre à sœur Guillemette :

– Cependant, dans un esprit d'apaisement, pouvez-vous nous confier à quoi vous sert leur petite flamme à bord d'un véhicule ?

Le message est on ne peut plus limpide : trouvez-moi, par pitié, n'importe quelle justification, pour que cette enquiquineuse débarrasse le plancher. Sans chercher très loin, sœur Blandine se souvient de la répulsion de sœur Guillemette pour la mécanique. Son rejet atteint de tels sommets qu'elle en confond gas-oil et essence.

– Pour les bougies, ma mère, quand elles s'éteignent.

Certes, elle lui demandait de trouver un motif habile, mais pas de se ficher de son aînée. Si l'envie de rire ne la coinçait pas autant, mère Adrienne se fâcherait. Pourtant, l'explication semble convenir à l'accusatrice :

– Ah… J'ignorais qu'on allumait les bougies de cette façon… Je ne vous cache pas que les termes automobiles sont de l'hébreu pour moi ; je m'y perds… Des allumettes pour les bougies… Je n'y avais pas pensé.

– Seulement quand elles sont froides… Un truc appris dans les rallyes.

La supérieure a d'autres soucis en tête, elle s'empare aussitôt du mensonge :

– Parfait, affaire conclue. Bien entendu, vous ne fumez plus dans la Titine ?

– Que non, ma mère, j'ai à cœur la santé des autres et la mienne également.

– Excellent… Tout va pour le mieux dans le pire des mondes. Au travail, mes sœurs, nos travaux nous réclament.

Sa main les invite à sortir, ce qu'elles font dans des assauts de politesse. Sœur Guillemette regagne le bâtiment principal tandis que sœur Blandine se dirige vers la 4 L. La voix caverneuse de la supérieure l'arrête à mi-chemin :

– Un instant, ma sœur…

Le ton employé prévient que la boutique aux remontrances est ouverte.

– Pour vous faire pardonner cette histoire de bougies, je vous demanderai d'en brûler une – une vraie, cette fois – devant la statue de la Vierge et de prier longuement… Quant à la cigarette, vous savez ce que j'en pense ?

– Oui, ma mère.

– Essayez d'être plus discrète. Quand on a un oncle évêque, on montre l'exemple.

Tiens ! revoilà le tonton mitré, cela faisait longtemps qu'on ne le lui avait pas servi. Comme il se doit, elle comprend, se repent, promet, et monte dans la Titine devant une mère Adrienne dubitative quant à son mea culpa…

Avant d'enclencher la clé de contact, la sœur procède au rituel immuable du bisou au tableau de bord :

– Gentille toto, va bien démarrer, va pas faire de misère à sa Blandine.

La caresse a-t-elle un pouvoir ? Le fait est que le miracle s'accomplit à nouveau, l'antiquité roulante accepte de démarrer.

En trois tours de pneus, elle s'engage sur la route…

Ancienne capitale de la Dombes, Trévoux est peu éloignée de la Sainte Croix. Le couvent est d'ailleurs proche de tout, du Beaujolais, des Monts-d'Or, des coteaux du Lyonnais, de la côtière de Saône… Si sa position offre l'avantage de pouvoir intervenir rapidement chez les malades, quel que soit l'endroit où ils résident, elle a aussi ses contraintes. Au nombre de celles-ci, sœur Blandine déplore la rapidité de ses déplacements : ils lui laissent peu de temps pour s'entretenir avec Dieu :

– Pardon, Seigneur, de m'être payé la tête de sœur Guillemette, je sais que j'ai péché. Mais avouez qu'elle exagère… Si, enfin, vous pouviez faire un effort pour qu'elle s'arrange du côté rachidien, ça nous ferait une retraite… Je me permets, à ce sujet, de vous faire remarquer que je n'arrête pas de vous prier pour que vous lui accordiez ne serait-ce qu'un gramme de raison… C'est peu vous demander, un tout petit gramme… Bon, c'est entendu, je vous présente mon repentir… Au fait, pendant qu'on y est, dois-je aussi m'accuser d'avoir couvert quelqu'un par mon silence ?… Qui peut bien fumer dans la Titine ? Ça m'épate, ce mystère…

En vérité, on vous le dit : sœur Blandine ne se sert jamais d'allumettes…

***

L'avenue Marius-Berliet est à Lyon ce que le quai des Orfèvres est à Paris. Quelques différences distinguent toutefois les deux citadelles. À Lutèce, la fine fleur de nos argousins opère dans un cadre historique, au sein d'un royal château, au centre d'un quartier touristique ; à Lugdunum, les archers de la République s'activent dans des bâtiments modernes, de conception fonctionnelle, dans un environnement où il n'y a rien à visiter, même pour un Japonais. Ce décor étant posé, d'autres points les rassemblent, dont, mis à part la maigre solde de son personnel, le perpétuel ballet des voitures aux gyrophares menaçants, le va-et-vient des menottés en tout genre, et la traditionnelle cohorte des journalistes à ses portes. À l'exception d'un seul, habitué à entrer et sortir dans les locaux sans qu'on lui demande ce qu'il fiche là.

– Bonjour, monsieur Cheuillade.

– Comment va, Maxime ? De service, aujourd'hui ?

– Eh oui… Le brochet peut chasser tranquille.

– Consolez-vous, il fait du gras en vous attendant.

Le très athée, très anar, très caustique, très authentique comte Gontrand de Chailleux, par ailleurs très humaniste, très jovial, très patenté journaliste Gontrand Cheuillade du *Progrès*, a ses habitudes au SRPJ.

Peu de gens connaissent le véritable nom de cet aristocrate à la cinquantaine en bout de piste. Il le cache, par pudeur, par orgueil, dans un joyeux brouet au fond duquel il est le seul à retrouver sa viande.

– Elle est là-haut ?

– Oui, monsieur Cheuillade, vous pouvez y aller.

Un clin d'œil complice du brigadier Maxime parachève sa réponse.

Quand le journaliste parle d'« Elle », le vieux flic traduit : madame la commissaire Victoire Amalfi, petite Corse aux cheveux noirs, à la quarantaine pimpante, fière, sans concession, compagne à demeures séparées de monsieur Cheuillade. Lequel tient beaucoup à sa liberté conditionnelle pour des raisons qu'elle ignore.

Par principe, Gontrand néglige l'ascenseur pour monter par l'escalier ; à chaque fois qu'il peut éviter les ressources d'un monde technique qu'il abhorre, il utilise celles de son corps. Un luxe, un combat infantile, mais c'est si bon l'inutile quand tout vous manque. En quelques enjambées, il atteint le premier étage, traverse un long couloir dont il connaît les murs par cœur, parvient au bureau de Victoire à la porte toujours ouverte :

– Madame le capitaine, je dépose mes respectueux hommages à vos pieds corses, mais néanmoins républicains.

Sans bouger, sans sourciller, calée dans un fauteuil dix fois trop grand pour elle, Victoire le considère par en dessous :

– Devine où j'ai envie de te le mettre, mon pied ?

– Mm… Ma chère, dois-je te rappeler que nous sommes dans un lieu public…

Victoire reste de marbre, c'est mauvais signe ; Gontrand sait les distinguer, il voit sous ses prunelles qu'un volcan se réveille, il sent qu'il ne va pas tarder à recevoir sa lave en pleine figure… Ça ne manque pas, elle lui montre le journal de la veille :

– J'ai lu ton article. Alors, tu as une idée de l'endroit où je vais te le catapulter ?

Aïe ! L'orage bastiais éclate, il se réfugie prudemment vers la fenêtre :

– Ta devinette me fait craindre des grossièretés, je vois poindre des gros mots dans ta petite bouche.

– Je vais te le flanquer aux…

– Stop ! Arrête, malheureuse, des oreilles mal-pensantes pourraient t'entendre, elles iraient tout raconter. (Superbe, il lui prend le journal des mains :) Critiquerais-tu mon reportage sur la filière russe ?

– Je ne critique pas, j'accuse : hypocrite ! jésuite !... Royaliste !

Trois injures de poids pour un ennemi du mensonge, de toute forme de religion, de pouvoir, quel qu'il soit. Pourtant, Gontrand reste calme, son septième sens l'avertit de composer :

– Qu'ai-je écrit de faux dans cet article ?

– De moche, tu veux dire : « Proxénétisme. Blanchiment de l'argent. La filière russe serait-elle la Berezina de la police ? »...

– J'aime assez ce titre, mon patron également.

– Le mien a détesté. Je ne te raconte pas ce que j'ai entendu, comme si c'était moi qui avais tenu la plume.

– Désolé, mais vous n'avancez pas.

– Dis tout de suite qu'on s'y prend comme des pieds.

– Oh ! Les pieds de la police, je connais, et le reste avec.

– Ça va, hein, je ne plaisante pas... Si tu crois que coincer un maffieux du gabarit de Rezwiakoff est une partie de rigolade, bravo ! Prends ma place, je te la cède.

– Ce n'est pas l'esprit de l'article.

– Ça, j'ai vu, il en manque totalement, je n'y ai trouvé que de la dérision. Tu parais ignorer que Rezwiakoff et sa bande bénéficient de l'immunité diplomatique.

– Il ne travaille pourtant plus pour le gouvernement russe.

Elle le regarde avec une sorte de pitié vexante :

– Mais qui te parle de la Russie ? On ne va pas crier sur tous les toits que des pays pas très honnêtes ont été ravis de l'accueillir, lui et les siens. Pourquoi, à ton avis, rame-t-on comme des galériens pour le pincer ?

Touché ! Gontrand sent ce duel mal engagé, il lui semble urgent de tirer sa botte secrète :

– Et moi qui étais venu pour t'inviter ce soir...

– M'inviter ?

Il s'approche d'elle, se penche, sa voix se fait suave :

– Dans un petit bouchon de la Croix-Rousse, où l'on te mijote des ravioles d'écrevisses sur un lit de basilic, où l'on te sert un cerdon à bonne température, où l'on te gave de vraies tartes faites maison…

– Tu n'as rien trouvé de mieux pour m'amadouer ?

– Si, après…

Il ne va pas s'en tirer à si bon compte :

– À la condition que tu ne partes pas en pleine nuit. Tu restes jusqu'au petit déjeuner. À prendre ou à laisser.

Là, elle exige beaucoup, il a horreur de ces petits matins bourgeois où l'on découvre l'autre avec toutes ses faiblesses.

– Réfléchis, Gontrand… Non seulement ton article ne passe pas, mais en plus tu m'as fait mal avec ta Berezina… Tu aurais pu choisir une autre référence.

Voilà un détail auquel il n'avait pas pensé, il s'en mord l'hippocampe ; quand on a une Corse pour compagne, on évite d'évoquer les déconvenues impériales. Énormissime gaffe :

– Je reconnais que j'aurais dû traiter le sujet dans le style *Crime et châtiment*, c'eût été tout aussi russe et plus élégant.

– Heureuse de te l'entendre dire. Alors ?

Que peut-il faire d'autre que capituler ? Cette Berezina est son Waterloo :

– Je resterai, promis.

Elle triomphe, il lui baise la main. C'est pendant cet instant d'intense émotion, où les violons manquent cruellement, qu'un portable choisit de leur rappeler qu'ils ne sont pas seuls au monde. Instinctivement, Victoire fouille dans un tiroir, en extrait un Nokia, constate son silence avec étonnement. Et celui-ci atteint des proportions gigantesques quand Gontrand sort un téléphone cellulaire d'une de ses poches :

– Quoi ?…Tu t'y es mis ?…Toi ?

– Par obligation, je te rassure, c'est le journal qui paye.

Interdite, elle le voit pianoter sur l'appareil, courir dans tous les coins de la pièce pour trouver un endroit convenable à la réception, exercice insupportable mais bien connu des membres de la confrérie du GSM :

– Allô… Cheuillade, à l'appareil… Attendez, je vous reçois mal, je bouge d'un pas… Là, vous m'entendez ?…

Il se baisse, adopte la position du lotus :

– Pas davantage ?… Encore un mètre… Pas mieux ?…

Maintenant il rase le sol, deltoïdes tendus :

– Et comme ceci ?… OK, j'essaye autre chose…

Accroupi, le coude en l'air, le corps plus tordu que celui d'un fakir, la technologie de la communication lui permet enfin un relatif confort d'écoute :

– Ah ! ça va ?… Je reste immobile, allez-y… Oui… Oui… Quoi ? !…

Son visage devient blanc. Victoire s'inquiète, s'informe :

– Que se passe-t-il ?

Il lui fait signe de se taire, bouleversé :

– Ce matin ?… Des enfants ?… Mais comment ça ?… C'est bon, j'arrive.

Son pouce appuie sur un petit bouton, il se relève lentement en retenant des larmes qu'elle devine cachées derrière ses paupières :

– Que t'arrive-t-il, Gontrand ?

Il a de la peine à articuler :

– Un de mes amis, Axel Lignon, a été assassiné. On le surnommait Vouvéré. Il commençait toujours ses phrases par : « Vous verrez »… « Vous verrez que j'ai raison… Vous verrez qu'il fera beau »…

– Où a-t-on trouvé son corps ?

– Près du château, il s'en occupait en mon absence.

– Il travaillait pour toi ?

– Non. Il possédait les étangs qui bordent le domaine. C'est par amitié, par passion, qu'il me donnait la main.

Peu à peu, il reprend sur lui, se redresse.

– Qui t'a prévenu ?

– Arlette Henrioux, la secrétaire du maire, Maurice Delporte.

– Delporte ? Le chirurgien, le gendre du député ?

– De Clément Katz, oui... Bon, tu ne m'en voudras pas, mais je dois y aller.

Elle comprend qu'il n'utilisera pas sa salle de bains demain matin.

⁂

Elle en a fait utiliser, du plâtre, cette rue, elle en a vu, des chutes en tout genre, ce n'est pas sans raison que la municipalité l'a officiellement baptisée « Casse-cou ».

Le moteur de la Titine arrête son joli ronflement non loin d'elle, dans le vieux Trévoux, jadis siège du parlement de la Dombes. De son indépendance, sous l'Ancien Régime, lui sont restés des remparts, un palais, la célèbre imprimerie des jésuites, mais aussi, au nombre de ses constructions juchées au-dessus d'une splendide boucle de la Saône, de belles demeures bâties pour les robins assignés à y vivre.

Pour quelques francs, après la guerre, Clément Katz en a acheté une en décrépitude. Sa fortune, par la suite, a permis de lui rendre son faste.

Savoir comment un fils de ferrailleur a pu amasser autant d'argent revient à rechercher le secret de la pierre philosophale. Il faut avoir été initié dans l'ombre d'Édouard Herriot pour tenir une place politique importante pendant un demi-siècle, avoir assimilé les méthodes de Talleyrand pour faire « une fortune immense, une immense fortune », avoir réussi le savant mélange d'une détermination à la Clemenceau, d'un humanisme à la Briand, d'une agilité d'esprit à la Edgar Faure pour être craint et respecté.

Mais par-dessus tout, au-delà des images d'Épinal, des exemples glorieux, il faut d'abord s'appeler Clément Katz... Ecce homo.

Ce n'est plus le tribun, l'homme au verbe meurtrier que va garder sœur Blandine, mais un moribond en fin de partie, ravagé par un cancer galopant. Sa condition, son argent, son gendre médecin lui permettent d'accomplir sa dernière volonté : mourir dans son lit, dans sa maison.

Garder est le mot exact, il n'y a plus grand-chose à faire pour lui, sinon surveiller l'écran d'un électrocardiographe, vérifier les multiples tuyaux d'une vaine robinetterie pour le maintenir en vie, lui faire boire des potions à heures fixes, quand il peut encore les avaler.

La porte principale s'ouvre devant sœur Blandine. Une jeune femme, que les bigotes locales qualifient de « créature », lui adresse un large sourire. La nature l'a dotée d'un physique de star, elle en joue, habille son corps d'une blouse d'infirmière très moulante, se tortille pour mettre ses formes en valeur, tangue, ondule, serpente. Décolorée en blonde, maquillée avec art, elle fait tout pour ressembler à Marilyn, son modèle ; même dans son phrasé, ses intonations :

– Pouh ! pile à l'heure, ma sœur, vous êtes un amour.

D'habitude, c'est le genre de m'as-tu vue que la religieuse rembarre ; elle déteste ce genre de spécimen qui minaude, valse du croupion, échancre son corsage sur un 98 A indécent. Gaëlle Chapelard fait curieusement exception à la règle ; simplement parce qu'elle est aimable, serviable, capable :

– Alors, comment va notre malade, aujourd'hui ?

– Comme hier, ma sœur ; il souffre, mais fait semblant d'en plaisanter.

– L'humour le préserve.

– Il faut le croire.

Elles traversent les nombreuses pièces surchargées de tableaux dans un décor Grand Siècle. Des fauteuils Louis XIV, des tapisseries des Gobelins, tout est authentique ici, le moindre guéridon a son certificat, le moindre objet, excepté la lunette des toilettes, de facture plus récente. Partout des livres et des livres. Katz passe pour un homme instruit, d'une rare culture ; il en est fier, lui, l'enfant de la Dombes sans diplôme, que son père a retiré de l'école à douze ans pour traquer le chiffon, explorer les poubelles. On n'en faisait pas une histoire, à l'époque, les gendarmes ne s'en mêlaient pas.

Les deux femmes grimpent un escalier aux moulures torsadées, parviennent à l'étage où les échos d'une discussion houleuse les arrêtent. Gaëlle met un doigt sur ses lèvres d'un rouge coquelicot :

– Chut !... C'est Véronique Delporte, la fille de M. Katz. Ils s'engueulent depuis vingt minutes. Attendons dans le couloir que ça se termine.

Les murs épais ne retiennent pas le contenu de la querelle ; les deux femmes souhaiteraient ne pas l'écouter, mais ça crie tellement de l'autre côté qu'elles l'entendent malgré elles :

– Non, non et non, Véronique, je ne changerai pas un iota de mon testament, tu es prévenue.

– C'est immonde, papa, ce que tu me fais.

– Ah ? Tu trouves ? Pas moi. Il m'a paru honnête de te tenir au courant de mes dispositions. Ce n'est pas une fois que je serai dans le trou que tu devras l'apprendre, mais aujourd'hui, de mon vivant. Organise-toi en conséquence.

– Et Maurice, dans tout ça ?

– Ton mari est un bon médecin, mais il a du chemin à faire. Je reconnais qu'il ne s'en sort pas trop mal avec sa mairie, mais c'est insuffisant pour durer en politique.

– D'accord, alors parlons franchement : ta succession ne va pas tarder, tu sais mieux que quiconque ce que coûte une campagne.

Le député doit digérer l'objection funèbre, il s'accorde une pause avant de répliquer, plus véhément :

– Ce n'est pas avec mon fric qu'il fera une carrière, c'est avec ses tripes. Je n'ai pas de dauphin, Véronique, je ne désignerai personne pour me succéder ; après ma mort, que le meilleur gagne, par le peuple et pour le peuple.

– Maurice n'a pas que la politique en tête, il a son projet de clinique.

– Les banques sont faites pour ça. S'il se casse la figure, tu n'auras plus rien, ma pauvre, que les yeux pour pleurer. Et j'ai pas l'impression que Maurice soit un gestionnaire qualifié pour diriger un établissement privé ; en tout cas, il ne m'a pas prouvé son talent dans ce domaine… Au moins, une rente à vie te garantira une certaine sécurité.

– Il s'entourera de comptables, de financiers…

– Moi, j'aurais surtout voulu vous voir entourés d'enfants, ça m'aurait peut-être fait changer d'avis. Pourquoi n'en avez-vous toujours pas au bout de dix ans de mariage, hein ? Pourquoi ?

Un silence suit la question. Les deux femmes, dans le couloir, contemplent le plafond, gênées d'être témoins d'une lessive familiale.

– Je vais te le dire, Véronique : parce qu'il ne pense qu'à lui, je vois bien que votre couple ne marche plus. Un jour ou l'autre, il risque d'exploser, et ton capital avec… C'est pas à un vieux crabe qu'on apprend la vie, d'autant que le crabe, justement, il me donne à réfléchir, et c'est tout réfléchi… J'ai agi pour ton bien, tu es ma fille unique, je campe sur ma position.

Des bruits divers s'ensuivent, la porte de la chambre s'ouvre, Véronique Delporte surgit, son long visage tordu par la colère. L'habit ne fait pas le moine, sœur Blandine s'y connaît ; la fille du député a beau porter un tailleur signé d'un grand nom, des bijoux discrets, sortir de chez un coiffeur de première classe, il n'en demeure pas moins que son élégance décore un physique privé de beauté. Le cheveu châtain épais, longiligne, les traits émaciés, la poitrine absente de rondeur, sa plastique s'oppose en maigreur à celle de la pulpeuse Gaëlle, toujours souriante :

– Peut-on entrer, madame Delporte ?

La surprise la ramène sur terre, elle sursaute, découvre la présence de sœur Blandine, s'essaye à l'amabilité :

– Oui, bien entendu, Gaëlle… Bonjour, ma sœur, encore de garde, un dimanche ?

– Espérons qu'il y aura encore beaucoup de dimanches comme celui-ci, madame Delporte.

– Certes, c'est à souhaiter... Bien, au revoir, je dois y aller... Bon courage.

Elle s'enfuit, comme pressée de ne plus être regardée. Sœur Blandine la suit des yeux, navrée :

– Cette femme souffre, elle est bourrée de complexes, je la plains.

– On dirait qu'elle a honte de vivre.

Ce propos n'a pas d'autre sens que celui d'un constat professionnel, d'un échange entre deux habituées de la douleur des autres.

Pour un temps très bref, celle de Clément Katz lui accorde un répit à l'entrée de la sœur. Parmi ses dernières joies, ses apparitions le comblent de bonheur, il en oublie ses maux :

– Alors, ma sœur, sur le tas un dimanche ? Que va dire votre mari ?

– Si j'étais mariée, je ne viendrais pas chez vous pour écouter vos fines plaisanteries, monsieur Katz. Je ne suis ici d'ailleurs que pour en savourer le sel.

– Êtes-vous allée à la messe, ce matin ?

– Comme tous les jours.

– Avez-vous prié pour moi ?

Elle fait mine de compter sur ses doigts :

– Pour le pape... Pour la paix dans le monde... Pour les enfants martyrs... Pour ceux qui ont faim... Mince ! je vous ai oublié...

La gorge de Katz s'étrangle dans un rire affreux ; il montre le journal :

– Et les pauvres élus condamnés par les petits juges, vous n'avez pas prié pour eux ?... Encore un qu'ils ont épinglé !... Avez-vous remarqué la déveine de mes collègues ? C'est toujours sur des « petits juges » qu'ils tombent, des roquets, des méchants. Il faut prier pour qu'ils aient affaire à des « grands », les juges établis ne mettent pas les futurs ministres en prison.

Il aimerait continuer sur sa lancée si le mal ne lui demandait pas de souffler une minute. La religieuse en profite pour écouter les instructions de Gaëlle ; elle note toutes les recommandations de l'infirmière.

– Voilà, j'en ai terminé, ma sœur, je vous passe le relais.

– C'est ça, sauvez-vous. Quoi de prévu, au programme ?

– Cinéma, à Lyon.

Voilà des années que la sœur ne sait plus ce à quoi ressemble une salle obscure. Elle se tient au courant des nouveaux films sans jamais en voir un :

– Ouiiii… Vous avez déjà fait votre choix ?

– Non, ça dépendra du moment, de l'affiche, de l'horaire, de la foule…

Sur son lit, Katz les écoute avec intérêt :

– On donne *Les Enfants du paradis* près de Bellecour, allez le voir avant que ces imbéciles ne le colorisent.

– Mais, monsieur le député, je l'ai en cassette, je me le passe et le repasse.

Fanatisme partagé par la sœur :

– En voilà un dont je peux parler, Dieu sait si je le connais par cœur.

– Ah, je suis rassuré, je sais maintenant que je suis entre de bonnes mains. Des femmes qui aiment le vrai cinéma ne peuvent pas vous piquer la couenne avec méchanceté. Allez, sauvez-vous, Gaëlle, laissez-moi taquiner sœur Blandine, je me sens une humeur à lui raconter des horreurs.

Sur un dernier signe de la main, l'infirmière s'éclipse. Katz reste un instant sans rien dire, à fixer la porte par où elle est partie… Il soupire :

– Elle est bandante, cette fille.

– Ça, c'est pas une horreur, monsieur le député, c'est une vérité.

À nouveau, le rire cacochyme du politicien l'étrangle :

– Ce qu'il y a de bien avec vous, ma sœur, c'est qu'on peut raconter n'importe quoi, il n'y a pas de prise. Je vais vous faire un aveu : vous ne me parlez jamais de Dieu, de mon salut, mais c'est encore plus fort que si vous le faisiez. Je me suis surpris à prier, cette nuit, vous m'avez filé le virus.

– C'est pas de ça que vous mourrez.

Il ne peut s'empêcher de rire encore, bien qu'il en souffre :

– Je l'admets. Il ne m'était pas arrivé de prier depuis ma communion solennelle. Même dans le maquis je n'ai jamais demandé la protection du Ciel… Je sais de quoi est faite ma carrière : dix pour cent d'inspiration, quatre-vingt-dix pour cent de compromission, je n'attends donc pas de traitement de faveur, prier ne me filera pas de bonus, mais pourtant j'ai parlé à Dieu, sans savoir comment.

– L'important est de savoir de quoi…

Sa tête se balance dans l'indécision :

– Pas de ma vie, il la connaît. Ce qui est curieux, c'est que je ne regrette rien. Mes saloperies ont servi mes fameux dix pour cent, c'est ça la politique, l'art d'utiliser les vacheries pour que les idées triomphent… Je n'ai pas été mauvais à ce jeu… Je vous fiche mon billet que les gens ne se souviendront que du bien que j'ai fait… Tout comme le dictionnaire, s'il consent à honorer ma mémoire… Ah ! ma sœur, le résumé laudateur de l'œuvre d'un politicien est d'une consternante hypocrisie. Il peut avoir été la pire des ordures dans le privé, avoir trompé sa femme et ses amis, du moment qu'une loi porte son nom, on le gratifie de deux glorieuses lignes dans le Larousse.

En démêlant un écheveau de fils, la sœur relance d'une voix neutre :

– Et vous, vous avez beaucoup trompé ?

– Mais je n'ai fait que ça ! J'ai cocufié ma femme, trahi mes copains, mes convictions, mon parti, l'Assemblée nationale… Si Marianne ne porte pas de cornes c'est parce que je ne lui ai rien dit… Pour conquérir le pouvoir, il faut savoir parler… Pour le garder, il faut savoir se taire.

– Et votre fille, dans ce méli-mélo ?

Katz se calme, il a de la peine à sortir les mots :

– C'est pour elle que j'ai prié, ma sœur, pour son avenir… Je ne vais plus être là pour la défendre, et ça me ronge… Vous voyez, j'ai plaisanté avec Gaëlle, tout à l'heure… Pourtant, je la hais, parce qu'en dehors de sa fonction d'assistante de mon gendre, elle est aussi sa maîtresse.

Et il se tait, épuisé de s'être soulagé de cette confidence.

– Que racontez-vous là, monsieur le député ?

– Je suis au courant de la moindre rumeur, du plus petit événement, ma sœur, même sur mon lit de mort. En voulez-vous la preuve ?… Je sais tout de vous, que vous êtes lyonnaise, que votre père est procureur, que vous avez été commissaire à la Brigade criminelle, qu'on a tué votre fiancé dans une prise d'otages, que vous avez pris le voile à la suite d'une longue réflexion après sa mort… Que votre vocation n'est pas bidon, c'est le principal, sinon, nous ne serions pas amis…

Comment doit-elle le prendre ? La réponse lui vient vite : comme une religieuse des sœurs de la Charité, une Saint-Vincent-de-Paul qui vit sa foi, son sacerdoce :

– C'est bien, vous ne perdez pas la main, le florentisme vous conserve… Mais revenons à Véronique, votre fille, que craignez-vous pour elle ?

– Non mais vous avez vu le châssis de la Gaëlle ? Son entrain ? Sa joie de vivre ? Comment voulez-vous que ma gamine lutte contre ça ? Une dodoche contre une Ferrari ! J'ai vécu, je comprends mon gendre, même si je ne lui pardonne pas.

Il hésite :

– Je présume que vous avez entendu ce que j'ai dit à ma fille ?

– Prétendre le contraire serait mentir, ça résonnait trop.

– Sachez, ma sœur, que si je n'aide pas Maurice, post mortem, à porter le costume de député, c'est pour la simple raison qu'il n'en a pas l'étoffe ; je suis sincère sur ce terrain… Je n'ai jamais trompé les électeurs sur la qualité des gens que je soutenais. Dans ce métier, on se bat à coups de peau de banane, mais pour les citoyens qu'on représente ; les ambitieux n'ont rien à fiche dans l'arène de la République. Les honneurs viennent avec le talent, pas avec des intentions de prédateur.

Sous la forme d'un credo, d'une profession de foi, Katz a besoin de justifier ses actes, ses décisions ; la sœur comprend qu'il lui explique ses choix pour obtenir d'elle, mieux qu'une absolution ou du respect, sa sincère estime :

– Vos deux lignes dans le dictionnaire seront méritées, monsieur le député ; quant à ce que Dieu jugera de votre bilan, je ne me prononce pas, je ne suis pas à Sa place… Les grands de ce monde peuvent décider de la justice, l'appliquer aux hommes, à condition de rester justes et sincères. Vous verrez avec Lui s'Il pense que vous avez usé de votre droit avec équité.

Ces saintes paroles semblent bénéfiques à Katz ; il se détend, promène ses yeux d'aigle sur les tentures bleues de la chambre, admire pour la millionième fois son Coypel, la plus belle pièce de sa collection, échangé, en des temps troubles, contre la vie d'un salaud. Chaque objet a son histoire, celle d'un service rendu, d'un remerciement, ou tout simplement d'un coup de chance, mais aucun ne porte de traces de sang. C'est déjà un bon point, se dit-il, il pourra faire valoir, là-haut, qu'il n'a jamais tué personne.

Quelques vérifications du bon fonctionnement des appareils médicaux, des gouttes à avaler, trois notes jetées sur un carnet, des échanges sans importance… Midi va sonner, l'estomac de la sœur réclame sa ration de nourriture terrestre. Au rez-de-chaussée, elle entend la porte s'ouvrir, des voix s'adresser des « après vous, je vous en prie ; mais non, je n'en ferai rien », suivis d'un martelage de pieds dans l'escalier. Apparaissent bientôt trois personnages de styles différents dans leur approche du malade.

Le premier, la trentaine, a des gestes sûrs, le timbre d'un homme habitué à commander, à gérer l'urgence. De taille moyenne, il est fin, porte une courte barbe bien entretenue, des cheveux blonds mi-longs ; habillé façon mode, en chic décontracté, son eau de toilette répand un parfum tenace sur son passage :

– Bonjour, ma sœur, rien à signaler ?

– Non, monsieur Delporte, tout va pour le mieux.

Deux femmes suivent le médecin ; dans des attitudes très opposées, elles se courbent vers le malade. La cinquantaine, ficelée dans un tailleur gris de chez Jojo des Minguettes, les joues grises, le chignon gris, l'une ne déroge pas à sa couleur favorite en faisant grise mine :

– Alors, monsieur le député, et la santé ?

– Elle n'a pas de prix, ma bonne Arlette, elle est devenue trop chère pour moi. Faute de moyens, je vais bientôt vous quitter.

À côté d'Arlette Henrioux, fadasse secrétaire du bureau politique de Maurice Delporte, l'autre visiteuse fait figure de volcan. Petite, rondouillarde, vêtue avec bon goût d'une jupe et d'une veste de qualité, elle penche sa tête blonde vers Katz :

– C'est vous qui nous ferez mourir de rire, monsieur le député.

– Je m'en voudrais que vous partiez avant moi, madame Beaulieu. Je tiens trop à assister, sur mon nuage, à l'empoignade qui vous opposera à mon gendre.

– De quoi parlez-vous, monsieur Katz ?

– Mais de ma succession… Chambre des députés, Conseil régional, il y a de quoi susciter des vocations, non ? Comme celle du parti frère du nôtre est de diriger le pays, et que vous en êtes la porte-parole locale, je conçois fort bien que vous vous présentiez d'ici peu contre Maurice.

Prise d'abord de court, Martine Beaulieu n'hésite pas à valider ce futur, sans tortiller de la langue, elle a son franc-parler :

– Fort possible, monsieur Katz, que nous nous affrontions, le docteur et moi. Je ne vous cache pas qu'en ma qualité de première adjointe, je le juge plutôt bon maire pour notre commune. Mais, vu mon âge, j'aligne des heures de vol plus nombreuses que celles de Maurice au-dessus de la jungle politicienne. Ça me donne le droit de penser qu'il n'est pas encore prêt pour s'asseoir dans votre fauteuil.

– Parce que vous, oui ?

– Beaucoup plus que Thiercelot.

Un râle s'envole de la poitrine de Katz, il faut l'aider à se redresser :

– Ach !... Thiercelot... Ach !... Voilà vingt ans qu'il m'affronte... Ach !... Il a bien failli gagner, la dernière fois, ça s'est pesé à une pincée de voix... Je vous souhaite bien du courage contre cet acharné... Le pire c'est qu'il croit dur comme fer à ce qu'il raconte aux gens, c'est-à-dire des conneries... Un con intelligent, souvenez-vous de cela, il n'y a pas plus dangereux en politique : il se croit investi d'une mission.

Occupé à lire les notes des infirmières, Maurice Delporte ne réagit pas. Il repose les feuilles sans s'exprimer sur le sujet, manière à lui de bien montrer qu'il s'en fiche, que tant que le scanner n'a pas livré ses images, on peut raconter tout ce qu'on veut, que rien n'est prouvé. Un coup d'œil à sa montre lui rappelle ses obligations :

– Dites donc, ma sœur, et si vous mangiez un morceau ? Léonie vous a préparé une dînette à la cuisine.

– Vous ne m'accompagnez pas ?

– Pas cette fois, hélas ; montez-vous un plateau ici, vous serez à l'aise, il y a la télé... Nous, nous devons partir au plus vite, mairie oblige.

Katz fronce un sourcil suspicieux :

– Que se passe-t-il ?

– Un meurtre... Des enfants ont découvert le corps du père Vouvéré près de son étang, à deux pas du château.

– Vouvéré est mort ? Vous parlez bien du vieux Lignon ?

La grise Arlette s'émeut, joint les mains :

– Oui, monsieur le député, tué comme un chien par des sataniques, dans un décor diabolique, avec des signes de sorciers et des marmites infernales.

– Décorum limité à quelques chiffons mités et à un vase ébréché rempli de cendres, rectifie sèchement Martine Beaulieu.

Quoi qu'il en soit, Katz paraît touché :

– Axel Lignon… Pauvre type, je l'aimais bien… Connaît-on l'assassin ?

– Non, reprend Maurice, les gendarmes sont sur place, on doit les rejoindre.

– L'effet va être détestable ; avec cette histoire macabre, les esprits vont s'échauffer, on va voir des sorcières partout.

– Mais elles existent ! proteste sa secrétaire. Tout le monde les connaît, on les consulte, on les entretient, on les paye grassement.

Pour une fois, Martine Beaulieu ne contredit pas la grisâtre :

– C'est vrai qu'on a deux ou trois exaltés dans le collimateur, des charlatans qui prétendent bénéficier de pouvoirs surnaturels. Les gens font la queue chez eux, c'est déplorable… J'ai bien l'intention de mettre fin à leurs activités, on ne manque pas d'arguments légaux pour y parvenir.

Hésitante, Arlette se tourne vers sœur Blandine :

– Et de son côté, ma sœur, qu'en pense l'Église ?

La religieuse piaille de rire :

– Qu'un bon psychiatre guérirait vos sorciers. La sorcellerie n'est qu'un trouble psychique, et ses clients des gogos de peu d'intelligence.

– Voilà une Église qui me plaît, applaudit le député. Si je ne l'étais déjà, je me ferais catholique. C'est vrai que ces gens-là sont des tarés ou des escrocs… Quand j'étais jeune, une voyante m'a prédit que je mourrais assassiné… Ça m'a guéri de fréquenter ces imposteurs, une seule expérience m'a suffi… Le nom du coupable qui me tue à petit feu n'a rien d'humain, j'aimerais aujourd'hui le lui dire, à cette imbécile. Et vous, Maurice, quel est votre point de vue ?

– Celui de la science ; ces croyances gangrènent la raison, il faut trancher, amputer ; je suis d'accord avec Martine.

L'heure avance, Arlette hésite avant de rappeler à son patron :

– Maurice, il faut vous presser, ne soyez pas en retard avec M. Cheuillade, on doit toujours être à l'heure avec les journalistes.

Gontrand ! Voilà deux mois que sœur Blandine ne l'a pas revu. Que vient-il faire dans cette enquête ? Ce que se demande également Katz :

– Cheuillade ? Mazette, *Le Progrès* envoie une grosse pointure... Attention, Maurice, il est du coin, imprévisible et redoutable. Je porte encore dans ma mémoire les égratignures causées par sa plume... Ceci dit, fort honnête homme. Est-ce en raison de sa proximité avec son château qu'il se déplace sur le lieu du crime ?

Toujours lente à réagir, Arlette agite la tête avant d'expliquer :

– Il y a un peu de ça... C'est moi qui l'ai appelé ce matin sur son portable. Je savais que le père Vouvéré s'occupait de sa propriété en son absence. Ils étaient très liés.

Sœur Blandine se lève, descend à la cuisine... Quelle nouvelle, quel choc, quelle affaire ! Comme l'écrivait Mme de Sévigné, c'est l'événement le plus incroyable, le plus extraordinaire, le plus fabuleux du siècle : Gontrand Cheuillade utilise un portable !

***

Les deux hommes attendent sagement dans la cuisine, de vrais gamins à l'étude du soir, les mains posées à plat sur la toile cirée. Le plus jeune tue l'ennui en regardant ses motifs imprimés, ses perspectives naïves où des arbres dépassent en hauteur des moulins riquiqui, où des cabots baveux rivalisent en grosseur avec des paysans joufflus ; il s'attarde à détailler les contours d'un étang parsemés de fleurs inconnues, considère le chef-d'œuvre avec affliction :

– Joli coin pour poser culotte.

Son voisin rougit d'indignation :

– Tu vas la boucler, David, c'est sérieux, elle peut nous entendre.

Le dénommé David soupire, il se demande ce qu'il fabrique là :

– Oui, je sais, ça peut rompre l'envoûtement… Tu parles, comme si faire mijoter un crapaud dans de la pisse de rosière ça arrangera nos affaires.

– Pauvre type, tu n'y connais rien, elle a des pouvoirs, des grands…

– Arrête, Amédée, tu me fatigues… C'est la seconde fois que tu m'entraînes ici, je te jure bien que c'est la dernière, tu viendras tout seul.

Le réfractaire tousse pour montrer son désaccord, il s'évente, repousse une fumée envahissante :

– Et il y a quoi dans ces bâtons qu'elle fait brûler ? De la merde de limace ? Du vomi de lépreux ?

– Des encens peu communs, mon pauvre garçon, ils empêchent le diable de pénétrer dans la pièce, ils nous protègent. C'est ça, sa force, à la Colette.

David Ancellin n'en revient pas de la foi d'Amédée Ruhaut. Raffiné, refusant de porter des costumes non griffés, des cravates autres qu'en soie, habitué des salles de concert, ouvert aux technologies avancées, son associé n'en est pas moins un adepte acharné de l'ésotérisme. Sa bouille ronde, au crâne ravagé par la calvitie, montre des signes d'inquiétude :

– Avec tes conneries, ça risque de foirer.

Ses paupières épaisses comme des biftecks clignent à cent à l'heure, ses gros doigts jouent de l'accordéon. Exaspéré, David tente de le calmer :

– Patience, c'est pas une sauce Nantua qu'elle mitonne.

– Ça dure plus que d'habitude, j'aime pas ça.

Les pupilles bleues de David clignent de lassitude, son visage bronzé de play-boy se fripe de désespoir, il en a ras le mosan de ces guignolades.

La figure suintante d'Amédée exprime soudain un peu de joie : Colette revient dans la cuisine, porteuse d'une bouteille enveloppée dans un linge.

Petit pot de saindoux court sur pattes, la face sexagénaire ravalée à la poudre de riz, quelques duvets blancs plantés sur son occiput roulés dans des bigoudis, les pieds au chaud dans des charentaises, le tout drapé dans une blouse en nylon, Colette Gérard a plus l'air d'une bignole à la retraite que d'une sorcière bien-aimée :

– Voilà, c'est terminé.

– Ah !... Et ça va marcher rapidement ? s'enquiert Amédée.

– Tout doux, vous allez procéder comme je vais vous l'indiquer. Il ne faut pas oublier que le dimanche, les pouvoirs de la magie sont éteints.

Ce détail contrarie son gros client, elle le rassure :

– Mais à minuit, ils reviennent en puissance... C'est pourquoi, à minuit une, vous enfouirez cette bouteille au pied d'un saule près du château.

– C'est tout ?

– Non. Vous réciterez tout haut, et par trois fois, cette formule que je vous ai écrite sur ce papier.

Elle leur tend l'ensemble. David fait appel à sa réserve d'acier pour maîtriser ses nerfs, il décrypte son charabia en n'osant respirer, ses boyaux se tordent :

– Il y a huit jours, vous avez affirmé que votre « charme » opérerait dans la semaine... Sans vouloir vous vexer, je n'ai rien vu de nouveau.

Le regard vitreux de la vieille le parcourt, énigmatique :

– Vous n'allez pas tarder à apprendre que les ténèbres ont agi cette nuit. L'un de vos principaux obstacles a été éliminé, les autres disparaîtront de même façon. Votre grand projet aboutira.

Ces propos sibyllins échappent au play-boy, mais pas la suite :

– C'est trois mille francs.

Jeter l'argent par les fenêtres l'écœure, mais comme il sort de la poche de son compère, David met sa langue dans la sienne.

Ils se lèvent, prennent congé, sortent.

Dehors, la Dombes resplendit sous le soleil.

⁂

Pas content du tout, le lieutenant Koëstler. En ce moment, il devrait jeter des cacahuètes à des gibbons, faire des guili-guili à des gorilles, crier teuf-teuf dans un petit train. À la place, au menu, on lui offre une gorge tranchée, un cœur transpercé, une cervelle éclatée, et, comble de tout, un super-maxi-burger qu'il observe avec dégoût. Le succédané de pain couine comme une crapette, la matière viandeuse jute d'un sang qu'on dirait sorti d'un distributeur d'hémoglobine, une sauce multicolore dégouline des étages du prétendu comestible. Il interpelle un jeune gendarme boutonneux :

– Lanoye, venez ici.

– Oui, mon lieutenant.

– Je vous ai demandé de m'apporter un sandwich, pas une éponge visqueuse. C'est en vente libre, ce poison ?

Le pauvre Lanoye se sent soudain mal à l'aise :

– Le dimanche, tout est fermé, mon lieutenant, je n'ai rien trouvé d'autre... Mais je vous garantis que c'est bon, j'en mange souvent, les camarades aussi.

– Vous voulez dire que tous les hommes sont soumis à ce régime ? C'est un coup à encourager la désertion !

Il tâte une barquette de frites :

– Et pour couronner le tout, elles sont froides... Ah ! Dire qu'à cette heure je devrais être au zoo, à Touroparc, avec ma femme et les enfants. C'est l'anniversaire du petit dernier, je le lui avais promis.

– Je comprends, mon lieutenant, c'est pas de chance.

– Un meurtre, un jour pareil, ça mérite l'empalement. Et mon collègue qui s'est pété la cheville, que je dois remplacer au pied levé !

– Elle est bonne, celle-là, se bidonne le gendarme.

– Quoi donc ?

– Cheville... Pied levé... Vous avez de l'humour, mon lieutenant.

Décidément, ils n'ont pas les mêmes valeurs, ni culinaires ni spirituelles. Une phrase de Brillat-Savarin revient à Koëstler : « L'homme d'esprit seul sait manger... » Aussi préfère-t-il laisser Lanoye chanter les vertus de sa gastronomie douteuse avec ses vers puisés dans l'almanach Vermot.

Lui, il y renonce, il préfère jeûner.

Son équipe a bouclé l'endroit où des gamins ont découvert le corps d'Axel Lignon ; un cordeau plastifié empêche les curieux d'approcher du lieu du drame. Bientôt treize heures, et il en vient encore :

– C'est pas possible, ils ne seraient pas mieux chez eux à manger une bonne blanquette ? Moi, si je pouvais...

Les traits de Koëstler se froissent, ce spectacle l'étonnera toujours.

Même s'il l'enlaidit d'une grimace, le visage du lieutenant garde son indicible charme... Mais, bizarrement, il en souffre : Koëstler aurait aimé ressembler à monsieur tout-le-monde.

Deux voitures s'approchent du périmètre interdit. La première, une Mercedes, roule tous phares allumés pour intimer aux badauds l'ordre de se ranger.

Sur le capot de la seconde, une Peugeot, s'étale le logo du *Progrès*. Lanoye revient à la charge, la bouche pleine de ketchup, de barbaque mentholée, de salade lyophilisée :

– Mon lieutenant, c'est le maire et ses adjoints.

– Oui, je vois, laissez passer.

– Et le journaliste ?

Il reconnaît la silhouette de Gontrand Cheuillade :

– Pas de problème, faites-le venir.

Un ordre donné par talkie-walkie commande aux gendarmes d'aider les arrivants à se garer. Seul, n'ayant pas comme Delporte à sacrifier aux galanteries que l'on doit aux dames, comme si celles-ci ne savaient pas sortir seules d'un véhicule, Gontrand est le premier à serrer la main de Koëstler :

– Mes respects, mon lieutenant.

– Monsieur Cheuillade… D'astreinte, aujourd'hui ?

– Il me semble que je peux vous retourner la question.

– Moi, c'est différent, j'agis par intérim. Je remplace un collègue blessé à la cheville.

– Je n'oserai pas ajouter « au pied levé », ce serait vraiment trop lourd. Laissons ces plaisanteries aux garçons de bain.

Près d'eux, Lanoye, à l'oreille indiscrète, vire au rouge, d'un pourpre à en masquer son acné.

– Quand nous sommes-nous perdus de vue ?

– En juillet, dans le Beaujolais.

– Déjà ? Comme le temps passe. Vous avez des nouvelles de sœur Blandine ?

– Parfois. Toujours égale à elle-même.

– Et vous, tout va bien ?

La tristesse couvre le timbre du journaliste :

– Pas vraiment… Le père Vouvéré était plus qu'un ami, presque un parent… Je suis d'abord ici à titre personnel.

Voilà un nouveau tour, cette confidence transforme Gontrand en témoin, Koëstler ne peut pas ne pas le considérer comme tel :

– Ah ? J'ignorais… Dans ce cas, vous ne m'en voudrez pas si je vous prie de me parler un peu de lui… Du moins, si vous vous en sentez le courage.

– Faites, je suis venu pour aider la justice, mon lieutenant.

Le fichier mental du gendarme classe l'ordre de ses questions :

– Quelle sorte d'homme était-ce, avait-il des ennemis ?

– Vouvéré ? Son plus grand ennemi s'appelait la bêtise. Axel était un être délicieux, aimable, cultivé, capable de réciter de mémoire des centaines de poèmes. Le seul défaut dont il souffrait n'était autre que ce tic verbal qui lui avait valu son surnom : « Vous verrez ». Pas de quoi susciter des inimitiés.

– Vous le connaissiez depuis longtemps ?

– Depuis ma naissance. Voilà trente ans qu'il surveillait les travaux de mon château, bénévolement, en toute amitié…

– Votre château ?

La main du journaliste décrit un demi-cercle :

– À partir de cette barrière branlante, vous découvrez ce que les de Chailleux ont sauvé de la gourmandise républicaine. L'ogresse n'a pas réussi à avaler toutes nos terres, ni cet illustre édifice que je m'évertue à restaurer.

Un sifflement admiratif fuse des lèvres de Koëstler :

– Grand Dieu ! Voilà donc votre fameux château dont on m'a tant parlé ?… Magnifique… Mais que de travaux !

Les échelles, les échafaudages, les bâches encombrent le bâtiment, à l'exception d'une aile qui resplendit d'un lifting tout neuf. Bien qu'on ne lui ait rien demandé, Lanoye s'autorise à intervenir :

– Oh !… Vous devez être sacrément connu chez Castorama…

Il se peut qu'il s'agisse d'un compliment, mais celui-ci sent par trop le mélaminé dans la Galerie des Glaces, sa sciure empêche Gontrand de respirer :

– Hors donc, jeune homme ! Vous me causez parpaings, ciment et Isorel, alors qu'il s'agit de consolider des carrons, de remblayer des poypes, de renforcer des chevalements ! Ne confondez pas, s'il vous plaît, les Compagnons du Tour de France avec les Dédé la bricole, ni les joyaux du patrimoine avec des cabanons de plage.

L'arrivée de Delporte met un terme à l'échange, sans que le pauvre Lanoye ait le temps de comprendre ce qu'on lui reproche. Main en avant, le maire salue les deux hommes, présente sa suite, s'informe d'emblée :

– Alors, c'est ici ?

– Oui, monsieur le maire, dans ce trou plein de trèfles.

– On appelle ça de la « brouille », mon lieutenant, les chevaux s'en gavent.

– Tiens ? J'aurai au moins appris quelque chose aujourd'hui. Bref, pour en revenir à la victime, elle gisait là, poignardée, dans un décor que l'assassin a voulu rendre satanique. On a retrouvé des bouts de tissu accrochés à ces branches, un vase rempli de cendres, bref des gadgets qu'on a envoyés au labo. Nous verrons s'ils sont exploitables.

Jusque-là en retrait, Arlette Henrioux, lèvres pincées, manifeste son émoi :

– Et le couteau, lieutenant, vous n'en parlez pas ? Moi, je l'ai vu, ce matin, pendant que le docteur assurait sa garde à l'hôpital. Que dites-vous de son manche sculpté à l'effigie de Belzébuth ? Effroyable, non ?

– Belzébuth ou Napoléon, qu'importe ! Cette figurine ne nous indique aucune piste ; il se peut que ces babioles fassent partie d'un stratagème pour nous berner, madame.

– Mademoiselle ! rectifie-t-elle. Pourtant, avec ces indices, tout porte à croire qu'une main de sorcier a commis ce meurtre.

– De sorcier ?

Une longue pratique du métier permet à Koëstler de ne pas la vexer ; pourtant, il contient son envie de se ficher d'elle. Plus fine, plus réaliste, Martine Beaulieu intervient :

– C'est vrai que nous déplorons le commerce ésotérique de quelques énergumènes dans le canton. De là à les qualifier de sorciers, lieutenant, il y a un pas que chacun acceptera de franchir ou non. Une chose est sûre : le meurtre du père Vouvéré, dans ces conditions, va relancer la polémique. Apprêtons-nous à en entendre des vertes et des pas mûres.

Le grincement de dents de Delporte confirme cette prédiction :

– Comme si on avait besoin de cet aléa… (Il montre la foule dont les rangs grossissent :) Tout ce bon peuple va exiger des élus qu'ils ouvrent une chambre ardente. Je vous fiche mon billet que ceux qui refuseront de se mêler de sorcellerie seront battus d'avance aux prochaines élections. Et dire que la Raison gouverne la République…

– Utopie, réplique Gontrand. Votre République repose sur la raison du plus fort.

Tous le connaissent trop bien pour lui répondre, il est définitivement contre toute forme de pouvoir. Dans tout ce qu'il a entendu, Koëstler retient une information :

– Vos soi-disant sorciers, vous connaissez leurs noms, leurs adresses ?

– Bien entendu, s'empresse Arlette. Vous avez déjà une de leurs représentantes, juste à deux pas, sur l'autre étang, une moins que rien, nommée Solange Boqueteau.

– Il y en a deux autres que je vous conseille de visiter, ajoute Martine Beaulieu, Colette Gérard et Marc Rochelle. Deux vieux grigous reconvertis dans le marc de café.

– Des paysans inoffensifs que Bruxelles a ruinés, précise Gontrand. Ils se sont vengés en signant le PAC avec le diable… Il faut bien manger.

Les jeux de mots ne sont pas à son programme, le lieutenant continue sur sa lancée :

– Savez-vous si M. Lignon a reçu des menaces, s'il était en conflit avec ses voisins, si quelqu'un lui en voulait ?

Une négation collective confirme qu'il n'a rien à espérer côté vendetta.

Tous lui confirment les propos du journaliste, saluent la gentillesse, le savoir, le goût pour les arts du disparu. Toutefois, en se creusant la cervelle, Gontrand se souvient :

– Ça n'est peut-être pas important, mais il y a huit jours, au téléphone, Axel m'a demandé de passer le voir. Il voulait me parler d'une offre qu'on lui faisait pour ses étangs, et de la somme alléchante que l'acquéreur proposait pour mon château… Il m'a dit, en rigolant, que je serais surpris des chiffres, que ça dépassait tout ce qu'on avait entendu jusqu'ici.

– On vous propose souvent de l'acheter ?

– Assez, oui… Je reçois des appels de particuliers, mais surtout de groupes qui cherchent à créer des centres de séminaires ou des hôtels de luxe. Mais je ne suis pas vendeur. Le père Vouvéré non plus, ses étangs sont d'ailleurs depuis longtemps gérés par son fils.

– M'oui… J'irai le voir… Monsieur Cheuillade, si par hasard ces mystérieux acheteurs vous approchaient…

– … je m'empresserais de vous en faire part, mon lieutenant, comptez sur moi.

Tout à coup, un homme dans la foule s'agite, lance les bras en l'air, gesticule, les hèle, s'époumone :

– Monsieur le maire ! Monsieur le maire !

Les gendarmes le contiennent, Koëstler interroge :

– Vous le connaissez ?

– Fort bien, c'est Baptiste, le cantonnier… Faites-le venir, il doit avoir quelque chose à me dire.

D'un signe, le lieutenant ordonne à ses gendarmes de le laisser passer.

Le bonhomme court vers eux, tremblant, essoufflé ; il malmène les bords de son béret, ses tempes grisonnantes dégoulinent de sueur, ses joues rougissent de confusion :

– Monsieur le maire, c'est terrible, terrible !

– Remettez-vous, Baptiste, parlez.

– Le cimetière, monsieur le maire, le cimetière.

– Quoi, le cimetière, qu'est-ce qu'il a ?

– On l'a profané, cette nuit… Ils ont tout cassé, comme des sauvages.

Tous regardent, effarés, le pauvre cantonnier s'étrangler d'indignation :

– Au moins dix caveaux, peints en rouge, avec des dessins du démon tout plein les marbres, des pattes de poulet jetées sur les dalles, des inscriptions insultantes avec des mots horribles… Il y a même des croix arrachées.

Dans un réflexe, Arlette se signe, s'émeut, s'enflamme :

– Les sorciers, je vous dis que c'est les sorciers !

Pour Gontrand, un sorcier n'est qu'un Indien emplumé que le psychiatre n'a pas guéri de ses totems et tabous. Dans cette affaire, il se demande si le fétichisme a sa place… Trop de folie nuit à la folie… En revanche, l'intérêt ou la vengeance le chatouillent davantage…

⁂

La plus grande joie d'un propriétaire terrien, c'est de pisser dans l'herbe, où il veut, quand il veut. Sa zézette à l'air prouve son indépendance, il marque son territoire à grand jet.

Les cheveux cendrés, en poils de balai-brosse, costaud, vêtu d'un éternel deux-pièces en coutil noir, Marc Rochelle savoure cet instant de félicité suprême. La miction champêtre constitue son dernier privilège, il la déguste jusqu'à l'ultime goutte, presque désolé qu'elle ne soit pas plus abondante.

Près de lui, Pouah, son basset griffon, l'imite en levant la patte.

– T'as raison, le chien, profites-en, ils nous ont tout pris, sauf ça.

Du geste auguste du trousseur de volaille, il remballe le symbole de sa liberté en soupirant d'aise, toise ce coin de la Dombes en seigneur féodal, exprime sa supériorité à haute voix :

– À moi, tout ceci est à moi… Je peux pisser jusqu'au bout des étangs sans rendre de comptes à personne.

Il a tout racheté, il n'y a plus une seule hypothèque sur ses poypes, plus un seul huissier pour le menacer de saisir une carpe. C'est chez lui, ici, chez le sorcier…

Bien sûr, il en a vécu de la terre, de l'élevage, comme ses pères avant lui. Mais eux, les anciens, ils travaillaient en France, pas en Europe, on leur fichait la paix, ils traversaient la vie au rythme des saisons. Lui, on lui a demandé de produire, de gérer, de planifier, certes pas de cultiver, de pêcher, ou de s'attarder à admirer un nuage ; il n'a pas su lire le manuel des messieurs en costume qui lui faisaient comprendre qu'il ne comprenait plus rien à son métier. Ils devaient avoir raison, puisqu'il a bu le bouillon.

Mais la roue tourne… Au fil des ans, il a su rebondir, et les gens de Bruxelles ne sont pas près de réglementer sa nouvelle activité : mage, voyant, jeteur de sorts… Même s'il paraît que d'aucuns souhaitent la codifier, délivrer des sortes de diplômes d'extralucidité, il a vu ça à la télé… Marc se marre, il imagine un énarque en train de lui faire passer un examen de voyance. Ce monde est devenu franc fou…

Sa promenade s'achève, il appelle son chien. Il prend son temps pour ouvrir la porte de sa maison, la pousse… Tiens ! une enveloppe. On l'a glissée en son absence. Au premier coup d'œil, il reconnaît l'écriture de l'expéditeur, oh ! deux fois rien, juste une signature : CD… Lentement, il se baisse, la ramasse, l'ouvre en sachant ce qu'elle contient.

– Parfait, excellent…

Quelques cheveux soyeux s'étalent dans un mouchoir en papier, c'est plus qu'il ne lui en faut.

Ça a réussi une première fois.

Il ne doute pas d'un nouveau succès.

Sorcier ou pas, la satisfaction du client est une charte commune à toutes les professions… Il va faire le nécessaire pour que ça continue, tout de suite…

***

Le soir descend sur Trévoux, Léonie ne va pas tarder à rentrer. La vieille servante pourrait prendre davantage de congé, mais elle refuse de s'absenter trop longtemps ; quelques heures le dimanche lui suffisent pour régler ce qu'elle a à faire : trois broutilles, deux bricoles, un grattage de Tac-O-Tac.

Cette petite journée passée loin de l'illustre malade la tenaille. Dame ! depuis le temps qu'elle sert Clément Katz, elle se sent de la famille, le député est sa chose, son frère, son enfant, son tout-petit. En son absence, songera-t-on à lui donner ses médicaments aux horaires prescrits, saura-t-on le nettoyer si la nature reprend ses droits ? Elle en mourrait de remords s'il lui arrivait un pépin…

Ingratitude humaine ! Pour Katz, l'absence de sa nounou ressemble à une récréation, à un grand bol d'air qu'il peut respirer librement sans la voir, à la moindre toux, s'inquiéter de son état. Il profite de ces derniers instants sans elle pour deviser avec sœur Blandine, il parle de ces petits riens qui donnent de la vie à une vie :

– Quand je constate à quel point, aujourd'hui, le peuple déteste les politiques, quand je vois les gens leur cracher dessus dès qu'ils votent un impôt – comme s'ils en tiraient profit –, je plains mes successeurs.

– Contraintes et servitudes de la charge, monsieur Katz.

Ses mains agitent le livre qu'il parcourt depuis une heure :

– Je relis les *Mémoires* de la Grande Mademoiselle, souveraine de la Dombes. Elle en avait de la chance, celle-là.

– Pourquoi donc ?

– Notre Mademoiselle taxait, imposait, lessivait ses gens sans vergogne, et tout le monde s'agenouillait sur son passage en chantant ses louanges. Cocus, battus et contents, les sujets de son époque. D'ailleurs, pourquoi se serait-elle gênée ? Écoutez, ma sœur, ce qu'elle raconte d'un de ses voyages à Trévoux : « On n'y voit point de misérables ; aussi, n'ont-ils point payé de tailles (…) peut-être leur serait-il meilleur qu'ils en payassent. Car ils sont fainéants », etc. Et nos concitoyens persistent dans leur admiration pour cette femme qui les a saignés et insultés… Ah, ma sœur ! je n'ai pas fait ce qu'il fallait, j'aurais peut-être dû en fouetter quelques-uns pour avoir leur considération ; il me paraît même certain qu'en faire pendre deux ou trois m'aurait valu quatre-vingts pour cent des voix… Qu'en dites-vous ?

– Autres temps, autres mœurs…. Je n'ai jamais lu ses *Mémoires*.

Katz lui tend l'ouvrage :

– Tenez, prenez-le, je vous le prête, vous me le rapporterez plus tard.

Avec sa couverture en parfait état, le livre, édition originale de 1728, vaut son poids de truffes. Une rareté.

– Franchement, monsieur Katz, vous prenez un risque.

– Que vous me le voliez ? À moins que les bonnes sœurs se soient érigées en syndicat du crime, tout ce que j'ai à craindre, c'est une page froissée. Mais comme je vous sais la personne la plus soigneuse de l'univers…

Les doigts de sœur Blandine caressent le bouquin, avec une sensualité qu'elle soupçonne hérétique. Tenir un livre, le feuilleter, le sentir, confine à l'érotisme, son parfum enivre, sa texture fait jouir, sa lecture transporte ; fort heureusement, ce péché n'est pas encore répertorié au nombre des plaisirs coupables :

– C'est trop gentil à vous, je vous remercie… Je le lirai ce soir.

– Alors bonne nuit ! Mademoiselle de Montpensier va vous tenir éveillée.

La sonnette de la porte d'entrée vibre de ses trois notes programmées.

– Léonie ? Déjà ? s'attriste le député.

Pour sœur Blandine, le meilleur moyen de connaître l'identité du visiteur, c'est d'aller sur place pour la découvrir. Ce qu'elle fait en quelques sauts de cabri pour revenir accompagnée d'un grand échalas à moitié chauve, dolichocéphale, cachectique, ou autrement dit très maigre. Un sourire perpétuel ouvre ses lèvres de dix mètres de long, des sortes de convulsions le maintiennent dans une agitation sans fin. La surprise de Katz n'est pas feinte, il en crache presque son masque à oxygène :

– Thiercelot ! Quel mauvais vent t'amène ?

Sans attendre qu'on l'en prie, le visiteur prend place sur un siège près du malade, toujours en se marrant :

– Alors, mon vieil ennemi, comment vas-tu ?

– Sois content : très mal. Ta présence ne va rien arranger.

– Tu veux que je m'en aille…
– Pas avant d'avoir échangé quelques vacheries.
– À ce jeu, tu es le plus fort ; moi, je ne dis que des vérités.
– Tu vois, ça commence.

Dans un coin de la chambre, sœur Blandine les observe. Certes, ils ne peuvent pas se sentir sur le plan politique, mais il y a une sympathie indéfinissable entre eux. Derrière ses bizarreries faciales, elle voit du chagrin passer sur la figure de Thiercelot.

– Alors, quelles nouvelles ? lui demande Katz. Tu es toujours président des écolo-gaucho-centristes de droite ?
– Et vice-versa, ici et ailleurs, du moment que c'est démocratique.
– C'est un parti d'ânes. Remarque, ça t'offre un avantage : on pourra pas accuser un bourricot de bouffer à tous les râteliers.
– Je reconnais qu'il ne compte pas de rapaces comme dans le tien. Mais à force de perdre des plumes, vous ressemblez plus à des vautours qu'à des aigles.
– Surtout moi, mon cher, la chimio m'a pas mal déplumé.
– Je compte bien t'enlever le reste aux prochaines élections.
– Tu n'auras pas ce plaisir, j'aurai crevé avant.
– Rien que pour t'emmerder, je vais brûler des cierges pour que tu vives assez longtemps pour que je te mette la pâtée. T'en as pas encore fini avec moi.
– Tu causes au Bon Dieu, toi ? Il méritait pas ça.

Ainsi, de savonnette en croc-en-jambe, les deux hommes se livrent à une joute dont ils dégustent chaque coup, en experts. Sœur Blandine les écouterait bien avec plaisir, malgré le caractère peu chrétien de leurs échanges, mais la sonnette de l'entrée vibre à nouveau.

– Excusez-moi, j'y vais, ce doit être Léonie.

Toute de noir vêtue, comme si elle répétait le futur enterrement de son patron, Léonie sort déjà ses clés, pressée de savoir si tout va bien. Elle bée d'étonnement quand la porte s'ouvre.

– Léonie ! Alors, la journée a été bonne ?

– Heu… Oui, ma sœur… Et vous, pas de problème ?

– Aucun… Monsieur Thiercelot est là-haut.

La servante regarde son trousseau, un peu bébête :

– Bon, ben, je vais prendre la suite.

– Et moi regagner la Sainte Croix.

Toujours en gambadant, la sœur remonte pour dire au revoir à Katz :

– Je vous laisse, monsieur le député, prenez bien vos médicaments.

– D'accord, ma sœur, je vous le promets ; à dimanche.

– Non, à demain : je vous rapporterai votre livre, j'ai quelques fesses à piquer dans le quartier.

Ils se congratulent, s'échangent une tonne d'amabilités ; Thiercelot se lève pour lui serrer la main, se rassied, sourit… Elle s'en va enfin, sur un dernier salut…

Dehors, un vent frisquet souffle sur les rives de la Saône, sœur Blandine ne prend pas le temps d'admirer le paysage, impatiente de retrouver la relative douceur de la Titine. En peu de pas elle parvient au véhicule, l'ouvre, s'engouffre, claque la portière… Surprise : celle du côté passager bâille sur le coup de la fermeture, un tantinet brutale, de celle du conducteur :

– Mais quoi-que-c'est-que-c'est ?

Son cerveau passe en revue ses gestes de la matinée… Non, elle n'a pas touché à la serrure de celle-ci, elle a même tout vérifié, la Titine était parfaitement fermée. Elle se penche, inspecte le barillet, le système de sécurité, les jointures :

– C'est pas possible ?

Et pourtant si : on a bien forcé la serrure de la 4 L, quelqu'un a pénétré à l'intérieur. Mais pour voler quoi ?

NOIR

Au cours de la matinée, elle en a vu de toutes les consistances : la plantureuse d'une branchée de rave-party, la bouffie d'un ancien du STO, la musclée d'un bredin du vélo, la flapie d'un accro du gorgeon, la cramée d'une marteau des UV… Blanches ou noires, ces chairs avaient en commun le même frisson, la pigmentation de la poule, le follicule pileux en alerte. À cette épidémie de frayeur une seule explication s'impose : le manque de douceur de sœur Blandine… Sa gentillesse est proverbiale, sa rudesse dans l'art de piquer les fesses la dépasse en notoriété.

L'hécatombe prend fin, elle achève sa dernière victime, une mamie barbichue, collectionneuse de matous : elle en a vingt en liberté. Ça fouette tellement dans sa cagna que la sœur en ferme les yeux pour respirer avec économie. Exercice périlleux, mais surtout dommageable dans le cadre d'une prise de sang. La torturée s'en tire exsangue, la veine du bras plus grosse que son persan châtré, incapable de râler, battue par la mine angélique de son bourreau. La religieuse range ses petits flacons, referme son cartable, lui claque un gros poutou, la félicite pour son courage, puis s'en va, laissant derrière elle une impotente dont la main ne peut se tendre vers l'indispensable bouteille de cognac utile à son rétablissement.

La pendule de la mairie d'Albigny-sur-Saône indique bientôt onze heures. Ça va, elle a le temps de passer chez

Katz pour lui rapporter son livre. En si peu de temps il lui a été impossible de tout lire, elle s'est contentée de parcourir l'ouvrage, sans s'attarder sur les textes. En fait, elle ne tient pas à le conserver plus longtemps, elle sait trop bien que passé un délai de huit jours, un bouquin ne se rend plus. Or quand on appartient à l'Église, ce réflexe d'appropriation fait tache dans son image. Trévoux est à côté, quelques minutes lui suffisent pour atteindre son centre…

Elle longe la Saône, regarde les cygnes nager sur l'eau, les péniches remonter son cours, entre dans la ville, tombe sur un embouteillage inhabituel :

– Jésus-Marie-Joseph !… Que se passe-t-il ?

Par leur haute puissance fiscale, les voitures garées dans l'anarchie autour de la maison du député lui font comprendre qu'il a de la visite de qualité estimable. Les plaques d'immatriculation à un ou deux chiffres, les cocardes sur le devant des pare-brise, les chauffeurs en complets bleus entérinent son jugement… Mais en découvrant, plus loin, les véhicules de la presse, elle pressent que c'est pour le pire :

– Oh, non ! Il n'est quand même pas ?…

Elle se dit que c'est impossible, que Katz ne peut l'avoir quittée aussi vite… Prétendre qu'il allait bien la veille, certes pas, mais de là à affirmer qu'il n'en avait plus que pour quelques heures revient à mentir pareillement. Tel qu'il était suivi, Katz pouvait espérer se maintenir jusqu'à Noël. Qu'a-t-il bien pu se passer ?… Comme il se doit, toutes ces huiles l'empêchent de trouver une place, elle tourne au hasard, énervée, voit qu'un homme lui fait des signes désespérés.

– Gontrand !

La carrosserie de la Titine la distingue entre toutes, sa peinture aux raccords kitch-rococo ne laisse pas l'œil insensible, Cheuillade l'a repérée dans les embarras, ses bras l'invitent à la garer dans un espace qu'il lui garde dans les invectives. En deux manœuvres vrombissantes, elle occupe le terrain, sort, claque une bise au journaliste.

– Bonjour, ma sœur… Si j'étais dépourvu d'imagination, j'ajouterais : « Quelle surprise ! »

– Pourtant, vous ne sauriez faire de meilleur choix, la mienne est énorme.

– Pour avoir trouvé une place ou à cause de la mort de Katz ?

– Il est donc mort ?

– Ce matin, ma sœur… Vous le connaissiez bien ?

Il lui est dur de continuer, sa gorge s'assèche, elle déglutit :

– Oui, un peu… Je le gardais tous les dimanches depuis le mois d'août… Hier encore, on a beaucoup discuté ; il m'a prêté ce livre. Je le lui ramenais, persuadée de le trouver en train de plaisanter, j'ignorais tout de son décès, on ne m'a pas prévenue.

À l'entendre, Gontrand comprend qu'elle en a gros sur le cœur, il tente de minimiser l'omission :

– Ce sont les aléas de l'information électronique, ma sœur. À sept heures, Clément Katz rendait l'âme. À sept heures cinq, tout New York était au courant… Pour ses voisins, la technique a exigé quelques heures de plus, Dame Web n'a pas la proximité pour vocation.

Autour d'eux, des voitures qu'on définit officielles en raison de leur soucoupe tricolore vont et viennent dans un ballet réglé par les gendarmes.

– Déjà tant d'amis pour lui rendre hommage ?

– Amis ? Vous vous égarez, ma sœur. Les amis de Katz se comptaient sur les doigts de la main d'un manchot.

– Gontrand ! Un peu de charité, je vous en prie.

– Quoi ? je suis réaliste : Katz a tellement usé de salive pour médire sur ses confrères qu'il en a rempli plus de barriques qu'un viticulteur de morgon. Il ne s'en trouve pas un, dans le tas que vous voyez défiler, qui n'ait reçu un de ses méchants postillons.

Le souvenir des confidences du député, celui de son entrevue avec Thiercelot modèrent le jugement de la sœur :

– Il avait la dent dure, je l'admets, mais ce n'était pas un carnassier. Hier soir, j'ai assisté à une conversation entre lui et Thiercelot, ils s'en disaient des sérieuses, mais dans un respect mutuel.

À ce nom, Gontrand fait mine de tomber à la renverse :

– Thiercelot ? Mais il doit jubiler, en ce moment, il s'y voit déjà au nom de l'alternance… Cet âne rouge est un faux vert, pas très blanc du côté rose, un peu jauni chez les bleus, politiquement daltonien, multicarte-multicolore. Le noir du deuil de Katz est la couleur de sa chance.

Peut-être que Gontrand en sait énormément sur le microcosme politique de la région, la sœur a néanmoins son idée sur la question :

– Ne le donnez pas gagnant d'avance, n'oubliez pas Delporte, Beaulieu et autres prétendants que l'on ne va pas tarder à découvrir.

– Delporte ? Il a une ouverture, mais bien moins que Martine Beaulieu… C'est dans sa circonscription que ça va se jouer, celle où Katz était né… Ça comptera pour beaucoup, et Thiercelot y vit depuis toujours, bel avantage.

Il s'arrête soudain pour examiner une nouvelle pensée, la triture, l'inspecte, reprend, goguenard :

– Nous sommes des charognards, ma sœur ; Katz vient à peine de mourir, il n'est pas encore enterré, et nous parlons déjà de son successeur.

– Le roi est mort, vive le roi ! C'est son métier qui veut ça. Ces suppositions n'enlèvent rien à la peine.

Au moins sur ce point, ils tombent d'accord. Gontrand reprend :

– En résumé, cette mort arrange tout le monde. Personne n'a eu le temps de fourbir ses armes, tous comptaient s'y mettre, mais pas un n'osait le faire tant que Katz était lucide. Je ne vous cache pas que même sur son lit de douleur, l'homme avait le coup de fil facile. À deux doigts de la mort, il gardait toujours les commandes.

– J'ai pu m'en rendre compte.

L'aveu de Katz sur ce qu'il savait de son passé résonne encore dans ses tympans. C'est pourtant vrai ce que dit Gontrand, la mort prématurée du député va permettre au plus rapide, au plus fin de gagner des points. Jamais personne ne saura s'il avait vraiment l'intention de se taire ou de s'exprimer sur sa succession, le doute profitera à celui qui saura l'exploiter. Son fauteuil se gagnera à un pour cent des voix.

Les véhicules officiels partent, instant propice pour sœur Blandine d'aller à son tour saluer le défunt. Mais avant de quitter Gontrand, elle tient à lui parler du meurtre du père Vouvéré ; n'a-t-on pas affirmé, devant elle, qu'il était l'un de ses plus chers amis ? Et les amis de nos amis…

– Oui, ma sœur, c'est une perte cruelle. Je l'aimais beaucoup… Non, je rectifie : énormément. Je fais semblant de ne pas en souffrir… Je triche.

Elle lui prend la main, la serre. Il lui sourit, redevient lui-même :

– Mais s'il en est un avec lequel je ne tricherai pas, c'est le lecteur. Je viens d'écrire un papier dans lequel je lui apprends tout ce que nous savons, c'est-à-dire : rien !

– Comment ? Pas d'indices ?

– Aucun, cette parodie de meurtre satanique met Koëstler bien en peine.

– Koëstler ? C'est lui qui mène l'enquête ?

– Oui… Il m'a d'ailleurs demandé de vos nouvelles.

Le lieutenant Koëstler, tiens donc ! Elle se rappelle soudain qu'il reste au couvent quelques bouteilles d'ottrott [1] qu'il a apportées :

– Au moins, avec lui, les choses traînent mais aboutissent.

– Il ne vous en veut pas de votre franchise, ma sœur… À ce propos, vous lui seriez à nouveau bien utile, il patauge dans la sorcellerie, on a même profané le cimetière du village.

– Quoi ? Profané ?

1. Cf., du même auteur, *Implacables Vendanges*, éd. Viviane Hamy, 2000.

– Satan y a conduit le bal… Mon opinion est que trop, c'est trop. Toute cette sorcellerie n'est pas catholique.

Il ne reste plus une seule voiture devant la maison de Katz, excepté, semble-t-il, celle du docteur Delporte.

– Excusez-moi, Gontrand, je dois y aller… Je cours me recueillir et je reviens…

– Faites, ma sœur, à chacun ses obligations. Fort probable que je sois encore là tout à l'heure, mon photographe traîne dans les parages.

Son cartable sous le bras, sœur Blandine traverse la place d'un pas décidé. C'est l'attitude adaptée à la situation, les gendarmes gardent la maison du disparu avec vigilance, ils contrôlent, filtrent les arrivants, son uniforme de religieuse ne les impressionne pas :

– Bonjour, ma sœur. Où allez-vous ?

Elle décline son identité, montre le livre qu'elle rapporte, explique… Un gros gendarme, du genre à ne pas avoir inventé l'eau chaude, l'écoute avec intérêt. Par habitude, consigne-consigne, il prend le bouquin, vérifie longuement, très longuement, qu'il ne s'agit pas d'une bombe avant de le lui rendre. L'homme est banal, elle s'attend à une banalité, il ouvre la bouche, le pire va tomber :

– Excusez-moi, ma sœur, mais tenir entre les mains l'édition originale de Le Breton, ça me remue… Je n'en ai vu qu'une, dans ma vie, trop chère pour ma bourse, hélas. Quelle merveille…

Un bref salut clôt ses excuses. Au fond de son âme, elle reconnaît que ce serait plutôt à elle de lui en présenter ; exécrable manie de juger, confesse-t-elle, quand finira-t-elle de se fier aux apparences ?

Elle le quitte, entre dans la maison où un silence inhabituel a pris demeure. En premier lieu, elle se dirige vers la cuisine, comme elle a coutume de le faire, y découvre Léonie, prostrée sur une chaise, face à une bouteille de juliénas et une bonne assiette de charcutaille. La vieille servante relève à peine la tête :

– C'est vous, sœur Blandine ? Vous avez appris la nouvelle ?

– Hélas, oui. Comment allez-vous ? Vous tenez le choc ?

La vieille lui montre un verre plein :

– Bof ! je me sens tout moindre, il me faut un petit remontant, un coup de rouge ça vaut dix cachets... Mais ne vous faites pas de bile, je vais m'en remettre, ma sœur, je m'y attendais... Avec sa consistance pétafinée jusqu'au trognon, il devait finir par nous quitter.

– Mais si vite, si brusquement...

Elle aussi est bouleversée, il lui semble urgent de partager la médication de la nounou, un petit gorgeon avec un bocon de jésus n'a jamais tué un chrétien. Léonie la sert, elle s'installe face à elle :

– C'est arrivé ce matin ?

– À sept heures, oui, juste après le changement de flacon de son goutte-à-goutte. Il a ouvert la bouche en grand, et il s'est effondré... Pouf, patatras !... Pour sûr, il a pas eu le temps de comprendre, il est mort en deux secondes.

Le récit de Léonie la surprend, elle a du mal à comprendre :

– Vous y étiez ?

– Comme d'habitude, c'est moi qui ai ouvert à Gaëlle à six heures et demie. On a tout de suite été s'occuper de M. Katz, il allait pas plus mal que d'habitude.

– Et Gaëlle a changé le flacon de sérum à cet instant ?

– Dame, bien sûr ! C'est son travail, pas le mien... Elle avait à peine terminé que Monsieur a suffoqué comme je viens de vous le raconter. Pouf, je vous dis, rictus raide.

Une lampée de juliénas l'aide à rassembler ses idées :

– Mais ce pouf, il a été à ce point soudain ?

– Je vous le jure, ma sœur, il y a pas plus rapide comme pouf... Gaëlle a rien pu faire, elle a juste constaté.

La bouteille se vide, elles attaquent la rosette.

– M. Delporte est en haut ?

– Il vient d'arriver, il doit faire les papiers du mort pour pas qu'il ait d'ennuis.

– Le permis d'inhumer, vous voulez dire ?

– Oui, c'est ça, ma sœur.

Elle se lève, prend les épaules de Léonie avant de la laisser seule :

– Vous allez faire quoi, maintenant ?

– Pour ça, vous inquiétez pas pour moi. J'ai une petite maison, et M. Katz a tout prévu, il m'a même dit quoi. J'aurai pas une retraite malheureuse.

Au moins, de ce côté-là, tout ne va pas trop mal. Reste à savoir comment on se comporte à l'étage. Sœur Blandine quitte la vieille servante, grimpe deux à deux les marches de l'escalier, entre lentement dans la chambre de Clément Katz.

Pressé par le temps, on s'est contenté de couvrir son corps d'une courtepointe, seule sa tête dépasse, paupières closes. Hagarde, sa fille, Véronique, le veille, assise près du lit, les mains occupées à chiffonner un mouchoir. Son mari, à deux pas d'elle, a sorti des papiers, il s'entretient avec Gaëlle dont les traits sont plus blancs que ceux du mort.

– Puis-je me permettre d'entrer ?

– Ma sœur !… Merci d'être venue.

La maigre Véronique bondit pour se jeter au cou de la religieuse, elle laisse aller son chagrin, ses larmes tombent en cascade sur le tapis.

– Allez-y, ça fait du bien, ne vous retenez pas.

Elle la laisse se nicher au creux de son épaule, lui caresse le dos comme on le fait à un enfant malheureux.

– Mon pauvre papa… Je savais bien que ça devait arriver, mais je pensais pas que ça ferait si mal.

– Si ça peut vous consoler, il m'a confié qu'il priait Dieu. Il était croyant à sa façon, mais le principal est qu'il se soit préparé à rencontrer son Créateur.

– Lui ? Prier ?

– Fort joliment, et pour vous, entre autres. Je suis certaine que le Ciel sait lui en tenir compte à l'heure qu'il est.

Rien n'est moins sûr, mais ça rassure ceux qui restent.

Ces quelques paroles réconfortent Véronique, elle retourne s'asseoir, un peu moins désespérée. Plutôt que de passer aux prières, la sœur s'approche de Delporte :

– Est-ce le permis d'inhumer que vous rédigez là ?

– Que voulez-vous que je fasse d'autre pour ce pauvre homme ?

Dans son état, il est vrai...

– Vous l'avez examiné, monsieur ?

– Pour quoi faire ? Il a assez souffert, fichons-lui la paix.

Dur comme fer, sœur Blandine croit aux signes, ils sont envoyés par Dieu qui ne se mêle pas des affaires des hommes, à eux de saisir au bond Ses discrètes indications, ces petits riens dont Il parsème leur chemin. Et là, elle réfléchit à son erreur de tout à l'heure, la façon odieuse avec laquelle elle s'est permis de juger le gros gendarme... La leçon qu'elle en a tirée n'est-elle pas de toujours se méfier des apparences ?

– Pardon, Gaëlle, mais c'est bien après que vous lui avez changé sa bouteille de sérum que M. Katz est mort ?

– Heu... Exactement, ma sœur.

– Il s'est contracté d'un coup, c'est bien ça ?

– Oui, subitement.

Mais pourquoi la petite musique joue-t-elle dans sa tête ? Elle n'a jamais entendu ses doubles croches pour rien :

– Là, pendu à la potence, c'est le flacon dont on parle ?

D'un mouvement du menton, la pulpeuse infirmière confirme :

– C'est lui, oui... Excusez-moi, mais avec ces événements, je n'ai pas eu le temps de ranger tout ce fourbi.

Fi des excuses, au contraire, cet oubli convient parfaitement à la sœur.

D'un geste expert, elle décroche le flacon devant un Delporte outré :

– Mais, mais... De quoi vous mêlez-vous ?

Un peu du liquide se répand à terre ; peu importe, il en reste assez pour qu'elle le renifle.

– Enfin, ma sœur, arrêtez, voulez-vous ?

Elle le lui tend :

– Je crois que c'est vous, monsieur, qui allez cesser de remplir votre formulaire.

– Quoi ?

– J'ai bien peur que la voyante que M. Katz a consultée dans sa jeunesse ait dit vrai : il est mort assassiné.

Elle parie pour le cyanure, peut-être avec une touche d'opium.

***

Mère Adrienne repose le journal en soufflant ; la pression de ses poumons rivalise avec le sifflement d'un obus de 75, cher aux Poilus :

– Vous, au moins, quand vous mettez les pieds dans le plat, ça fait une sacrée purée… Quelle bouillie ! On raconte même que l'Élysée s'est ému de cette mousseline.

De l'autre côté du bureau, sœur Blandine ne sait comment apprécier la remarque :

– Qu'auriez-vous fait à ma place, ma mère ?

C'est net, direct, sans appel :

– J'aurais agi pareillement, un meurtre, ça se dénonce !… Surtout celui d'un homme comme Katz, héros de la Résistance… Il n'empêche que j'ai reçu quelques coups de fil gratinés… On se demande en haut lieu comment vous avez fait pour deviner que le sérum était empoisonné.

– En haut lieu ? Quelle sorte de haut lieu ?

– Le nôtre, pardi ! Vous avez dérangé du monde, lequel, lorsqu'il est prétendu « beau », déteste qu'on s'en prenne à l'un des siens… Bref, on s'agite, on gesticule, on appelle la hiérarchie de la sainte Église… Laquelle s'interroge sur votre compte, s'étonne que vous ayez pu comprendre qu'il y avait crime alors que nul indice ne le laissait supposer.

– Répondez que c'est un miracle, que j'ai eu une vision.

Fort heureux pour la sœur que sa supérieure ait de l'humour, parce que en revanche, ça ne rigole pas à l'étage du dessus :

– La police a interrogé Delporte, ce que la diaspora des élus n'a pas apprécié. Le président de son mouvement a bombardé le gratin local d'appels scandalisés, des ministres se sont inquiétés, on a dérangé le préfet en pleine nuit et ce dernier ne s'est pas gêné pour en faire autant avec moi : on craint une action d'éclat de notre ordre pour faire parler de lui… Mais on redoute moins le message divin que nous voudrions faire passer que les retombées d'une réclame politique qui n'irait pas dans le bon sens. En résumé, pour quel parti roulons-nous ? Voilà l'objet de son inquiétude.

Ce déploiement de forces n'étonne pas sœur Blandine, il lui rappelle les pressions d'autrefois, dans des affaires politiquement sensibles :

– Je vois : Trévoux est devenue Loudun, Delporte une sorte d'Urbain Grandier moderne, quant à nous, nous sommes les nouvelles possédées, on se roule par terre, on s'arrache les cheveux et on bave…

Les paupières de la mère supérieure se ferment pour approuver :

– Et davantage… Préparons-nous à un feu nourri, Thiercelot et Beaulieu vont être soumis à leur tour à la question, ça va aussi remuer de leur côté. Dans le genre « nous allons vous pourrir la vie », leurs amis ne sont pas des mauvais.

– On mettra sœur Guillemette au standard, ils ne tiendront pas.

Un coup de journal sur la tête, voilà sa punition :

– Taisez-vous, insolente… Pauvre sœur Guillemette, comme si elle avait besoin qu'on la charge.

– De cette mission, ce ne serait pas mal, on aurait vite la paix.

– En tout cas, ma sœur, que celle du Seigneur soit toujours avec vous… Allez, assez discuté, nous verrons bien ; vous avez du travail, à cheval !

Dans un mouvement d'une parfaite coordination, elles se lèvent, gagnent la sortie en consultant leurs fiches :

– Tiens ! mais que vois-je ? Vous allez chez le lieutenant Koëstler ?

– Oui, ma mère, pour sa femme, je l'ai déjà soignée.

– De quoi souffre-t-elle, la pauvre ?

– De quatre enfants en bas âge… Surmenage, insomnie, anémie.

– La trilogie habituelle, normal… Ce qui me rassure, c'est qu'il ne s'occupe pas de cette enquête, je ne risque pas ce coup-ci de jouer les docteur Watson. Saluez-le de ma part, c'est un type bien, et son rouge d'ottrott est excellent.

Il est vrai que l'affaire Katz a vite été confiée au ministère de l'Intérieur, et que la délicieuse Victoire Amalfi s'en est trouvée chargée. Ce n'est pas du goût de Gontrand, il sait d'avance qu'elle ne lui dira pas un mot de l'affaire, que bien au contraire, elle l'avertira en dernier de ses rebondissements. Ça fait partie de leurs accords, ils ne mélangent pas l'amour et le boulot… Sauf, bien entendu, s'il lui apporte quelques renseignements… Auquel cas, donnant donnant, il y a toujours moyen de négocier en douceur.

Pour sa part, ce qu'a noté sœur Blandine dans son dernier article, c'est sa discrétion. Nulle part il n'a mentionné son nom. Et pourtant, quel beau titre ça aurait pu faire…

– Vous partez, ma sœur ?

L'insidieuse voix de sœur Guillemette chuinte dans son dos au moment où elle monte dans la Titine :

– Oui, pourquoi ?

– J'ai appris, pour M. Katz, toutes nos sœurs en parlent. Quel drame ! Quel courage !… N'avez-vous pas peur que l'assassin se venge ?

Et bing ! Elle aurait été étonnéc que la perfide ne fasse pas suivre son compliment d'une remarque fielleuse :

– Entre nous, sœur Guillemette : si… terriblement.

– Ah ?

– Mais je crains davantage pour notre communauté que pour moi.

– Comment cela ?

Elle sort, lui fait signe d'approcher, lui murmure à l'oreille :

– Chut… Ce genre de psychopathe s'en prend toujours aux proches de celle qu'il vise ; il veut la faire souffrir moralement, pas physiquement. Il consomme sa vengeance en s'attaquant aux siens. Vous comprenez ?

– Un peu.

– Ce n'est pas sur moi qu'il se jettera, mais sur ceux que j'aime, c'est-à-dire sur l'une de vous, mes sœurs.

Le corps de sœur Guillemette tressaille d'effroi, elle recule :

– Ça signifie que, que…

– Vous m'avez comprise, ma sœur… Un conseil : barricadez-vous, il peut très bien venir cette nuit… Son programme est connu d'avance : tortures, égorgement, sans omettre, hélas, les derniers outrages…

Sur ce, sœur Blandine s'installe au volant de la 4 L, lui claque son traditionnel bisou, observe le ciel menaçant, prévient la religieuse :

– Il va pleuvoir, rentrez vite.

Certes pas ! La cellule de sœur Guillemette est devenue le dernier endroit où elle désire mettre les pieds, elle n'ose plus bouger, tétanisée.

Le moteur tourne, la Titine s'élance, franchit les portes du couvent ; c'est le moment privilégié d'un tête-à-tête entre sœur Blandine et le Créateur, Celui qui voit tout, entend tout…

– Même ça ?… D'accord, je vais encore vous demander pardon, mais reconnaissez que cette mauvaise langue me cherche, elle n'arrête jamais de cancaner… Pour ça, je ne vois pas sœur Guillemette chez les contemplatives : tout voir sans rien raconter, elle en mourrait de dépit… Bon, c'est vrai, j'exagère… Mais vous aussi, mon Dieu, malgré le respect que je Vous dois… Quel besoin avez-Vous de me montrer des détails que les autres ne remarquent pas ? Pourquoi m'embarquez-Vous dans des affaires criminelles ?… Sans Vos signes, je ne me serais doutée de rien…

Un carrefour dangereux l'oblige à ralentir, son esprit change de bobine, les scènes de la veille défilent devant ses yeux :

– Quelle empoignade, quand j'y resonge !... Véronique criant, au bord de la dépression, son mari hurlant au complot, Gaëlle s'évanouissant à tout instant, les gendarmes ne sachant comment procéder, dépassés par l'ampleur de l'événement, et tout ce monde me désignant comme l'emmerdeuse de service. Malheur à celui par qui le scandale arrive... Je ne me suis pas fait que des amis.

Un stop ; mise au point de la focale :

– Si je réfléchis bien – et Vous m'y obligez, mon Dieu –, ils sont un fichu paquet à avoir pu glisser ce flacon dans la pharmacie... Je ne Vous apprends rien en Vous disant qu'il ne figurait pas à l'inventaire – Vous savez tout ; l'assassin l'a discrètement posé dans l'armoire, en bonne place, on ne pouvait que l'utiliser en premier. Personne ne surveille cette armoire, elle est libre d'accès, ça n'a dû lui prendre que deux secondes pour y mettre son damné bouillon... Et puis ce type de flacon est courant, rien de plus facile que de s'en procurer un, pour peu qu'on le veuille, bien sûr... Pas compliqué non plus d'y injecter quelques gouttes de poison, un enfant saurait le faire.

Un rond-point, elle rétrograde :

– Entendu, entendu... Passons en revue nos suspects... C'est un fait que la veille, chacun a eu le loisir de s'approcher de l'armoire... Seule avec son père, Véronique a pu agir sans témoin ; après tout, sa disparition l'arrange, elle pourra tenter de faire casser son testament en prétendant qu'il désirait le modifier... Léonie a eu le champ libre à tout instant ; elle sait depuis longtemps qu'elle touchera une coquette retraite, et jouer les gardes-malades, à force, ça épuise... Bien sûr, personne n'a contrôlé les gestes de Delporte, et pour cause ; il peut maintenant se prétendre le dauphin de Katz, son beau-père n'est plus là pour le contredire... Thiercelot, du coup, a toute latitude pour affirmer le contraire, de même que Martine Beaulieu ; la mort prématurée du député leur donne des chances supplémentaires de conquérir son siège, et ils en ont eu une de déposer le flacon en toute tranquillité… Quant aux autres, quel intérêt avaient-ils à supprimer Katz ?… Arlette, par solidarité avec son patron, Gaëlle, dans l'espoir que son amant divorce et l'épouse… Faut voir…

Elle arrive devant la gendarmerie de Villefranche, s'arrête :

– Ne jamais se fier aux apparences, les effets spéciaux sont la spécialité des coupables… Mais Gaëlle et Thiercelot, je les mets en bonne place pour interpréter les premiers rôles.

Depuis qu'elle a constaté le forçage de la Titine, la sœur ne la quitte plus sans appréhension. Elle a beau l'avoir garée dans la cour de la gendarmerie, elle se méfie… et s'interroge encore. La portière a été ouverte proprement, le « visiteur » n'a rien cassé, rien dérangé, rien pris, il a agi avec doigté, et si dans sa précipitation il ne l'avait pas mal refermée, son « délit » serait passé inaperçu. Que cherchait-il ?

Vague compromis entre HLM et résidence, les logements de fonction des gendarmes ont un côté casernement surréaliste, à l'agitation un tantinet surprenante. Dans les étages, la sœur croise successivement un homme en treillis, prêt pour l'entraînement, pistolet-mitrailleur en bandoulière, enfants accrochés à sa taille pour lui dire au revoir, un brigadier en tenue que sa femme poursuit pour réajuster sa cravate, une gendarmette chargée comme une mule, de retour de l'hypermarché du coin. Décidément, ces militaires forment une grande famille…

Celle de Koëstler n'est pas la plus petite du lot, et sans l'avoir vue, on se doute, à écouter à travers la porte, qu'elle ne manque pas de tonus :

– Jacques, laisse la queue du chat ! Amandine, fais attention à ton frère, il jette ta poupée dans le vide-ordures ! Non, non et non, Clara ! Le fer à repasser n'est pas un jouet.

Plusieurs coups de sonnette lui sont nécessaires pour que Mme Koëstler l'entende. Elle répond, mais c'est le lieutenant qui ouvre :

– Bienvenue, ma sœur.

Derrière lui, quatre petites têtes blondes se précipitent vers elle, empressées de la solliciter en fonction de leur âge :

– Ouais !... Tu me racontes une histoire ?

– Tu veux jouer à la poupée ?

– Nounours ! Prends ! Prends !

– Croula, breu, paco !

Koëstler les repousse gentiment :

– En arrière, la troupe, laissez passer la sœur.

Ordre immédiatement suivi d'aucun effet. Le quatuor de garnements se contente de se pousser contre le mur, il lui faut les évacuer manu militari :

– Ça manque de discipline... Que va penser la sœur ?

– Que vous avez une belle famille, lieutenant... Dites-moi, les enfants, votre maman est là ? Qui va la prévenir de mon arrivée ?

Voilà ce qu'il fallait dire : maman ! Ils se précipitent aussitôt pour être le premier à l'avertir. Koëstler conduit sœur Blandine dans l'appartement :

– Vous êtes déjà venue, je crois ?

– L'an dernier, oui, en votre absence. C'est joliment décoré.

– Et redécoré ! Les gosses se sont chargés des finitions, voyez les murs.

En d'autres lieux, on nommerait « tags » les quelques coups de feutre sauvages qu'elle découvre. Chaque petit Koëstler a tenu à s'exprimer sur les peintures, à recomposer l'harmonieuse géométrie des papiers peints. Ici, on préfère dire « sens artistique » ; madame a beaucoup lu Dolto.

– Merci de vous être dérangée si vite, ma sœur... Voulez-vous un café ?

Grande, châtain clair, souriante, bourrée de charme, Christine Koëstler a réussi à garder la ligne malgré ses quatre accouchements. Mais la minceur de sa taille se paye aujourd'hui, la présence de la sœur en est la preuve :

– Volontiers… Alors, on badine avec sa santé ?

La chevelure de Christine ondule dans un mouvement négatif :

– Posez plutôt la question à mes monstres.

– Il n'y aurait pas aussi un coupable nommé « régime » pour leur prêter main-forte ?

Elle verse le café dans des mazagrans, montre une boîte d'aspartam :

– C'est fort possible, j'ai peut-être un peu trop forcé sur les basses calories.

Elle regarde son mari, et dans ses yeux, sœur Blandine lit la peur de devenir laide, de ne plus lui inspirer de désir… Koëstler est si beau… Elle ignore qu'il s'en fiche, mais essayez de convaincre du contraire une femme amoureuse.

– Bon, on va y aller ! Vous pouvez me donner votre ordonnance ?

Tout est déjà prêt, Christine lui tend le papier.

– Ouah ! Pour de la vitamine, c'est de la vitamine ! Après ce traitement, vous serez mûre pour un décathlon… Où s'installe-t-on ?

– Dans ma chambre, si vous le voulez bien, je vous y conduis.

Les deux femmes se retirent, laissent au lieutenant le soin de mater sa cohorte de barbares. Elles entendent à travers la cloison :

– Mais qu'est-ce qu'elle fait la dame, à maman ?

– Une piqûre, mon chéri.

– Mais ça fait mal ! c'est une méchante !

– Tu vas l'arrêter, papa, il faut la mettre en prison !

Pour une fois, sœur Blandine s'applique dans la douceur. En quelques secondes, elle en a terminé :

– Ça va ?

– Tout à fait bien, ma sœur, je n'ai rien senti.

La réponse est historique, dommage qu'elle n'ait aucun témoin, personne ne le croira. Elles ressortent aussitôt.

– Déjà ? s'étonne Koëstler.

– Oui, mon chéri, c'est juste une toute petite injection.

Christine débarrasse la table basse autour de laquelle ils s'étaient installés, sœur Blandine s'apprête à repartir, le lieutenant gigote comme un pingouin pris d'une envie pressante :

– Vous avez du temps devant vous, ma sœur ?

– J'ai quelques malades qui m'attendent, mais sans horaire fixe. Pourquoi ?

Il tourne autour du pot, hésite, puis, enfin décidé, lui montre une chemise cartonnée avec un titre en son milieu : « Affaire Lignon » :

– Voilà, j'aimerais que vous me donniez votre avis.

Bigre ! Le fier lieutenant Koëstler sollicite son concours, comme les temps changent… Elle se demande si elle doit se sentir flattée :

– Pour l'affaire Lignon ? Meurtre soi-disant diabolique, sorcellerie et profanation en tout genre ?

Le sourire du gendarme vire à un jaune identique à celui de ses galons :

– Que vous soyez au courant de tout ne devrait plus m'étonner, j'en ai pris l'habitude, pourtant là, vous m'épatez.

Elle se jure bien de lui taire ses sources d'information :

– Alors, qu'attendez-vous de moi, lieutenant ?

– Vos impressions d'ancienne flic et de religieuse. Connaissez-vous l'univers des sataniques ?

– Un peu… En tant que flic, j'ai eu à me frotter à quelques hallucinés du genre, à l'époque où la mode était à la profanation de cimetière, dans un cas, hélas, avec meurtres à la clé. Maintenant, en qualité de bonne sœur, mis à part un enseignement livresque sur le sujet, ce que j'ai vu de plus diabolique, c'est un pépé qui récitait des prières à l'envers avant d'avaler ses suppositoires.

La réponse convient au lieutenant :

– Au cours de votre affaire de profanation, avez-vous travaillé avec des spécialistes du démonisme ?

– Absolument, sinon, sans eux, j'aurais eu du mal à m'en sortir. Les disciples de l'enfer, lieutenant, ont des rites immuables, des signes reconnaissables, un cérémonial bien établi. C'est un univers de cinglés dans lequel on se plante rapidement si on n'y connaît rien, on a vite fait de tout mélanger…

Il jubile :

– Formidable ! Alors, si je peux me permettre, pouvez-vous jeter un œil sur ces photos ? J'aimerais que vous me donniez votre sentiment sur ce qu'on a découvert.

– Faites voir, je vais tenter de vous aider.

Les doigts de Koëstler s'agitent nerveusement pour ouvrir la chemise, ils étalent des photos où la couleur a saisi l'ignoble, l'horrible, le malsain :

– Sur celles-ci, vous voyez le corps du père Vouvéré tel qu'on l'a trouvé… Observez, autour de lui, ces bouts de tissu rouge, cette urne pleine de cendres… J'aimerais savoir si ce bazar fait parti d'un rituel identifié ?

Le regard de la sœur parcourt l'ensemble :

– Non… Ça ne colle pas ; il y a comme un défaut, dirait l'autre.

– Ah ?… Mais encore ?

– La cendre déjà : pour l'Église, elle est le symbole du renouveau après la mort, puisque l'Homme renaît de ses cendres… Qui plus est, elle est bénéfique, elle guérit, elle n'est pas du tout un élément de magie noire… A contrario, en magie blanche, on l'utilise comme remède ou porte-bonheur… Quant à ces rubans rouges, ils sont consternants de stupidité.

Pendu à ses lèvres, Koëstler attend la suite, impatient.

– Le rouge est associé à la vie, pas à la mort… Au pire des cas, à la guerre – noble –, mais jamais au crime crapuleux… Autrefois, il y a des siècles, le rouge était une couleur funeste, mais seulement si elle tirait sur le pourpre, ce qui n'est pas le cas ici… Et puis, dès qu'il s'agit d'un tissu rouge, on ne peut parler que de bienfaits ; par exemple, porter un ruban rouge vous épargne de la peste… En conclusion de quoi, l'auteur de cette mascarade ignore tout de sa symbolique.

– Alors, d'après vous, cette plaisanterie n'est qu'un maquillage grossier ?

– J'en suis quasiment persuadée. Votre criminel ne semble pas connaître son Grand Albert par cœur.

Il lui présente une vue agrandie du poignard :

– Et là, que dites-vous de cet engin ? Il a servi à tuer Lignon.

C'est si énorme qu'elle ne peut en rire :

– *Made in Taiwan* ou *China* ?… Non, mais c'est n'importe quoi !… Dans mon affaire de fous sataniques, les meurtriers utilisaient des couteaux de sorcier appelés « athamés », identifiables par leur longueur très précise… Et ce que vous me montrez ici n'est qu'un vulgaire couteau de cuisine.

Les grognements excités du lieutenant en disent long sur sa fébrilité. Il ouvre une autre enveloppe :

– Tenez, on a photographié le cimetière après le carnage. Pensez-vous que ce soit la même main qui ait pu le commettre ?

Une à une, elle détaille les photos, examine les gros plans :

– Affirmer que vous avez affaire à la même personne, je ne le peux pas… En revanche, je vous garantis qu'il n'y a rien de satanique dans cette profanation. Toujours du rouge, et pas un seul symbole ! D'habitude, les sectaires laissent leur signature. Par exemple, on devrait voir le dessin de croix renversées, lire des exécrations, le nombre 666… Ça, c'est du gribouillage.

– Un leurre, en quelque sorte ?

– On peut le présenter sous cet angle.

Koëstler range lentement les photos :

– On veut donc nous faire croire que le coupable est un sorcier ?

De son côté, elle voit les choses autrement :

– Ou alors c'est vraiment un sorcier.

– Hein ? Vous blaguez ?

– Pas du tout… En faisant n'importe quoi, le criminel vous dirige vers des non-initiés… Subtil de sa part, non ?… Comment l'accuser, puisque les règles symboliques, que lui connaît par cœur, ne sont pas respectées ? Si vous l'arrêtez, il aura beau jeu de démontrer qu'il n'y est pour rien, que l'auteur de ces turlupinades n'est qu'un vulgaire amateur.

Les murs vont se fendre sous le coup de gueule du lieutenant :

– Retour à la case départ ! C'est fou ce que je progresse !

Les mains croisées dans le dos, il tourne dans la pièce, énervé comme un ours privé de miel ; hérités de sa famille, fabriqués à ses moments libres ou achetés à Ikétorama, ses meubles en tremblent ; sœur Blandine juge bon de mettre un terme à sa ronde avant qu'ils n'en pâtissent :

– Au fait, répondez-moi franchement : c'était dans le but d'obtenir ma collaboration que vous avez demandé à ce que ce soit moi qui vienne m'occuper de votre femme ?

La question le met dans l'embarras, il balance les bras comme un gosse obligé d'avouer une bêtise :

– Oui, là ! Je comptais sur vous.

– Pourquoi cet imparfait d'un parfait équivoque ? Je vous ai bien aidé, non ?

– Sans conteste, mais en me mettant le doute… Pour une fois, je n'ai aucune conviction, pas la moindre idée sur l'endroit où fouiller.

– Vous vous mesurez à des gens dont le quotidien est la dissimulation. Que voulez-vous que je fasse de plus ?

Il claque des doigts, sourit, s'effondre près d'elle dans le canapé :

– Je le sais : faire un tour avec moi, cet après-midi…

Le regard de sœur Blandine s'assombrit :

– Quelle invitation !… Pour aller où, je vous prie ?

– Dans la Dombes, ma sœur…

Même sous la pluie, elle est belle.

⁂

Jour de crise avenue Marius-Berliet. Les téléphones sonnent sans arrêt, ça appelle des quatre coins de la France, formule à la géométrie douteuse pour un hexagone. À l'appareil, ce ne sont que personnalités inquiètes auxquelles les fonctionnaires du SRPJ répondent avec une courtoisie empesée :

– Oui, monsieur le ministre, nous vous tiendrons informé.

– Bien entendu, monsieur le préfet, du tact, beaucoup de tact.

– Comptez sur nous, monseigneur, nous n'en parlerons pas.

Une phrase de guingois, et c'est le bâton blanc éternel au carrefour des Cochons bleus à La Bourboule ; on met donc des gants aux virgules, on peaufine sa sémantique ; un mot mal employé peut à tout moment vous casser une carrière. Il y a des métiers, comme ça, où un adverbe mal torché est capable de vous pourrir la vie. Pourtant, dans l'affaire Katz, personne n'a été mis en examen, on se contente d'entendre des témoins, avec une amabilité digne du salon de Mme de Staël. On progresse dans la soie, spécialité locale, ces gens-là sont des élus de la nation, pas des crapauds en bombers.

– Ne prenons pas les enfants de la patrie pour des canards boiteux… J'aime de plus en plus cette République, sa décadence verbale du politiquement correct me ravit.

La tête de Victoire Amalfi se relève, elle découvre, debout devant elle, un Gontrand jubilatoire :

– Que fais-tu ici ? On t'a laissé monter sans me prévenir ?

– Le planton a bien essayé de te joindre, mais ta ligne était constamment occupée par le gouvernement, le Vatican, la planète Mars, ou je ne sais quel autre E.T. du genre.

Cette irruption n'est pas de son goût ; quelques rides naissantes, si bien cachées d'habitude, montrent un avis de tempête au baromètre de son humeur :

– Il me semble pourtant qu'on a conclu un accord : tu ne dois pas venir dans mon bureau tant que l'affaire Katz suit son cours.

– Exact, ma chère. D'ailleurs je regrette d'être entré sans m'annoncer.

– C'est la moindre des excuses.

– Ah ! mais ce ne sont pas des excuses, commissaire, je parle de regrets.

– Je ne saisis pas la différence.

– Elle est fort simple : je n'ai pas apprécié de te voir cirer des chaussures, fussent-elles ministérielles... Tu as du cirage sur la langue, ma chère, permets-moi de ne pas t'embrasser.

Richter sort sa grande échelle, une toute nouvelle, adaptée à la force exceptionnelle de l'ouragan :

– Quoi ? Crois-tu que je vais me laisser insulter par un pisse-acide ? Un journaleux du terroir ? Un reporter des comices agricoles ? Tu penses quoi, mon pauvre bonhomme, que j'ai inventé les ronds de jambe ? Tu me prends pour qui ?

Est-ce la Corse ou la flic que Gontrand voit fulminer ? Peut-être l'ensemble, et à deux contre un, le combat paraît inégal, sauf pour lui :

– En temps ordinaire, ce que j'apprécie chez toi, Victoire, c'est ta droiture, cela fait ton charme... Or je me demande ce qu'il y a de droit chez une femme qui se tortille en politesses obséquieuses.

Touchée ! Sa voix le prend trois gammes en dessous en partant de la gauche de la serrure du piano, elle se fait grave, solennelle :

– Obséquieuses... Je vais t'apprendre pourquoi je m'abouche avec ces polichinelles pendant que mes hommes travaillent, et je t'avertis que je ne te permettrai pas de pondre une seule ligne sur ce scoop, sinon ce sera fini entre nous...

– Moi, tu sais, comme tu viens si joliment de le préciser, en dehors des veaux, des vaches et de la poule bressane, mon champ d'action rédactionnel se limite aux foires locales, au prix des tracteurs et au Mérite agricole.

Dieu qu'il est énervant, elle cogne sur son bureau :

– Écoute-moi !… On a reçu le rapport d'autopsie, le spectromètre a rendu son verdict : Katz a bien été empoisonné… Le flacon saisi chez lui contenait du chlorure de potassium avec, entre autres limonades, une rasade de morphine.

– Les mélanges, ça ne pardonne pas.

– Pour l'instant, on n'a rien dit, personne n'est au courant, on endort la Nomenklatura avec les égards habituels. On peut tenir ainsi vingt-quatre heures, quarante-huit au plus, sans être dérangés. Mais dès que la nouvelle sera connue, notre boulot deviendra un enfer, la pression sera terrible, on pourra même plus faire pipi sans justificatif médical… Tu comprends maintenant pourquoi je passe la brosse à reluire, c'est à ce prix qu'on peut jouer contre le temps.

Fait rarissime, Gontrand prononce des paroles magiques :

– Je te prie de m'excuser, j'ai eu tort…

L'émotion est trop forte, elle n'a pas l'habitude, ça cache quelque chose :

– Tu te sens bien ?

– En pleine forme, pourquoi ?

– Pour rien, c'est moi qui ai dû mal entendre.

En fait, il ment, il ne va pas si bien qu'il veut le laisser paraître. Preuve en est l'aristocratique cynisme de son sourire abandonné au vestiaire. Ça sbatoulle dans son cerveau, comme on dit à Bastia :

– Bon ! En dépit de nos conventions, tu t'es introduit dans mon bureau, tu reconnais tes fautes, tu as un air de chien mouillé, tout ça ne te ressemble pas ! Qu'est-ce qu'il y a qui ne va pas ?

– Rien, je vais te laisser travailler.

– Gontrand ! Si tu ne parles pas, je me venge : je t'oblige à rester une semaine chez moi, nuit et jour !

– Avec la brosse à dents ?

– Petits déjeuners en prime !

Ô, menace suprême, spectre du quotidien tueur de couple, torture de la tartine dégoulinante dans le bol de café, barbarie des WC partagés avec l'autre… Des gestes de tendresse, des odeurs de corps, oui, mais pas ceux-là ! Il ne peut pas, il ne pourra jamais :

– Avec le poids que tu portes sur les épaules, mon petit problème va t'achever les dorsales.

– N'aie crainte, j'ai mon diplôme d'haltérophile ; soulever la crasse, ça me connaît. C'est quoi, la tienne ?

Sa main pioche dans sa veste, il en retire un papier qu'il présente à Victoire :

– Voilà, j'ai reçu cette lettre ce matin. Elle est datée de samedi, c'est la raison pour laquelle je ne l'ai pas eue avant.

– Et qui t'a écrit ?

– Vouvéré… Lis plutôt.

Ce qu'elle fait à voix haute :

– « Mon cher Gontrand,

Il m'est impossible d'attendre ta venue pour te faire partager ma surprise et mes craintes. Tu sais que je déteste le téléphone, je suis de la vieille école, il me faut voir mes interlocuteurs ou, à défaut, leur écrire si j'ai quelque chose d'important à leur confier. Et c'est le cas aujourd'hui… Voilà trois semaines que je suis bassiné par les dirigeants de la SOGEMIM, société de gestion mobilière et immobilière lyonnaise. Quelqu'un, à la mairie, leur a donné mon nom… Belle entreprise, friquée, apparemment sérieuse. Pour l'instant j'ai eu affaire à un certain Amédée Ruhaut, directeur associé, lequel m'a proposé d'acheter mes étangs à deux fois leur valeur ! Non content de sa proposition, il m'a prié de servir d'intermédiaire entre lui et toi pour t'acheter ton château. Il désire acquérir le tout ou rien ! Comme tu t'en doutes, je l'ai poliment rembarré. Mais mon refus ne l'a pas découragé. Il est revenu à la charge avec des chiffres à la hausse. Ce lascar valse avec les millions comme toi tu jongles avec les mots pour écrire tes articles. C'est un tenace, il en a même ajouté une pincée la semaine dernière, en dessous-de-table, bien entendu. Bref, je n'ai pu avoir la paix qu'en le fichant à la porte. L'histoire aurait pu s'arrêter là, mais elle a malheureusement des suites inquiétantes. Depuis lundi, je reçois des menaces par téléphone. Un homme m'appelle deux à trois fois par jour pour que je cède. Sa voix ne ressemble pas à celle de Ruhaut, et il n'est pas question de la SOGEMIM, au contraire, puisqu'il me parle d'une société étrangère concurrente, prête à me verser un bon paquet… Ou alors, gare à mes abattis ! Je n'en sais pas davantage à l'heure qu'il est. Bref, en conclusion, hier je lui ai dit que j'allais prévenir les gendarmes, que ma ligne serait sur écoute, qu'on saurait bientôt son nom. Tu te doutes qu'il n'a pas apprécié. Il m'a répondu que je venais d'acheter mon billet pour le grand voyage, avec l'espoir que mon fils en tirerait le profit nécessaire. Je n'en ai pas trop causé à Armand, il est occupé, et je ne veux pas l'affoler. En revanche, il me semble judicieux de te tenir au courant, des fois que tu aies des contacts avec ces abrutis… Je ne me fais pas de bile, cette affaire sera bientôt un mauvais souvenir ; comme l'écrit Apollinaire : "Nos souvenirs sont cor de chasse dont meurt le bruit avec le vent." Après la bourrasque, il n'en restera plus rien. À bientôt… »

Le gigantesque fauteuil de Victoire accueille sa petite stature lorsqu'elle en termine :

– Armand, c'est le fils d'Axel ?

– Oui… Tu en penses quoi ?

Elle aime la lenteur, prendre le temps est la chose la plus urgente qu'elle fait chaque jour, son caractère s'accommode mal de la hâte des vulgaires. Elle pose les mains bien à plat sur son bureau avant d'émettre un conseil :

– En première instance, que tu dois remettre ce document à Koëstler.

– C'est bien ce qui me chagrine ; bien que de bonne facture, l'intelligence de ce brave lieutenant ne me semble guère propre à briller pour éclairer les zones sombres de ce labyrinthe.

– Pourtant, dans le Beaujolais, admets qu'il s'en est bien sorti.

– Avec la sainte assistance de notre chère Blandine.

– Ah ! celle-là, ne m'en parle pas ! C'est à elle que je dois le dossier Katz, je m'en serais bien passée.

Les épaules du journaliste se soulèvent dans une goguenarde incrédulité :

– Tu en aurais vomi de rage s'il t'avait échappé, ne raconte pas n'importe quoi à l'être le plus fin que tu aies rencontré dans ta vie.

– J'en ai fréquenté des moins prétentieux.

– Ils n'avaient peut-être pas les qualités requises pour assumer ce défaut.

Ces joutes l'épuisent, elle n'a pas l'esprit à lui tenir tête, la sienne est accaparée par la mort du député. Elle se lève, le prend par le bras :

– Viens, suis-moi, je vais faire des photocopies de ta lettre.

Docile, il lui emboîte le pas dans les couloirs où règne un calme trompeur. Derrière les cloisons, les collaborateurs de Victoire, marqués par le style de leur chef, s'activent en douceur. Dans son service, il est de bon ton de parler bas, de mesurer ses gestes. Accroché en bonne place, un panneau rappelle la consigne amalfienne : « Prière de ne s'agiter qu'en cas d'agitation. »

– C'est l'œuvre de qui, cette lapalissade ?

– D'un de mes lieutenants... Ça me correspond, je laisse...

Ils s'approchent d'un monstre électronique baptisé photocopieur, grâce auquel on peut obtenir des services insoupçonnés jusqu'alors, et tellement compliqué d'utilisation qu'il laisserait perplexe Einstein en personne. Ça clignote dans tous les coins au grand bonheur de Gontrand :

– Vous l'avez acheté sur terre ou au Grand Bazar de Bételgeuse ?

– Rassure-toi, ça duplique.

– En plus ! Mais que voilà bien employé l'argent du contribuable.

Elle tire trois exemplaires de sa lettre, lui en donne deux :

– Tiens, garde l'original, mais vois Koëstler rapidement.

– D'accord, promis… C'est tout ce que tu peux me dire pour l'instant ?

Non, elle ne pratique pas les arts divinatoires, il n'y a de la place que pour les faits dans son métier :

– Que veux-tu que j'ajoute, mon cher Gontrand ? Je ne m'appelle pas Madame Irma, je travaille sur preuve, pas dans la boule de cristal, et je constate avec toi que Lignon était menacé, point… Ceci étant établi, il me paraît plus que probable que la piste des sorciers conduit à quelque truand notoire… Pourquoi le criminel a maquillé son crime demande une réponse… Sa mise en scène n'est pas gratuite, il a certainement une idée derrière la tête.

– Tu crois que tout ce souk a été conçu d'avance ?

– Disons que je le suppose fortement… Si nous avons devant nous des gens organisés, il est clair que leurs diableries ont un but, ils ne font rien au hasard.

– Tel que terroriser des propriétaires peu désireux de vendre ?

– Par exemple… Ou préméditer d'autres crimes dans un climat délétère de magie noire, ça plaît toujours aux médias.

– En conclusion, il y aura une suite ?

– C'est mon pronostic.

Et si c'était lui, la suite ?

– Merci de me rassurer… Mais si tu ne pratiques pas la tyromancie tu peux au moins consulter tes ordinateurs ?

– La quoi ?

– La tyromancie, l'art de lire l'avenir dans le fromage… C'est fou ce qu'un saint-marcellin peut t'en apprendre sur le futur… J'ignore, en revanche, si ça marche avec de la Vache qui rit.

Il la fatigue, il est temps qu'il s'en aille, elle cède :

– Entendu, que veux-tu savoir ?

– Tout sur la SOGEMIM.

Voilà peu demander, elle s'en tire à bon compte :

– Tu auras tes renseignements ce soir.

– Ce soir ? Où ça ?

– Je ne sais pas encore, c'est toi qui m'invites.

Il feuillette son carnet d'adresses des meilleures tables, en retient une illico, la propose, obtient son approbation… Une gorge toussote derrière eux :

– Mmm ! Patron, j'ai une info…

Un grand type, à la bouille de bébé, déboule vers la photocopieuse, il hésite à continuer devant Gontrand ; elle l'invite à poursuivre.

– C'est Rezwiakoff, on l'a repéré dans la région.

Voilà une bonne nouvelle ! Elle en exulte au point d'en battre un cil dans un mouvement de joie intense :

– Excellent, Bernier… Où l'avez-vous localisé ?

– Dans la Dombes, il casse la croûte chez Chapel.

Les lèvres de Gontrand expriment son admiration dans un sifflement qu'il ne cherche pas à retenir :

– Bravo !

– N'est-ce pas ?

– Je dis bravo parce qu'il sait vivre ; un homme qui sait manger doit avoir un peu de bonté en lui. On le disait complètement pourri, la preuve que non…

Ça se confirme, il l'exaspère, elle doit s'en débarrasser :

– Ne le quittez plus, Bernier, je veux tout savoir sur ce qu'il fait, qui il rencontre, la procédure habituelle, quoi, je ne vous fais pas un dessin… Quant à toi, fiche le camp, on attend des gens qui n'ont pas besoin de rencontrer un journaliste dans nos murs. Ce serait déplaisant pour tout le monde.

– C'est ça, je retourne dans ma Dombes.

– Si tu veux… Profites-en bien, surtout : avec tout ce qui s'y passe, elle sera bientôt moins fréquentable que Pigalle.

– À la différence près qu'on y pêche des brochets, pas des requins.

– Tant mieux, va leur porter nos compliments, et aux grenouilles également, mais tout de suite, parce que je ne veux plus te voir ici dans moins d'une minute.

Il se courbe, lui baise la main, la quitte dans une ultime révérence :

– Vos désirs sont des ordres, belle dame… À ce soir.

Tradition oblige, il s'en va par l'escalier après avoir jeté un méchant regard à l'ascenseur. Il disparaît. Victoire s'assure qu'il ne peut l'entendre, se tourne vers son adjoint :

– Bernier, mettez-moi tout le saint-frusquin en route pour une surveillance discrète.

– C'est déjà fait, patron.

– Je ne vous parle pas de Rezwiakoff, Bernier, mais de M. Cheuillade.

Posée, peu bavarde… Terriblement efficace.

⁂

Pour se marrer, il se marre. Il s'en tient les côtes, plié en deux devant sa télé. Il n'y a que les Américains pour inventer des trucs pareils, même pas à l'eau de rose, ce serait un cran au-dessus, non : à peine du pipi de chat, de gouttière, pas de marque :

– Non, mais vise-moi ce désastre… T'as vu le tableau, le chien ? Non, c'est vrai, tu peux pas…

Pouah comprend qu'il y a lieu de se réjouir, mais de quoi ? il l'ignore. Ce n'est pas une raison pour se priver d'un frétillement de queue, ce à quoi il procède. Dans son univers douillet de meubles en bois comme on n'en fait plus, de trophées de chasse vissés jusque dans les murs des retraits, son maître se boyaute :

– Tu sais de quoi il cause, ce feuilleton ? De sorciers ! Et qu'est-ce qu'ils font, les sorciers de tonton Sam ? Du cul !

Époumoné, Marc Rochelle observe sur le petit écran les pratiques d'une prétendue consœur à moitié nue. Une sorcière, ça fait de l'audience, mais une sorcière à poil, ça fait péter l'Audimat. D'ailleurs, vu les formes de la donzelle, elle serait gardienne de phare que ça ne changerait pas le nombre des télémateurs. Qu'importe la nullité de son dialogue, du moment qu'elle a de la conversation. C'est la loi du genre.

– « J'invoque Focalor, que mon ennemi périsse dans le feu… Reçois, ô, prince de l'enfer, ces dents de pendu en offrande »…

Non seulement c'est pas synchro, les lèvres de la fille bougent avec un sérieux décalage par rapport à la voix française, mais en plus, tout est faux. Marc n'en peut plus, il hurle de rire :

– Focalor ! Elle a dit Focalor, le démon des mers ! Tu parles s'il va te brûler la baraque…

Erreur impayable, de quoi s'en fissurer l'os malaire.

– Et elle t'en fait un prince !… C'est un duc, pétasse !

Pour le coup, ses zygomatiques ne vont pas résister à la plaisante promotion dudit.

– Des dents de pendu ! On aura tout entendu…

Mais surtout le téléphone… L'épaisseur de son pouce malmène deux boutons minuscules de la télécommande ; c'est à ces détails que l'on se rend compte qu'elles sont fabriquées en Asie par des petites mains pour des petits doigts. Il peste, réitère la manœuvre, presse sur la touche « déplacer » alors qu'il cherche celle du son, recommence, s'énerve, finit par éteindre le poste en jurant pire qu'un charretier. Ça sonne toujours, il décroche à la hâte :

– Allô, qui c'est ?

Formule surprenante pour un prétendu voyant extralucide.

– Ah ! c'est vous…

Il pose son fessier sur une étroite chaise paillée, ça tombe comme des gigots tout mous de chaque côté de la galette.

– Oui, c'est prêt, je vous attends, vous pouvez venir.

Mais son interlocuteur n'en a pas terminé.

– Les flics, je comprends ; avec les événements, il faut être prudents… Ce soir, ce sera très bien, de toute manière, je ne bouge pas… Comment ?…

Aïe ! Une question subsidiaire, il n'aime pas ça.

– Écoutez-moi bien : le premier sort a donné de bons résultats, convenez-en… Votre obstacle numéro un a été balayé… Comme promis, la route est ouverte… D'accord sur ce chapitre ?

Apparemment, après un long silence, il obtient l'adhésion de l'autre.

– Pas fâché de vous l'entendre dire…

Ces clients, quelle plaie, jamais contents.

– Le second prendra le même chemin si vous suivez mes recommandations… Quoi ?… Comment, plus de morts ?

Et ils se permettent même de rêver !

– Croyez-vous que je puisse guider les Forces de la Nuit ?… Aucun homme n'en est capable. Quand elles sont en marche, nul n'a le pouvoir de les arrêter… Je ne peux rien vous garantir d'autre qu'un résultat conforme à vos souhaits, à vous de décider si vous voulez continuer.

On apprend à tenir ce discours dans les écoles de vente, mais il faut aussitôt le relancer avec un bénéfice consommateur supplémentaire :

– Et cette fois, ce sera du rapide, je vous parie ma culotte que dans un mois, au plus, vous conclurez l'affaire.

Soupirs d'aise dans l'écouteur.

– J'en suis ravi… À ce soir.

Pour trois centilitres de potion magique à deux sacs l'unité, il y a de quoi se sentir motivé.

*
**

Passé Villars-les-Dombes et son célèbre Parc aux oiseaux, ils bifurquent vers Le Plantay. C'est pas franchement le chemin le plus court, aussi Koëstler explique-t-il son choix :

– J'adore la route des étangs, elle est magnifique… Un petit plaisir pris à la routine… Et puis ça ne nous rallonge pas de beaucoup…

Bien calée, au chaud dans la Peugeot, sœur Blandine ne s'en plaint pas. Elle aussi aime ce coin de la Dombes où l'œil s'émerveille à chaque tournant. Dans l'écrin des rangées d'arbres se cachent des manoirs préservés par miracle, des châteaux en briques rouges, des églises, petits bijoux d'architecture romane ou gothique, des hameaux que l'on dirait éloignés de notre temps. Et partout, des étendues d'eau, superbes, majestueuses, que survolent des dizaines d'oiseaux.

De loin, ils jettent un œil rapide à la tour du Plantay, continuent sans parler jusqu'à ce que Koëstler, fasciné, exprime son admiration :

– Vous rendez-vous compte, ma sœur, que c'est au XIIe siècle que les moines ont transformé ces terres en étangs !... Mais comment ont-ils fait ? Ils n'avaient pas de pelleteuses, à l'époque, pas d'engins mécaniques...

– Ce XIIe siècle est un mystère, lieutenant, il n'a pas fini de nous étonner... Et en grattant son fond, peut-être de nous faire rire...

Là-dessus, elle se recroqueville, pas vraiment décidée à engager la conversation, encore moins sur le Moyen Âge... C'est si beau, le silence, quand on traverse le jardin des dieux. Surtout qu'en matière de parlote, elle a eu son compte ! Il n'a pas été facile de convaincre mère Adrienne :

« Vous êtes bien gentil, lieutenant, mais sœur Blandine n'est plus à la Criminelle... L'affaire du Beaujolais en juillet, Katz dimanche dernier, et maintenant une pseudo sorcière... Non, non, si ça continue, je devrai la muter dans votre gendarmerie, ce que monseigneur verra d'un sale œil. Déjà qu'il a la rétine agressive quand on lui parle de la Sainte Croix... »

Koëstler avait tressailli :

« Comment ? Katz, c'est vous ?

– Oui !... Vous l'ignoriez ? Notre sœur a une manie, un hobby, c'est une collectionneuse du crime ; elle remplit son musée des horreurs avec des meurtres que personne ne voit à part elle. »

Il lui avait fallu se creuser le képi pour l'emporter :

« Mais dans ma démarche, ma mère, ce que je réclame, en plus de son expérience des milieux sataniques, c'est avant tout son réel concours de religieuse. Nous avons devant nous des ennemis de Dieu, des hérétiques qu'il faut démasquer pour le bien des chrétiens et de l'Église... »

Les pommettes de la supérieure s'étaient subitement enflammées :

« Alors là, mon fils, s'il s'agit d'une croisade, c'est différent ! »

Ordre lui avait été donné de boucler illico son paquetage pour prêter main-forte à Koëstler dans sa chasse aux mécréants...

Ils étaient partis en courant... Ils roulent à présent lentement...

Au fond, pense sœur Blandine en traversant la Dombes, mère Adrienne ne désirait qu'un bon prétexte pour donner son accord... Dès son retour, elle sait que la supérieure se précipitera pour recueillir tous les détails, les triturer, livrer son avis... vivre un moment d'exception.

– Nous allons bientôt arriver, ma sœur... Tenez, regardez sur la droite, c'est le château de votre ami Cheuillade.

Son pied appuie sur la pédale de frein pour ralentir, lui offrir une autre minute prise sur leurs obligations ; elle a ainsi le temps d'observer le domaine, de s'en remplir les pupilles, frappée par l'ampleur des travaux :

– Savez-vous, lieutenant, que tout ce qu'il gagne passe dans ce chantier ?

– Oh ? Mais pourquoi ne demande-t-il pas de subvention ?

– Lui ? Tendre la sébile à Marianne ? Il en mourrait de honte. Vous avez déjà entendu ses propos sur le ministère de la Culture ?

– Non, allez-y, je vous écoute.

– Gontrand dit : « Se cultiver, c'est comme jouir ; nul besoin de ministre pour légiférer nos plaisir naturels. »

Le rouge envahit le front du lieutenant ; même rapportés, ces mots dans la bouche d'une femme le mettent mal à l'aise, a fortiori dans celle d'une religieuse. Il se racle la gorge :

– Ach ! Étrange bonhomme.

– Mais moins étrange que la bonne femme que nous allons rencontrer.

– Ça, c'est indubitable. Solange Boqueteau sort du cadre habituel des suspects que j'ai l'habitude d'interroger.

– Elle sait que je viens ?

– Affirmatif. Et je vous le dis sans ambages : elle s'en fout ! Je n'ai même pas eu besoin de lui expliquer pourquoi je souhaitais votre présence près de moi. Tant mieux, ça m'a évité de mentir. J'avais l'intention de vous présenter comme une sorte de consultante agréée, un machin de ce genre.

La Peugeot entame son dernier virage :

– Nous y voilà, ma sœur.

Comme tout est reposant ici, tranquille et silencieux. Peut-on supposer que ce pré verdoyant serve de tarmac au décollage des balais, que ce puits à l'ancienne communique avec la Mère-en-gueule, que cet étang dissimule des monstres fourchus prêts à noyer les passants ?... Et cette charmante maison, tout en longueur, pimpante, fleurie, est-il cartésien de croire qu'elle abrite une sorcière ?... Elle ne doit pas l'être tant que cela, la Solange, se dit la sœur en découvrant sa moto, une Kawasaki ZX 12 R de couleur rouge :

– Wouaf ! La bête ! Ça vous emmène à 300 km / h !

– Et également en prison, ma sœur ; à cette vitesse, c'est le tarif.

– Homme de peu de foi ! Coque en alu au-dessus du moteur, pas de vibration, alimentation assurée par huit capteurs... Ce n'est plus une moto, c'est un objet de culte.

– Ma sœur, vous blasphémez...

Une tierce personne ne partage pas cet avis :

– Non, elle dit vrai ; mais faut avoir la passion.

En jean et baskets, Solange apparaît sur le pas de la porte. Elle s'approche de la sœur sans la saluer, lui montre le bas de carénage :

– Ailerons pour supprimer les perturbations, un régal, sur la route.

– Chouette finition aérodynamique… C'est la première fois que j'en vois une.

– Je me suis battue avec le concessionnaire pour l'acheter.

Dans son coin, Koëstler retient à temps son envie d'ajouter qu'elle a dû plutôt lui jeter un sort.

– Vous m'avez l'air de toucher votre bille, ma sœur.

Tiens ! Elle lui donne du « ma sœur ».

– J'ai fait des compètes de trial, autrefois, bien avant de porter ce costume.

– Religieuse ? Et vous connaissez cette bécane ?

– Je continue à me documenter… Surtout sur une 180 chevaux : un joyau pareil ne laisse pas insensible… N'est-ce pas, lieutenant ?

Largué, le pauvre Koëstler avoue :

– Vous savez, moi, j'ai déjà du mal à m'y retrouver dans les vitesses de mon vélo…

Les deux femmes échangent un regard affligé, cet être humain en bleu n'a aucun savoir-vivre… Néanmoins, il a le sens des responsabilités :

– Si nous pouvions passer à l'objet de notre visite, mademoiselle… C'est de la pure procédure, mais il faut l'accomplir.

À regret, elle interrompt sa description, balance sa lourde chevelure cuivrée, se relève, leur montre la porte de sa maison :

– OK, entrez.

D'un pas nonchalant, elle les guide jusque dans son antre où ils découvrent des fioles multicolores, des cornues biscornues, un incroyable attirail magique face auquel ils laissent pendre langues, mâchoires et un temps pour s'en remettre.

– Un café ? propose-t-elle. Je vous rassure, je le fais avec du café.

Vu l'heure, ils déclinent l'offre.

– Asseyez-vous quand même, c'est des vraies chaises.

Invitation plus acceptable, ils se posent sur des sièges au design contemporain. Le lieu de vie des gens est riche d'enseignements, il en raconte plus long sur eux que dix pages de CV ; sœur Blandine privilégie toujours son analyse… Sur le guéridon, les nombreuses photos disposées en éventail lui révèlent que Solange a la fibre familiale exacerbée, en témoignent les portraits réunis de tous ceux qu'elle aime, tant bien que mal serrés dans le même cadre… Un buste de Mozart, un poster des Beatles lui indiquent un éclectisme qui ne doit pas s'arrêter à la musique… D'ailleurs, les quelques titres de livres que la sœur parvient à repérer dans la bibliothèque confirment la curiosité de la jeune femme… Elle n'oublie pas le sens de l'ordre, de la rigueur : le moindre objet a sa place, propret, bien aligné.

– Ça sert à quoi, toutes ces topettes ?

La main de la religieuse désigne les flacons.

– Si je vous réponds que c'est pour faire beau, vous ne me croirez pas, si je vous dis que c'est pour guérir des gens, le lieutenant me débitera ses textes sur la pratique illégale de la médecine… À vous de choisir.

– Mais encore ?

– Belladone, jusquiame, morelle, résine. Ni hasch, ni crack, c'est pas mon trip.

Inutile de le préciser, elle en est convaincue… Au tour des colifichets :

– Et ces colliers, ils ont un but, ou c'est aussi pour faire joli ?

Sans s'énerver, Solange en décroche deux de branches de hêtre vernies, reconverties en présentoir :

– Os de martre, c'est tout ce qui reste de son pénis, il donne de la virilité… Très demandé par les accros de la carte vermeille… Tombe de Rachel, en étain, gravure hébraïque ; ça protège de tout, sans qu'on sache de quoi… Satisfaite ?

Entièrement, elle en restera là, d'autant que Koëstler commence à s'impatienter avec ses papiers étalés sur la table :

– Mademoiselle Boqueteau, comme je vous l'ai précisé au téléphone, il me paraît utile de vous rappeler que dans la procédure relative à l'enquête sur le meurtre de M. Axel Lignon, considérant…

Que ce langage déplaît à la sœur, elle décroche en caressant un gros matou venu lui quémander un câlin…

– Vous êtes donc entendue à titre de témoin.

Ouf ! Il en a fini avec son charabia, elle peut se rebrancher.

– M. Lignon a été tué à vingt-trois heures, nous révèle son autopsie. Avez-vous vu ou entendu quelque chose samedi, à cette heure-là ?

– Non.

Difficile de faire plus court.

– Étiez-vous chez vous ?

– Oui.

– Seule ?

– Comme toujours.

La jeunesse, la plastique, la liberté de Solange ne doivent pas s'accommoder d'une solitude excessive, la sœur en est persuadée :

– Pas de petit ami ?

Le bleu de ses iris s'embue, ses lèvres se coincent, elles filtrent une réponse grinçante :

– J'ai pas « un » petit ami, j'en ai des tas, mais jamais les mêmes… Ils se barrent tous dès qu'ils savent ce que je fais.

– Vous voulez dire « sorcière » ? souligne Koëstler.

Oh ! le vilain mot, celui qu'il ne fallait pas prononcer :

– Et quoi encore ? Pourquoi pas faiseuse d'anges, pendant que vous y êtes ?… Vous n'y comprendrez rien, mais je vais quand même vous expliquer certaines choses… J'ai pas cherché à devenir ce que je suis, c'est venu tout seul. J'ai découvert que j'avais le don grâce à ma grand-mère ; elle l'avait aussi. Elle m'a élevée dans cette maison où elle pratiquait la magie blanche. Quand ce truc vous tombe dessus, vous avez envie de hurler, on ne comprend pas, on a peur. Pour moi, ça s'est passé un matin, j'avais à peine dix ans ; ça a commencé par une sorte d'écho, j'ai entendu des choses sur des gens, je comprenais pas d'où venaient ces voix… J'étais pas Jeanne d'Arc, juste une gamine effrayée par ce phénomène, plus attirée par mes poupées que par la voyance... Mamie m'a rassurée, elle m'a appris que le don n'avait jamais quitté la famille, par les femmes, rien que par les femmes, et que je pouvais le cultiver à mon tour si je le souhaitais... J'ai dit oui... Alors elle m'a enseigné comment m'en servir, mais pour le bien des autres, pas pour le mal... Notre magie est bénéfique, elle n'a rien de noir...

Elle s'accorde une pause avant de conclure :

– Si vous pensez que j'ai tué le père Vouvéré, lieutenant, vous vous plantez : un meurtre me ferait perdre mes pouvoirs... Et ce pauvre vieux, je l'aimais bien, il était l'un des rares à me parler comme à une personne normale.

– Je n'ai jamais dit que je vous soupçonnais !

– Mais le doute résonne à l'intérieur de votre tête, je l'ai capté.

Voilà un tour qu'il n'aime pas, il représente la République, une maison sérieuse, pas disposée à se laisser mener par des empiriques :

– Il y a aussi l'histoire du cimetière !

– Pfou ! Laissez-moi rire, j'ai été voir sur place... J'appelle ça des souillures, pas une profanation... Ceux qui l'ont mis dans cet état sont des farceurs.

La remarque de Solange lui rappelle la désagréable objection de sœur Blandine sur les non-initiés :

– Des farceurs ? Ils ont un sens de la plaisanterie que je ne partage pas, mademoiselle. Bizarre, non, que le cimetière ait été profané la nuit du meurtre ? En votre qualité de... « spécialiste », avez-vous une idée sur la question ?

– À qui profite le crime ? J'en sais rien, c'est le boulot d'un flic de le découvrir... Si je me souviens bien, on dit dans votre métier : cherchez la femme... mais évitez d'enquêter de mon côté, parce que moi, tous les mecs vous le diront, je suis pas une femme, je suis une sorcière... une salope de sorcière...

Il y a dans sa repartie plus d'amertume que de provocation. Des mots, aussi, que Koëstler ne sait pas recevoir ; c'est pourquoi sœur Blandine pallie sa défaillance :

– Solange, êtes-vous en rapport avec vos « confrères » ?

Que n'a-t-elle pas demandé là ?

– Les deux tordus ? Colette Gérard et Marc Rochelle ?... Pas fréquentables.

– À ce point ?

– Des minables, des escrocs, sans aucun don. Ce qu'ils savent, ils l'ont appris dans les livres : tarots et envoûtements en dix leçons ; et certainement par correspondance... En revanche, ils savent bien emballer leur marchandise, mais à deux ou trois tunes la séance, ils peuvent au moins coller un bolduc sur le paquet.

Les voyants se détestent cordialement, c'est bien connu.

– Maintenant, si vous n'avez plus d'autres questions, moi j'en ai une à vous poser, lieutenant.

Ce renversement des rôles le fait se redresser, il rajuste son uniforme :

– Je vous écoute, mademoiselle.

– Ça vaut quoi, comme peine, le harcèlement téléphonique ?

– Rien, hélas. Même si vous avez relevé son numéro, il est quasiment impossible de prouver que c'est M. Lambda qui vous importune. Il peut arguer que ce n'était pas lui qui téléphonait, qu'un tiers a utilisé son combiné. Dans ces conditions, devant un juge, il part gagnant... Mais pourquoi cette question, quelqu'un vous embête ?

Elle hésite, se dit qu'après tout, puisque ça ne compte pas aux yeux de la loi, elle peut en parler :

– Depuis un petit mois, oui, deux à trois fois par jour.

– Un homme ? une femme ?

Elle sourit ; se fiche-t-il d'elle ou cherche-t-il à la piéger ?

– Je sais qui c'est, lieutenant.

– Parfait ! Si vous savez son nom, fichez-lui la trouille, il s'arrêtera.

– Attendez : quand je dis que je sais qui c'est, c'est en voyance.

– Ah ? Et vous voyez qui ?

– Un homme, jeune, au loin, dans un bureau richement décoré ; il admire les montagnes de sa fenêtre ; il a des traits épais, il porte un diamant à l'oreille.

Ce serait une révolution dans l'histoire de la police, mais Koëstler n'a pas du tout envie de dresser le premier portrait-robot extralucide :

– Sur l'image, je vous fais confiance, mais sur le son ? Que vous raconte-t-il ?

– Il veut que je vende.

– Que vous vendiez quoi ?

– La maison, le terrain, l'étang... Que je m'en aille.

– C'est ce que vous appelez du harcèlement ?

– Donnez-lui le nom que vous voulez ; moi je dis, lorsqu'on me menace sans arrêt pour que je cède, avec insultes à la clé, que je n'ai plus affaire à des marchands de biens pépères.

La petite musique de sœur Blandine rejoue ses triolets, ce sont ses voix personnelles, les oies de son Capitole :

– Quelles sortes de menaces ?

– D'abord, ça a été des mises en demeure de signer, avec un chèque balaise en récompense ; je m'empresse de l'ajouter : mon gugusse n'est pas à un zéro près. Ça se traduisait par des phrases du style : « Vous n'avez pas le droit de refuser, on arrivera bien à vous faire comprendre où est votre intérêt », mais sur un ton vindicatif. Puis on en est venu aux indélicatesses, le tutoiement a pris la place du vouvoiement : « On te fera la peau, sorcière, tu vas en baver », j'en passe, et des plus salées.

– Ce bonhomme, il ne s'est jamais présenté, vous ne savez pas son nom ni celui de son entreprise ?

– Absolument pas. Dès son premier coup de fil, il s'est réfugié dans le flou. Il m'a dit qu'il représentait un groupe d'investisseurs anonymes. Lui-même ne souhaitait pas m'en révéler davantage sur son compte ; tant que nous en étions au niveau de la négociation, je ne devais le connaître que sous le nom de monsieur T… Voilà ; la suite, vous la connaissez.

Enfin, Koëstler accepte de s'en mêler :

– Ouais, pas très net, ce marchandage… Je vous promets de trouver une solution, je vais étudier la question…

Sur ce, il se lève ; l'entretien est terminé, le témoignage de Solange n'a pas fait avancer l'enquête, il n'a plus rien à faire chez elle.

Il la remercie, renouvelle sa promesse de s'occuper de son histoire de harcèlement, sort, suivi par sœur Blandine.

– Ma sœur, puis-je vous parler seule à seule ?

Après un moment d'hésitation, Koëstler fait signe à la sœur qu'il va l'attendre dans la voiture ; il laisse les deux femmes en tête à tête.

– Je vous écoute, Solange.

Les yeux de la magicienne luisent étrangement :

– Il n'est pas mort comme on l'a prétendu.

– Qui ça, Vouvéré ?

– Non, ma sœur, celui que vous aimiez.

Le cœur de la religieuse manque d'exploser dans sa cage thoracique :

– Quoi ?

– Il n'a pas été tué par un terroriste…

– Je, je ne comprends pas.

Solange la quitte, sombre dans une vague cataleptique, tremblante :

– L'aéroport… Des otages… Des coups de feu…

La *Septième* de Beethoven, le deuxième mouvement, il cogne dans le crâne de la sœur, monte, dans son tragique crescendo…

– Un flic tire… Une balle perdue… Il le tue, par erreur…

Les altos grondent, les violons gémissent.

– On vous demande de vous taire… Vos valeurs… Vous devez accepter…

Les bois mêlent leurs plaintes aux pleurs des archets…

– Vous démissionnez… La prière… La foi… Vous prenez le voile…

La peau du visage de sœur Blandine concurrence le blanc de la farine :

– Comment savez-vous ?…

Forte, fortissimo, les timbales martèlent le mouvement…

– Thierry est là… À côté… Tout près de vous…

Les cuivres, en contrepoint, s'engouffrent dans la procession…

– Il dit que vous serez réunis un jour… Voilà, il est parti…

Et elle s'effondre, épuisée.

La musique s'arrête, l'orchestre disparaît…

La religieuse ne sait pas ce qu'elle lui répond, ni comment elle s'y prend pour marcher jusqu'à la voiture. Elle monte, boucle sa ceinture, observée avec attention par un Koëstler inquiet :

– Ça n'a pas l'air d'aller, ma sœur ?

– Si, si… Démarrez…

Sans chercher à comprendre, il enclenche la première. La Peugeot s'engage sur la route dans le silence. Il sent que quelque chose cloche, qu'elle ne va pas bien ; il se donne jusqu'au prochain étang avant de la sonder…

– Alors, ma sœur, vos conclusions ?

Elle s'efforce de réguler sa respiration, laisse glisser entre ses dents toujours serrées :

– Qu'il y a urgence à trouver un type aux traits épais avec un diamant dans l'oreille… Il existe.

Il pleut, les vapeurs d'eau enveloppent la nature d'un voile magique.

La Dombes ensorcelle.

⁂

Les fesses de la fille ont des rondeurs de pastèque, ses seins livrés au vent pèsent dix tonnes chacun ; elle court dans un pré, hilare, suivie par un vilain cabot acharné à lui renifler le derrière ; un paysan joufflu lève les bras, émoustillé de voir la nymphe débarouler vers lui, avec sa cellulite sans fard, sa toison pubienne fleurie, plus bouclée qu'un bouquet de persil. Des papillons gigantesques s'enfuient dans les airs ; d'un œil morne, une éléphantesque vache observe le spectacle.

– Naïf, champêtre, coquin... Je ne parie pas sur l'intérêt du Louvre pour ce tableau.

– Ils n'en sont pas à une erreur près : ils exposent bien la *Joconde*.

Victoire flanque une bourrade à Gontrand :

– Tu ne vas quand même pas comparer ?

– Pour moi, amour, la peinture commence avec Kandinsky.

– Pouah ! cette gribouille ?

– Ignorante ! c'est de la pure évasion en couleur, du suprême de chef-d'œuvre participatif. Tu y vois ce que tu veux, l'artiste te laisse libre d'imaginer ce qu'il a peint, il ne t'enferme pas dans ses contraintes, ton esprit ne dépend pas du sien... Avant lui, on faisait de la photo à l'huile...

– Y compris les impressionnistes ?

– Mmm... Quelques-uns, je le confesse, ont droit à mon admiration. Pas tous.

Des gens partent derrière eux, en les bousculant, mais c'est bon signe :

– Ta table va être fine prête, Gontrand, vous allez pouvoir prendre place.

– Navré, mon cher Jules, c'est ma faute... On ne fait pas ce qu'on veut, dans nos métiers, j'aurais mieux fait de te prévenir qu'on serait en retard.

La longue balle chauve de Jules, le patron du bouchon, cigogne dans un balancement navré :

– Je m'en doute ; quand j'ai vu les aiguilles de la pendule, j'ai dû accepter d'autres clients... Comme que comme on arrive toujours à s'arranger, je m'en suis pas fait, la preuve.

Ils quittent le zinc du bar où pendouille le tableau de la fille nue, entre des rosettes tendres et des jésus en résille, des étiquettes de bouteilles aux noms prometteurs de bonne ivresse, et des verres à pied comme ceux qu'utilisaient nos grands-pères.

– Voilà, installez-vous… Il y a des diots, ce soir, et du tablier de sapeur.

– Et du sabodet ?

– À profusion, mon gone, il ne quitte jamais la carte.

Gontrand en salive à l'avance, il saisit un morceau de pain pour calmer sa faim.

– Oh, mon Gontrand ! T'emboque pas, t'auras plus d'appétit après… Tu veux pas plutôt patienter avec un petit mâchon du genre grattons et picholette de saint-amour ?

Pas déplaisant comme programme, dont acte. Jules court le leur chercher, dépose le tout devant eux, les laisse tranquilles pour qu'ils fassent leur choix.

– C'est la première fois que tu m'emmènes ici.

– Les Lyonnais, ma chère, ont un point commun avec les Corses : la loi du silence… On ne donne pas à tout le monde l'adresse de Jules, il faut montrer patte blanche. Ce soir, tu peux te considérer comme faisant partie des nôtres.

– Flattée de cette intronisation.

– Ce n'est qu'un début… Passons aux choses sérieuses, que prendras-tu ?

– Conseille-moi, plutôt…

Il hésite, il aimerait goûter à tout :

– Bon, je te propose une petite dînette, on partagera nos plats.

– Excellente idée.

– Commençons par la salade de lentilles à la lyonnaise, avec de la tête de cochon roulée à la pistache, du pâté en croûte, deux ou trois amusettes en prime, telles que saucisson du Forez, fromage de tête…

– Tu es sûr de composer un hors-d'œuvre ?

– Avec un bon fleurie, ça glisse tout seul.

Ses pensées s'envolent vers sa balance, que lui annoncera-t-elle demain, dans le secret de sa salle de bains ? Flic, mais femme avant tout !

– Pour continuer, je prendrai un sabodet…

– Tu décryptes, s'il te plaît ?

Il réfléchit avant de lui résumer avec un maximum d'exactitude :

– Saucisson cuit, à base de tête et de couenne de porc… Tiens ! au diable le cholestérol, pourquoi pas un tablier de sapeur pour lui tenir compagnie ?

– Voui… Traduction ?

– Fraise de bœuf, cuite à la poêle après immersion dans de l'œuf et de la chapelure, une symphonie labiale. Criques de pommes de terre, cervelle de canut pour terminer, voilà qui me paraît convenable.

Effrayant, mais terriblement tentant, elle en frémit :

– Allons-y ! j'ai rédigé mon testament la semaine dernière.

Jules vient prendre la commande, il repart la passer en cuisine en traversant une salle archi-comble. Les amoureux sont seuls au monde, ils ne regardent personne, mais sont toujours pris par leur travail, ou par l'inquiétude :

– Ta virée dans la Dombes t'a avancé ?

La langue de Gontrand claque au passage du saint-amour :

– Je t'en dis si tu m'en dis ?

– Parle d'abord, je verrai ce que vaut le troc.

Il se rapproche au plus près d'elle :

– Notre amie Martine Beaulieu a son brevet de secouriste. Elle a été pompier volontaire dans sa jeunesse… Échangeable, non ?

– Elle connaît donc le monde médical ?

– Assez pour comprendre la nature des produits administrés à Katz, voire savoir comment se les procurer… Tu me donnes quoi pour cette info ?

Il marque un point, ce détail ne figurait pas dans ses dossiers :

– Savais-tu que Thiercelot était pharmacien de formation ?

Ah ? Pas mal non plus, il salue le point :

– Quinze-A. Le cercle des médicastres s'agrandit, dirait-on ? Quatre experts de l'aspirine autour de la victime, ça devient un club.

– Cinq, avec ta sœur Blandine.

– Humour de Corse ou humeur de cogne ?

Elle lui pince le bout du nez :

– Je te taquine.

Il préfère. Elle rectifie :

– Quatre, je te l'accorde, mais je n'en retiens que trois, l'infirmière n'a pas de mobile.

Alors là, il se prépare à emporter le set :

– Pas de mobile, la maîtresse du Dr Delporte ?

Elle s'arrête de mâcher un gratton :

– Hein ? Redis-moi ça doucement…

Impossible de parler avec plus de suavité dans la voix, il feutre sa jouissance d'avoir à le lui répéter, de l'entendre s'étonner :

– Comment as-tu appris qu'ils étaient amants ? C'est validé, au moins ?

– Certain ; bien que je ne révèle jamais mes sources, tu peux me croire.

– Oui… À mon avis, elles doivent porter le voile, tes sources.

– Libre à toi de chercher, quoi qu'il arrive, je me tairai.

– Ça change tous mes plans, ta petite confidence. Dans une affaire de meurtre, où il y a fornication, il y a motivation. L'adage n'est pas toujours vrai, mais les statistiques ne lui donnent pas tort.

Sur ce, elle est interrompue par l'arrivée de Jules, chargé comme un mulet, pressé de se débarrasser des plats qu'il leur apporte :

– Attention, je vous ai rajouté un peu de saucisson chaud, ça brûle.

Ils le remercient, commencent par admirer les torpilleurs serrés sur la table étroite, puis se ruent sur l'ensemble au petit bonheur. Les saveurs se confondent, elles chantent dans leurs bouches :

– Mmm… Vous êtes vraiment une belle bande de pourritures, les Lyonnais.

– Nous ne manquons pas de qualités, mais pourquoi ajouter celle-ci ?

– Si on n'est pas du coin, a fortiori seul, on a peu de chance de goûter à cette cuisine, encore moins de dénicher l'adresse de ce bouchon.

– Surtout à la Croix-Rousse, les touristes ne s'y aventurent pas trop. Mais ils sont les bienvenus ; comme dit le dicton : « Tout le monde y peut pas être de Lyon, il en faut bien d'un peu partout. »

– C'est bien ce que je dis : des pourritures de régionalistes.

– Ah ! parce qu'en Corse vous ne protégez pas vos traditions ? D'accord ! On nous accuse de ne pas nous jeter au cou des passants, d'avoir un fichu caractère, mais on a raison ! Notre esprit nous sert de rempart, il nous préserve de la standardisation ambiante, tout en restant ouverts sur les autres, conviens-en… On met du temps avant de les accepter, certes, mais une fois que c'est fait, c'est pour toujours… D'ailleurs, ma chère Victoire, admets que tout le monde agit de même : le Catalan dans son Roussillon, qui enseigne la sardane à ses enfants, le paysan du Gers, peu enclin à inviter le premier vacancier venu à partager la truffe sous la cendre, sans parler du joueur de biniou breton !… Même les Parisiens gardent des coins secrets, et c'est normal… C'est comme ça qu'il marche, ce pays.

Bon, il n'a pas faux sur toute la ligne, elle n'a pas de motif sérieux pour le titiller, d'autant qu'avec son passeport napoléonien, il n'hésitera pas à lui tirer dessus : l'Île de Beauté n'est pas en reste dans ce concours…

– Tes remarques ne sont pas dénuées de justesse, je te l'accorde ; mon réquisitoire ne vaut rien, je le remballe.

Affaire suivante. Tu diras que je passe du coq à l'âne, mais je croyais que tu t'étais rendu dans la Dombes pour enquêter sur le meurtre d'Axel Lignon.

– Et je me suis occupé de Martine Beaulieu, ça t'intrigue ?

– Oui... Quel rapport ?

– Drôle de question : as-tu remarqué, ma chère Victoire, qu'on retrouve les mêmes acteurs dans les deux affaires ?

– Tu me prends pour une idiote ?... Il n'y a pas de lien entre ces crimes.

– Certes... Entre la gratuité du premier et l'intérêt du second, le fossé est large. Pourtant, il y a trois personnages communs à ces affaires, et leur passé me chiffonne... Routine journaleuse.

– Trois ? Thiercelot n'est pas mêlé à l'assassinat de Lignon.

– Tu oublies la secrétaire, la délicieuse Arlette Henrioux.

Victoire se couvre vite le visage avec sa serviette, prise d'un fou rire maladif.

– Qu'est-ce que j'ai dit, pourquoi ris-tu ?

– Arlette ?... Mais c'est elle, la coupable.

La révélation lui coupe l'appétit, il en perd son sens de l'humour :

– Sois plus claire, je ne te suis plus dans ta drôlerie.

Elle s'efforce de parler normalement, à demi étouffée :

– Je l'ai interrogée, ce matin, en qualité de témoin.

– Et après ? À quel moment dois-je m'esbaudir ?

– Attends, ça vaut le détour... Pendant plus d'une heure, elle m'a tenu un discours tellement ampoulé, dans une attitude tellement ambiguë, que j'ai bien cru qu'elle me cachait quelque chose. Il m'en a fallu, du temps, pour deviner à quoi rimait son manège. En définitive, quand j'ai compris que cette bonne Arlette était persuadée qu'on soupçonnait son patron, qu'on allait le coffrer, le menotter devant ses yeux, je lui ai claqué dans les dents qu'elle se plantait comme une tordue. Elle a failli s'en évanouir de bonheur, la bêtasse... Pour ça, elle l'a si fortement défendu qu'on s'est réellement interrogé sur son cas.

– Tu viens bien de m'annoncer pourtant que c'est elle qui…

– Était coupable ? Oui, mais pour prendre la place de Delporte, prête à se sacrifier pour lui, à offrir sa tête aux Assises. Jusqu'où n'irait pas son abnégation pour ce bon docteur qu'elle admire, qu'elle aime à la frénésie ?

– Ah !… Elle s'accusait pour le disculper.

– Voilà… J'ai fini par me fâcher, et quand son pariental déficient lui a montré qu'elle faisait fausse route, elle a viré au gris.

– Sa couleur préférée, ce que j'ai pu remarquer.

Mais est-ce par mimétisme verbal, parce qu'elle en parle, qu'à son tour son teint devient grisâtre ? Victoire s'arrête de manger, ses quenottes grincent.

– Dis, amour, que t'arrive-t-il ? Ça ne va pas ? Le Jésus te pétafine ?

Elle fixe un groupe d'hommes qui se lèvent, rubiconds, repus et de fort bonne humeur :

– Là-bas, au fond… Rezwiakoff…

La machine à saisir la situation met quelques secondes à refonctionner après réparation d'une panne due à une consommation massive de saint-amour :

– Lui ? Tu en es certaine ?

– Avec toute sa bande.

– Tu les reconnais ?

– Certains, pas tous.

– Chapel à midi, Jules ce soir… Si l'homme n'a pas de cœur, il a de l'estomac.

– Tais-toi, il va passer.

Cinq hommes frôlent leur table en plaisantant dans toutes les langues, en anglais, en allemand, en russe. Gontrand jette un œil sur Rezwiakoff, ses oreilles en chou-fleur, ses cheveux blonds ondulés, ses lèvres épaisses. Il enrage que la police ne puisse rien tenter contre ce salaud, chef maffieux importé de Moscou, trafiquant de drogue, proxénète, marchand d'armes et gadgets illicites en tout genre. Les ordures qui l'accompagnent puent le fric facile, le costard à vingt sacs, l'eau de toilette à plein nez. Ils ont du sang plein les mains, mais ils sont libres, pour cause d'immunité diplomatique, une vraie honte humanitaire... Ce torchon officiel leur accorde même le droit d'écraser des enfants sans craindre des poursuites...

– Ça y est, Victoire, ils sortent, tu peux te redresser.

– Il accepte n'importe qui dans son bouchon, ton ami Jules. Sans vouloir vexer, les gangsters russes ont l'air de connaître la Croix-Rousse autant que la vieille garde lyonnaise.

– On ne lui en dira rien, il aurait de la peine.

Le dernier des cinq s'en va, elle le regarde furtivement.

– Tiens ? Un petit nouveau.

Fringué chez Armani, jeune, grand, les traits simiesques, l'inconnu porte un diamant à l'oreille...

***

Ces réunions politiques l'épuisent. Néanmoins, impossible de leur échapper, toute la vie du mouvement en dépend, on y recueille des informations de première. Et puis, elles lui sont utiles, les gens la voient, pas peu fiers de la tutoyer, de l'engueuler s'ils le souhaitent, de militer, en un mot. Ah ! les militants, quelle race à part ! Ils ont l'impression de refaire la France dans l'arrière-salle d'un café, persuadés que tout ce qu'ils disent autour d'un gorgeon sera transformé le lendemain en texte de loi. Il faut savoir composer avec les véhéments, tribuns de troquet, au verbe patriotique ; il est capital de mettre en valeur les timides, souvent porteurs de bonnes idées, mais incapables de s'exprimer si on ne les y aide pas ; il faut écouter, temporiser, réunir... Un métier, quoi !

Ce soir, l'ambiance a été électrique. Martine Beaulieu en a entendu des chaudes. Bien sûr, la mort de Katz les émeut, mais elle ouvre la compétition législative, ils y sont allés de bon cœur, en la quittant sur un chant :

– On va ga-gner ! On va ga-gner !

Et puis il y a le meurtre de Vouvéré, la profanation du cimetière, l'ombre des sorciers sur la Dombes :

– Martine, ne mâche pas tes mots, après-demain, à la mairie.

– On sera tous avec toi. Delporte doit prendre des mesures énergiques.

– De la sorcellerie, et quoi encore ? On passe pour qui, dans la région ?... Des demeurés, des charlots ?

Ils en ont tous marre de cette histoire, ils refusent de passer pour des attardés mentaux, pas un ne croit aux sorciers.

– Pourquoi pas aux vampires ? À quand Dracula-sur-Dombes ?

C'est vrai qu'ils sont solides, ces gens-là, mais leur image en prend un sale coup de moyenâgeux mystiques, et ils n'aiment pas ça.

Ils l'ont fait savoir au maire, les fils du standard de la mairie ont failli en péter. Las, Delporte a décidé d'une réunion municipale publique pour le mercredi. Ces embrouilles, il faut les tuer dans la bave, ne pas attendre qu'elles prennent de l'ampleur...

Bientôt minuit, elle roule doucement sous la pluie, les routes sont plates mais étroites, elle n'y voit pas grand-chose, ses yeux s'accrochent à tout repère lumineux pour mieux avancer. Ceux de la propriété qu'elle distingue dans le lointain, à travers le ballet de l'essuie-glace, elle les connaît tous, et pour cause.

– Tiens ? Mais c'est gala, chez Thiercelot.

Son chemin pour rentrer chez elle passe par la maison de son adversaire. Celle-ci est illuminée jusque dans le jardin, l'éclairage lui permet de distinguer deux grosses voitures garées devant la grille.

– Lamborghini, BMW, il ne reçoit pas que des pue-la-sueur.

La porte s'ouvre, Thiercelot sort, en grande conversation avec deux types qu'elle ne reconnaît pas. Qui sont-ils ? D'où viennent-ils ?

En période normale, elle laisserait courir, mais entre les meurtres auxquels elle est mêlée et les élections à venir, ladite période caresse le paranormal, flatte itou l'anormal. Martine Beaulieu est une femme de décision… Elle dépasse la demeure de Thiercelot, trop occupé à discuter pour la remarquer, s'arrête un peu plus loin derrière des arbres, coupe le moteur, éteint les phares, enfile une parka, s'éjecte de son véhicule.

La pluie tambourine sur sa capuche, elle marche dans des flaques, ses chaussures s'emplissent d'eau. Peu importe, elle progresse, s'approche autant qu'elle le peut des trois hommes…

– Alors, nous sommes d'accord, monsieur Thiercelot, trois cent mille en liquide, pas de papiers, pas de signature, et votre promesse de soutenir notre projet.

– Vous l'avez, monsieur Ruhaut, d'autant que j'y suis favorable.

– Il ne vous reste plus qu'à gagner cette élection.

– Monsieur Ancellin, je ne vends jamais la peau de l'ours, mais la dernière fois, contre Katz, je me suis incliné à cent voix d'écart… Lui disparu, ma campagne me semble bien partie.

– Surtout qu'avec cet argent, vous pourrez faire de belles affiches.

– J'y compte bien, en occupant le terrain.

– C'est le cas de le dire, voilà le mot de la fin.

Leurs rires indiquent qu'elle est bien bonne, celle-là, ils n'en peuvent plus de l'apprécier. Personne ne peut les comprendre, personne… Sauf Martine Beaulieu, tapie dans son coin sombre :

– Ruhaut, Ancellin, les enfoirés de la SOGEMIM… Ils traitent avec ce connard, maintenant…

Elle attend qu'ils démarrent.

Thiercelot les salue de la main.

Celui-là, un jour, elle lui fera la peau.

GRIS

Elliptique, la journée du mardi s'écoule sans charrier de nouveaux drames, parenthèse mise à profit par les enquêteurs pour découvrir des indices dans un calme qu'on osera qualifier de relatif.

Aussi, quand rien d'important ne se passe, faut-il s'empresser d'en parler avec passion. Meubler n'était-elle pas celle de M. Boulle ?

Honneur aux dames… Dans son fauteuil en cuir, Victoire Amalfi auditionne Thiercelot, Léonie, Martine Beaulieu, sans en apprendre davantage sur le meurtre de Katz. En fin de soirée, force lui est de reconnaître que ses métatarses n'ont pas progressé d'un millimètre ; elle piétine…

Plus modeste, le siège de Koëstler bénéficie toutefois de la plus grande invention humaine après le mensonge : des roues. Sans le quitter, il peut, grâce à elles, se balader d'un meuble à l'autre de son bureau. Il extirpe des dossiers, interroge les bases de données de son PC, passe des coups de fil, croise les informations, et conclut, à la nuit tombante, que sa tête, à l'instar de son siège, a fait du surplace ; il tourne en rond.

En résumé, ces vingt-quatre heures n'ont rien amené. Quoique…

Ce mercredi matin démarre sur les chapeaux de roue d'un cabriolet 306. La voiture s'immobilise sur le gravier de la Sainte Croix dans un crissement déplaisant. La portière s'ouvre, un talon aiguille en sort, accompagné d'un pan de manteau de vison. L'autre talon tarde à apparaître, on dirait que la conductrice est tentée de repartir… Non, elle se dégage du véhicule, un mégot aux lèvres, regarde autour d'elle, avise une religieuse, s'avance vers elle en plissant sans cesse le nez ; abrupte, elle lui demande nerveusement, avec des gestes désordonnés, des tics effroyables :

– Je souhaite parler à sœur Blandine, c'est possible ?

Tout sourire, son interlocutrice détecte un stress énorme chez la visiteuse, elle essaie de la détendre en lui répondant gaiement :

– Vous avez de la chance, elle est là ! C'est son tour de garde au dispensaire. Qui dois-je annoncer ?

– Véronique Delporte. Nous n'avons pas rendez-vous, mais elle me connaît.

– Suivez-moi, madame, je vais la prévenir.

Crispée, grillant cigarette sur cigarette, Véronique emboîte le pas trottinant de la Saint-Vincent-de-Paul en serrant son sac contre son ventre. Il ne faut pas qu'elle le perde, il contient… En fait, elle ne sait pas ce qu'il contient, elle doit trouver de l'aide pour le découvrir. Mais peut-être s'affole-t-elle pour rien ? Cette idée l'effleure, elle risque de passer pour une bille. Renoncer ? Rebrousser chemin ?… Et si son instinct ne la trompait pas, si ses soupçons étaient fondés ?… Tant pis, il faut qu'elle reste, qu'elle en ait le cœur net.

Reconvertis en couvent, les bâtiments de l'ancienne ferme s'étalent sur un vaste terrain. Éloignée de l'entrée principale, une vieille grange a été transformée en dispensaire. Véronique écrase son mégot, elle y pénètre avec la sœur. Tout est sobre, à l'intérieur, les religieuses ont peint la salle d'attente en bleu clair. Le mobilier se limite à une table basse recouverte de journaux, entourée de quelques chaises d'école et de deux bancs rustiques… Sans oublier, évangélisation oblige, un grand crucifix cloué au mur.

– Asseyez-vous, madame, je vais prévenir sœur Blandine.

C'est plein d'un monde venu d'un autre monde que le sien.

Les regards convergent vers elle. Véronique ne se sent jamais bien dans sa peau, mais là, elle aimerait carrément s'en échapper. Surtout de celle sur laquelle un fourreur a collé des poils de vison : ici, la richesse de son manteau ressemble à de la provocation. À côté des parkas coréennes en latex laineux, des moumoutes en coton acrylique d'Outchanie, des boubous en vrai nylon d'Afrique, la coûteuse pelure détonne, anachronique, symbole des inégalités à la Rousseau. Heureusement pour elle que les fondements desdites ont évolué en fracture sociale, on se contente de la toiser, elle ne risque pas sa tête. Les gosses, eux, la détaillent, ébahis. C'est quoi cette fringue relou à la meuf vénère ? C'est même pas signé Nike ! Elle tend l'oreille, leur conversation a pour sujet une drôle de guerre, il paraît que la veille, onze types en short en ont tué onze autres au stade Gerland, un massacre. Mais leur causerie est soudain interrompue par un cri affreux, suivi d'un coup de gueule fracassant :

– Qu'est-ce que c'est que ce douillet ? Dites-moi, mon garçon, il faudrait voir à contrôler vos émotions !

– Ma cha fait mal, ma mère.

– Cha fait mal, cha fait mal… C'est au Portugal qu'on vous a appris à plonger les mains dans du béton frais ? Je le croyais pourtant évolué, ce pays-là.

– Chétait pour aller pluch vite, ma mère.

– Je sais pas si vous avez réussi votre coup, mais moi, j'ai pas raté le mien : ça, c'est de la belle cicatrice ! Voyons, si je vous presse la main ainsi, vous sentez quoi ?

– Ouah ! ! !

– Excellent ! cessez de chougner, petit veinard, elle est pas morte, votre mimine.

– Croyéch-vous que che dois voir un docteur, ma mère ?

– À votre avis, mon garçon, je suis quoi ? Charcutière ?

– Heu… Vous ch'êtes la mère chupérieure.

– C'est bien ce que je craignais, Lisbonne est en Asie. Allez, ma sœur, on passe au suivant… Qu'avez-vous de beau au programme ?

Dans la mince cabine de soins, une voix lui répond tout bas, fréquence inadaptée au coffre de mère Adrienne :

– Hein ? Une blenno ! Encore un qui a péché aux frais de la CPAM ! Très bien, envoyez-moi ce libidineux, je vais m'occuper seule de sa boutique, ça me rappellera le Congo... Sœur Blandine, vous pouvez rejoindre Mme Delporte, je n'ai pas besoin de vous.

Aussitôt, la porte s'ouvre sur une sœur Blandine consternée. Rencontrer Véronique en riant comme une bossue est pour le moins déplacé. À toute allure, elle s'efforce de balayer de son esprit les commentaires outrés de sa supérieure, le fixe sur l'image de Katz après sa mort, pense surtout au chagrin de sa fille qu'elle aperçoit, prostrée sur une chaise. Les gosses lui barrent le passage, ce sont quelques secondes de gagnées en concentration ; elle les pousse gentiment, se compose un masque adapté au caractère de l'entretien, se dirige gravement vers la visiteuse effondrée à l'autre bout de la salle :

– Véronique... Je n'ose vous demander comment vous allez.

Les yeux de la pauvre femme fuient dans tous les sens, ses nerfs se tendent comme les fils d'une marionnette, ils martyrisent la surface de son visage dans de vilains tics qu'elle tente de dissimuler en baissant la tête :

– Pas fort, ma sœur.

– Que puis-je pour vous ?

– J'ai l'impression que je vous dérange... Je peux revenir.

Oh ! que non, elle devine qu'il y a urgence à l'écouter, sa simple présence ressemble à un SOS, encore faut-il savoir pourquoi.

– Venez avec moi, Véronique, il y a un bureau disponible à côté.

D'autorité, elle la prend par le bras, l'entraîne dans un couloir, pousse une porte, l'assied presque de force face à elle :

– On sera bien, ici, personne ne nous voit, je vous écoute.

Par quel bout aborder sa démarche ? Elle tangue, atermoie :

– Je me demande… Enfin, je suis sans doute idiote…

– Certes pas, parlez tranquillement, sans arrière-pensée, considérez-moi comme une amie à qui on peut tout raconter.

– Voilà, ma sœur… Vous m'avez prouvé votre clairvoyance… Sans vous, personne n'aurait remarqué que mon père a été tué, et, c'est bête à dire, mais je vous en remercie… L'assassin devra payer…

Elle réprime un sanglot, respire, prend son courage à pleines mains :

– Je vais vous montrer quelque chose…

Ses doigts ouvrent la boucle de son sac, en extirpent une bouteille de vodka à l'herbe de bison :

– C'est de cela qu'il est question.

Tout bien considéré, la sœur ne comprend toujours pas ; il y a peu de chance pour que Véronique soit venue lui offrir un verre ; pour quelle raison a-t-elle apporté cette bouteille aux trois quarts vide ?

– De la vodka ? Mais encore ? Je ne saisis pas.

Ses lèvres souffrent, elle les force à laisser s'échapper les mots :

– J'ai bien peur qu'elle soit empoisonnée.

Ça y est, c'est dit, son corps en tremble, sœur Blandine doit la prendre par les épaules pour la ramener au calme :

– Doucement, Véronique, doucement… Là, voilà… Ça va mieux ?

– Oui… Excusez-moi, ça passe…

– Tant mieux, prenez votre temps… Continuez…

Ses paupières se ferment, elle puise un gramme de force dans ses réserves, il ne lui en faut pas davantage :

– Je vais bien, ma sœur.

– Parfait… Permettez-moi de vous questionner ; est-ce vous qu'on veut empoisonner ?

– Non ; mon mari.

Tournant inquiétant autant qu'intéressant, mais après ?

– D'où vient cette bouteille ?

– De son bureau, à la mairie… Mon histoire est stupide, juste un pressentiment… Et puis non, pas seulement, regardez.

Elle prend la bouteille, la soulève, la secoue… Le liquide devient un soupçon trouble, un infime dépôt remonte à la surface :

– Vous voyez, ma sœur ?

– Bien sûr, mais ces saletés ne sont-elles pas dues à la présence du brin d'herbe dans la bouteille ?

– Impossible, Maurice et moi en buvons parfois, ce phénomène ne se produit jamais… Ce n'est pas tout, sentez…

Elle la débouche, porte le goulot aux narines de la religieuse.

– M'oui… Moi, je suis plutôt branchée beaujolais, je veux bien vous croire.

– La différence est imperceptible, pourtant je vous assure qu'elle n'a pas son parfum habituel, on y a mélangé un autre produit, j'en suis quasi persuadée.

– Et si vous m'expliquiez tout en commençant par le début ?

En effet, la logique affectionne cet ordre, règle à laquelle elle se soumet :

– Voilà, ma sœur… Ça s'est passé hier soir… Maurice m'avait demandé de venir le rejoindre à la mairie où il y avait délibération du conseil. En principe, il devait finir tôt, mais les élus n'arrêtaient pas de causer. J'ai attendu, tellement attendu, que j'ai fini par aller l'attendre dans son bureau… Pour que vous compreniez la suite, je dois vous avouer qu'en ce moment j'éprouve souvent le besoin de boire un verre pour tenir le choc, et là, de me retrouver seule, avec mon chagrin pour toute compagnie, ça m'a fichu un coup au moral. Maurice a un petit frigo dans son cabinet, je sais qu'il y conserve de la vodka. J'ai pris la bouteille, et, allez savoir pourquoi, je lui ai parlé, en la tenant devant mes yeux, comme on le fait bêtement quand rien ne va plus, qu'on divague, qu'on se met à parler même aux murs. C'est ainsi que je me suis aperçue qu'elle n'avait ni sa couleur normale, ni son parfum habituel… Mon geste imbécile l'a peut-être sauvé…

Son récit tient debout, avec néanmoins quelques détails boiteux :

– Et c'est ainsi que vous l'avez emportée… Bien… Une question, Véronique, qui d'autre, à part vous, a accès au cabinet du maire ?

– Tout le monde et n'importe qui. C'est une petite mairie, vous savez, les gens ne font pas grand cas du protocole.

– Ces gens s'appellent-ils Beaulieu, Thiercelot, par exemple ?

– Exactement, comme Henrioux et Chapelard, ses assistantes, toujours fourrées dans son fauteuil. Même Baptiste, le cantonnier, y prend ses aises.

Un hall de gare, en somme…

– Qu'attendez-vous de moi, Véronique ?

– Bien, je me suis dit qu'avec votre activité, vos relations, il vous serait peut-être possible de faire analyser cette vodka, sans pour autant en parler à la police.

– Pourquoi voulez-vous l'éviter ?

– Pour une raison évidente d'élection. Je ne tiens pas à nuire à Maurice si ma démarche vient à se savoir. D'autant plus si je me suis trompée… Je redoute un interrogatoire… Une enquête produirait un effet détestable auprès des amis de mon mari… Elle pourrait par ailleurs servir d'arme à ses ennemis… Je dois éviter le scandale autour de son nom… Vous me comprenez ?

– Cinq sur cinq… Et au cas où vous auriez raison…

Hypothèse horrible…

– D'accord, ne perdons pas de temps, je vais appeler un vieux copain, il devrait nous éclairer avant demain.

La sœur s'installe devant le combiné, fouille, trifouille, farfouille dans sa mémoire… Le numéro lui revient, elle le compose, patiente :

– Allô, pourrais-je parler à Daniel Raymond ?… Ah ! c'est toi, vieil Ahuri !

Un feu d'artifice verbal pétarade sur la ligne.

– Oui, elle-même… Bien sûr, toujours vivante… Comment, huit ans ?… Tant que ça ?… Non, pas mariée… Pas libre non plus… Non, mon vieil Ahuri, pas de compagnon pour autant… À dîner, ce soir ? Impossible… Mystère, hein ?… Écoute, mon cher Daniel, je vais t'envoyer une dame qui va t'expliquer ce que je suis devenue, mais promets-moi de t'asseoir avant de l'entendre… Qui est cette dame ?… Elle s'appelle Véronique Delporte… Voilà, note-le… Mais avant de te l'expédier, bien que le numéro de ton labo n'ait pas changé, rassure-moi : tu t'occupes toujours d'analyse chimique ?… Pour l'Europe, ben dis donc !… Et tu en es aujourd'hui le directeur ? Félicitations… Tout ceci me semble excellent, surtout pour moi, parce que je t'appelle pour te demander de me rendre un petit service… Merci, Daniel, je te reconnais bien là… En fait, il s'agit d'analyser le contenu d'une bouteille… De vodka… Oui, je confirme : de vodka… Mais très, très vite, s'il te plaît. Peux-tu me mettre ce travail sur le feu, en priorité, il y va peut-être de la vie de quelqu'un… Non, l'Ahuri, je n'appartiens plus à cette honorable maison, c'est pourquoi je me tourne vers toi… Sympa, tu es un ami… Comment ? Tu vas utiliser un quoi ?… Un chromatographe en phase gazeuse ?… Voui, je te fais confiance, ça m'a l'air d'être bien, c'est toi l'expert… Ah ? un spectrophotomètre n'est pas mal non plus… Tu n'as pas changé, vieil Ahuri, toujours aussi poète…

Sur ce, elle se voit contrainte de s'appuyer un cours sur les beautés techniques des UV visibles et des colonnes capillaires avant de botter en touche :

– Pardonne-moi, Daniel, tout ceci me passionne, mais je dois raccrocher… Je sais, mais il y a urgence… Je donne ton adresse à Mme Delporte, elle devrait arriver chez toi dans une heure au plus, elle t'expliquera tout… Ça te convient ?… Excellent, je t'embrasse, à bientôt…

Sa main retombe, accompagnée d'un soupir de soulagement :

– J'ai menti en lui disant qu'il n'avait pas changé : il est pire qu'autrefois.

Cet appel lui redonne des forces, Véronique paraît maintenant reprendre du poil de la bête :

– Si j'ai bien compris, ma sœur, vous avez trouvé quelqu'un capable d'analyser ce liquide ?

– Oui, un copain d'enfance. Il dirige une unité de recherche à l'INSA, je vais vous donner ses coordonnées... Nous serons fixées rapidement.

– Comment vous remercier ?

– En ne tardant pas, allez-y tout de suite.

Véronique ne résiste pas à l'envie de l'embrasser. Elle range le papier que lui tend la sœur, rouge de confusion, du bonheur d'avoir été entendue, de l'excitation d'avoir un rôle à jouer...

Sœur Blandine la regarde courir, pensive. Que déduire si l'analyse se révèle positive ? Devra-t-elle conclure que quelqu'un cherche à empoisonner Maurice Delporte ?... Ou bien que sa femme a trouvé ce stratagème pour le disculper ?...

⁂

La moustache orgueilleuse du premier perd de ses superbes poils ; il ressemble à un lion qu'on aurait épilé pour la gay pride. L'œil droit du deuxième présente un manque d'éclat dommageable au rôle charismatique de meneur d'hommes ; il paraît navré de voir ses beaux soldats partir à la guerre, on serait à leur place, on changerait de métier : le regard qu'il porte à leur avenir n'inspire pas confiance. De nombreuses taches constellent les riches habits du troisième ; la dentelle raffinée de sa cravate s'afflige d'un havane imputable aux chiures de mouches. Le reste va de pair, misérable accoutrement pour un homme appelé à s'illustrer dans d'exquises mondanités.

– Mes pauvres ancêtres, vous voilà bien malmenés.

Gontrand les passe en revue, coincés dans leurs cadres, le cœur serré.

– Je sais, vos portraits souffrent de l'usure du temps, et alors ? La faute à qui si je ne vous les ai pas remis en état, hein ? Vous savez ce que cela coûte, aujourd'hui ? Non, bien sûr, à votre époque les avantages sociaux vous profitaient, tout entiers exclusifs à votre caste. Le manant qui vous aurait parlé d'Assedic ou de CSG aurait péri sur le bûcher pour propos démoniaques. Peut-être même que l'outrecuidance de son langage lui aurait valu d'avoir la langue arrachée, vous n'en étiez pas à une facétie près… Mais à présent, la piétaille nous dirige, bien plus inventive dans la torture que vous ne l'étiez, mes chers parents… Calembredaines que vos roues, pals et brodequins à briser les os ! Billevesées que vos gabelle, taille et paulette ! Je ne vous parlerai pas des taxes qu'ils ont créées à la place, vous ne me croiriez pas… Contentez-vous de savoir que c'est à elles que vous devez de mariner dans votre huile vieillissante, j'ai d'autres priorités.

Il s'arrête devant le portrait de Charles de Chailleux, 1712-1784, à la perruque plus grise que l'étain :

– Quant à vous, voluptueux aïeul, sachez que je vous réserve une punition à laquelle les membres de notre noble famille ne s'opposeront pas : je vous condamne à bénéficier en dernier de ce que l'on appelle maintenant un lifting. Je vous accuse, damnable coquin, d'avoir vécu au siècle des Lumières sans en avoir perçu les lueurs, trop occupé que vous étiez à lutiner, renouer avec la pastourelle et tortiller le passe-pied. Votre coupable frivolité nous a valu les Hébert et les Saint-Just, une décadence dont nous nous serions volontiers passé. Votre faute mérite ce châtiment, vous ne connaîtrez un renouveau qu'après que j'aurai payé les frais de la toiture, les travaux que réclament les lambris de ce château, son parquet et ses moulures en décomposition.

Dieu sait si Gontrand a déjà beaucoup restauré, mais il y a tant à faire qu'il arrive parfois à se décourager. Les conséquences de la grande tempête ont failli le pousser à tout abandonner, l'immensité de la tâche ne lui permet pas de voir le bout de ses peines, il a conscience qu'il mourra avant que la restauration entreprise soit terminée. Il ne l'avoue à personne, mais combien de fois a-t-il eu l'envie de baisser les bras ? Pourtant, comme par miracle, à la dernière minute, un sursaut d'orgueil l'a toujours obligé à repartir sans qu'il comprenne pourquoi ; cette demeure ancestrale est peut-être son tonneau des Danaïdes, elle représente surtout sa raison de vivre.

Ils n'en savent rien ceux qu'il attend. Comme leurs valeurs charrient les eaux boueuses de la médiocrité ! La vénalité de leur propos insulte la noblesse de ces pierres qu'ils veulent à tout prix acquérir, les sots ! L'Histoire ne s'achète pas, le passé d'une famille auréolée de gloire ne peut se vendre, qu'imaginent-ils pouvoir lui offrir en échange ? La monnaie d'une transaction contre nature n'est pas près d'être frappée…

Alors pourquoi leur a-t-il fixé rendez-vous quand ils l'ont appelé ce matin ? Pourquoi leur a-t-il dit de venir tout de suite ? D'habitude, il jette, comme un gant, une fin de non-recevoir méprisante au visage des mercantis. La raison en est simple : il veut voir à quoi ressemblent ces vautours, parce qu'ils ont prononcé un nom impossible à oublier, celui de leur société : SOGEMIM… Entre eux et lui, il y a le cadavre de son ami Vouvéré, ils n'ont peut-être rien à se reprocher dans ce meurtre, mais il veut en être certain. Il guette donc leur arrivée, impatient de savoir ce qu'ils ont dans le ventre et dans la tête… Il aimerait dire aussi deux mots au type qui le suit depuis des heures. Au-delà du parc, près des grilles, il aperçoit sa Mégane mal garée – mal cachée convient davantage – dans le petit chemin des étangs. Depuis qu'il a quitté le journal, elle le file tant bien que mal. Le bonhomme a tout tenté pour qu'il ne le remarque pas, mais en vain, il connaît depuis belle lurette toutes les ficelles d'une filature. La question est de savoir qui est ce mystérieux personnage ? Ce qu'il lui veut ? Gontrand n'aime pas ça du tout…

Tiens ! Voilà enfin les représentants de la SOGEMIM. Belle voiture, ils ne manquent pas d'aise. Leur engin se gare en douceur devant le perron où il descend les rejoindre, avec huit siècles de gènes nobiliaires dans la voix pour les accueillir :

– Messieurs, je vous souhaite la bienvenue dans ma modeste propriété. Comte Gontrand de Chailleux, pour vous servir.

Le ton est donné, il fera dans le baroque, la viole de gambe et la chaconne. Son buste se plie dans une rapide révérence propre à conseiller aux visiteurs de ne pas tendre leurs mains, il y a des doigts qu'il ne saurait serrer. Le plus âgé des deux se présente :

– Amédée Ruhaut… M. David Ancellin, mon associé.

Signes de têtes parfumées à l'eau qui coûte.

– Nous vous remercions de nous recevoir aussi vite, monsieur de Chailleux.

– Mon agenda me le permettait, autant en profiter… Suivez-moi, je vous prie, nous serons bien mieux à l'intérieur pour discuter.

Ils traversent le hall d'entrée couvert de bâches, l'odeur de la peinture fraîche leur saisit les narines, bien plus que dans le petit salon où il les conduit. La pièce est l'une des rares en voie d'achèvement, elle a presque retrouvé son cachet d'antan, les boiseries ont été refaites, les murs tapissés de toile de Jouy l'illuminent. Certes, elle ne bénéficie pas du faste qu'elle a pu connaître sous l'Ancien Régime, mais elle n'a pas à se plaindre, Gontrand l'a honnêtement traitée.

– Prenez place, messieurs… Je suis au regret de ne pouvoir vous offrir ne serait-ce qu'une tasse de café, je n'habite pas ici, la cuisine est vide.

– Ce n'est pas grave, monsieur de Chailleux, s'empresse Ruhaut, le principal est que nous puissions parler.

– Surtout vous, monsieur, car moi, je vous écoute.

Les visiteurs s'interrogent du regard pour savoir lequel des deux doit commencer. Finalement, Ruhaut prend la parole, relayé par son compère ; démarre alors un joli doublé fort bien préparé :

– L'objet de notre démarche, monsieur de Chailleux, a pour but d'étudier une transaction fort intéressante pour vous.

– Nous présumons que la restauration et les frais liés à l'entretien de ce château doivent vous coûter une fortune. Il va de soi que nous connaissons votre réputation de journaliste, mais, aussi élevé que soit votre salaire, nous présumons qu'il n'y suffit pas. Des travaux par-ci, des charges par-là, nous nous doutons que ce ne doit pas être facile de faire face tous les jours. Ai-je raison ?

Impassible, Gontrand ne leur fait pas l'aumône d'une réponse. Voilà un silence fort déplaisant pour des négociateurs, seule sa main les invite à poursuivre, qu'ils fassent avec.

– La SOGEMIM, reprend Ruhaut, a l'honneur de représenter un groupe d'investisseurs désireux d'établir leur siège dans la Dombes.

– Des investisseurs, monsieur Ruhaut ? Diable, mais encore ?

– Ils tiennent à préserver leur anonymat, monsieur de Chailleux, c'est dans cet esprit qu'ils nous ont mandatés. L'important, pour vous, est qu'ils ne manquent pas de fonds… Ils sont même très riches… Et généreux…

– J'eusse été navré que vous représentassiez des investisseurs pauvres, cher monsieur. Ceci dit, comme mes ancêtres, je ne fais pas la guerre aux intermédiaires, mais à un ennemi au visage découvert… C'est une image, bien entendu, je n'ai nullement l'intention de tirer l'épée contre eux… J'aime simplement savoir à qui j'ai affaire.

Ce qui ne fait pas la leur. Ancellin réfléchit pour trouver la parade, et, comme il en a l'habitude, il l'habille de chiffres, le mot « million » étant à ses yeux le seul détenteur du pouvoir de séduire :

– Dix millions cash, une poire discrète sous le comptoir pour la soif, le paiement intégral de vos factures en cours, les frais à notre charge… Voilà la proposition de l'ennemi, monsieur de Chailleux. Qu'en dites-vous ?

– Mmm… Cela mérite que l'on y consacre du temps… Où puis-je rencontrer ces bienfaiteurs ?

Décidément, il n'en démord pas, Ruhaut s'énerve :

– J'insiste sur le fait que nous serons vos seuls interlocuteurs, monsieur.

– Ah ? Cela change tout.

– Pourquoi ? Que ce soit avec nos clients ou directement avec nous, je ne vois pas en quoi l'identité des signataires peut modifier votre décision ?

Gontrand se lève, fait quelques pas :

– Il convient donc que je vous l'apprenne, monsieur : depuis des siècles, ma famille entretient des liens affectifs avec les habitants de cette région. Certes, mes aïeux en ont pendu quelques-uns sous le coup d'impulsions regrettables, mais l'intervention de la guillotine a rétabli l'équilibre des forces dans nos fâcheries. Depuis, nous vivons en bonne intelligence, et il me déplairait de céder ces vieilles pierres à des gens qui les transformeraient en usine de conserves ou en une annexe de chez Madame Claude… En partir, pourquoi pas ? Mais avec la garantie écrite et vérifiable que nul ne les recyclera en abri pour activités graveleuses… En résumé, disons qu'au nom du passé, de nos traditions, j'ai des obligations à remplir auprès de mes voisins.

L'objection ne figure pas dans le manuel de David Ancellin, d'habitude ses interlocuteurs parlent de gros sous, pas de devoir :

– D'accord, douze millions, dernier chiffre !

– Tt-tt… Vous ne m'avez pas répondu.

– Que voulez-vous que je vous dise ? Il est évident qu'on n'en fera pas un atelier d'emboutissage, de votre château ! On vous le répète, il servira de siège social, de lieu de réunions pour des cadres, des financiers…

Un temps passe, Gontrand s'attarde à détailler une nature morte accrochée près de la porte ; il la connaît par cœur :

– Colloques, séminaires… Parfait… Mais pourquoi, dans cette optique, désirez-vous également acheter les étangs qui nous entourent ?

– Que, que quoi ? en bredouille Ruhaut, écarlate.

Par la fenêtre, il leur montre un nid d'herbe et d'arbustes :

– Là-bas, samedi dernier, mon ami, Axel Lignon, a été massacré… Avant sa mort, il avait eu le temps de me parler de vous. Je sais que vous lui avez fait une offre pour ses étangs… Ne me dites pas que vos clients recherchent à ce point la tranquillité qu'ils en arrivent à vouloir mettre le grappin sur toute cette partie de la Dombes ? Ou je me trompe, ou vous me cachez la vérité… Quel est votre véritable but, messieurs ?

Plus maître de lui que ne l'est son associé, Ancellin temporise :

– C'est vous qui le dites : vous vous trompez, monsieur de Chailleux. Nos mandataires, en effet, ont un énorme besoin de calme. Notre proposition est maintenant entre les mains du fils de M. Lignon, je vous jure bien qu'elle est alléchante, il serait fou de la refuser.

– Oui, je m'en doute, Axel m'en avait touché deux mots… Notre langue a des différences stupides, savez-vous ? Lui qualifiait vos offres autrement, il parlait de menaces qu'il recevait par téléphone s'il ne vous cédait pas, l'exemple de sa mort devant même faire réfléchir son fils.

– C'est quoi, cette histoire ? Nous accuseriez-vous d'exercer des pressions criminelles contre ces gens ? gronde Ruhaut.

– Ou du meurtre de Lignon ? renchérit Ancellin.

– Je réserve mon jugement, messieurs… Examinons vos arguments, je suis tout ouïe, de quoi avez-vous l'intention de me menacer si je refuse ?

Impulsif, sanguin, Ruhaut ne peut se contenir :

– De mon poing dans la gueule !

– Voilà un bon début ; et ensuite ?

La hautaine placidité de Gontrand achève de le mettre hors de lui :

– Je vais te faire la tête au carré, pauvre con ! Avoue que t'as jamais eu l'intention de vendre, tu nous as fait venir pour nous tirer les vers du nez !

– Serait-ce donc que vous en dissimulez dans vos naseaux, mon cher ?

– Espèce de guignol !

La masse graisseuse de Ruhaut se redresse, il saisit le dossier de sa chaise Louis XV dans ses doigts potelés, la soulève, prêt à la fracasser sur le crâne de Gontrand. Ancellin ne dit rien, témoin immobile de la scène. Tout va très vite :

– Je vais t'arranger, enfoiré !

Il fait un pas en avant, fou furieux… Mais il s'arrête net, un ordre claque dans son dos :

– Posez cette chaise, police !

Une main tenant un pistolet, l'autre une carte tricolore, un jeune homme en blouson déboule dans la pièce. D'où vient-il, d'où sort-il ? Gontrand en a une petite idée : de la Mégane mal dissimulée entre les arbres du petit chemin en contrebas. Son poursuivant fait donc partie de la maison archers et compagnie, présence pesante pour différentes raisons, mais qu'il apprécie à juste titre dans l'instant :

– Mains en l'air, tous les deux.

Ordre auquel les associés de la SOGEMIM obtempèrent, blêmes. Ancellin tente de minimiser l'incident :

– Voyons, monsieur, les apparences sont trompeuses, mon ami n'aurait pas été jusqu'au bout de son geste… De toute manière, je l'aurais arrêté à temps.

– La ferme ! Vous parlerez quand je vous en prierai ! Tout va bien, monsieur de Chailleux, pas de bobo ?

– Point, mon cher… Tout va bien… D'ailleurs ces messieurs allaient prendre congé, n'est-ce pas ?

Sans un mot, crispés, les deux hommes baissent les bras, remballent leurs papiers sous le regard navré de Gontrand occupé à épousseter la chaise Louis XV :

– Briser ce siège, messieurs, quelle qu'en soit la manière, c'était vous garantir la première page du *Progrès*… Pensez donc : on raconte que Mme de Pompadour l'a honoré de ses adorables fesses.

Aucun des deux associés ne cherche à répondre. Blancs, en rage, ils quittent le château, suivis de Gontrand et du policier, montent dans leur voiture, démarrent...

– Surprenez-moi, mon ami : dites-moi que vous ne travaillez pas sous les ordres du commissaire Amalfi.

Le jeune flic sourit :

– Impossible, monsieur Cheuillade, je fais partie de son équipe.

– C'est bien ce que je redoutais...

Victoire le fait suivre... Victoire le protège...

Combien de matinées va-t-elle lui réclamer en échange ?

***

Le tango valse sur un air à deux temps, pif paf !

– Crétin mou ! Macho ! Pauvre tache !

Le serveur de la brasserie, éponge en main, s'empresse pour essuyer la bière-grenadine renversée sur la table. Mais face à la fille rousse, il hésite, il recule : elle n'en a pas fini avec le bellâtre qu'elle vient de gifler :

– Tu me déçois, mon pauvre Jean-Jacques, t'es comme les autres !

– Solange, arrête, je t'en prie.

– T'as peur de quoi ? Du scandale ? Trop tard !

– Assieds-toi, on nous observe...

– Et on nous entend, aussi ! Mais je m'en fous !

Timidement, le serveur, petit bonhomme maigrelet à la moumoute valseuse ose intervenir :

– Calmez-vous, mademoiselle, tout s'arrange dans la vie.

– Et tout finit également, mon vieux ! C'est ce que vient de me dire le monsieur que vous voyez assis, là : « C'est fini, Solange ! »

Le nez baissé, pas très fier, le dénommé Jean-Jacques attend que ça passe, le tonnerre, les éclairs, la pluie d'injures.

Quelle idée d'avoir choisi un lieu public pour lui annoncer qu'il voulait rompre, il aurait mieux fait de lui téléphoner, Bourg-en-Bresse est une petite ville, toute la population va être au courant, il va en être la risée.

– Querelle d'amoureux, tente de temporiser le garçon, allez, asseyez-vous, je vous en sers un autre, c'est la maison qui paye.

– J'ai assez trinqué pour aujourd'hui, mon grand, j'en ai jusque-là !

– Enfin, Solange, on pourrait se quitter bons amis.

– Tu as de ces mots : bons amis ! Ça fait trois semaines qu'on est ensemble, et on devrait se quitter « bons amis » sans que je sache pourquoi… Tu me prends pour qui ?

– S'il te plaît, Solange…

– Oui, je le sais, t'as pas le cran de me le dire : pour une sorcière.

– Je savais pas ce que tu faisais, tu me l'avais caché.

– Et ça te colle la peur au ventre, hein ?

– J'aurais préféré que tu sois honnête avant de commencer.

– Parce que tu l'es, toi, pour terminer ?

Les clients du troquet ont les yeux fixés sur elle, goguenards, certains commentent la scène à voix basse. Une tablée de jeunes n'en peut plus de pouffer en chuchotant des remarques grivoises ; elle s'avance vers eux :

– Vous avez un problème, les gars ? Un commentaire inspiré, une déclaration intelligente à faire ? Je vous écoute.

Les quatre mousquetaires ne font plus qu'un pour baisser le nez dans leurs Coca, à l'exception du d'Artagnan de la bande, qui relève le sien :

– Un de perdu, dix de retrouvés, j'veux bien être le premier de la liste.

– Pourquoi, je te fais de l'effet ?

– Ben ouais, t'es super comme meuf, rousse aux yeux bleus, j'te trouve plutôt jolie… Attention, j'te parle avec respect…

À sa manière, il lui adresse un compliment qu'elle saluerait d'un sourire en une autre occasion, mais pas à cette heure, au contraire :

– Tu t'appelles comment ?

– Karim, répond-il comme une machine automatique.

– OK, Karim, si je te plais, tu me suis, on y va tout de suite, on fait l'amour où tu veux.

Les copains du garçon en relèvent des figures de singes envieux, pourquoi c'est à lui qu'elle donne les cacahuètes et pas à eux ?

– Tu me charries, là ?

– Pas du tout, Karim, je ne plaisante pas… Mais avant, il va falloir que le monsieur qui est là te dise un petit détail sur mon compte.

Comme il aimerait être ailleurs, Jean-Jacques, à bichonner ses chers fromages, par exemple, ou à nourrir son bétail.

– Vas-y, du courage, dis-lui pourquoi tu me quittes ! Qu'il soit au courant, lui, avant de plonger dans mon lit, et pas après… Allez, du cran !

Laisser tomber une nana de ce calibre, faut être fou, se dit Karim, ou alors c'est parce que… Voilà, il a trouvé :

– T'es séropo ! C'est ça, hein ?

– Pire, mon grand !… Allez, Jean-Jacques, un bon mouvement… Non, ça ne vient pas ?… Bon, alors à moi de parler…

Elle se penche vers les quatre jeunots dont les yeux en profitent pour sonder le fond de son décolleté :

– Puisqu'il n'ose pas, à moi donc… Voilà, jeunes gens : je suis une sorcière.

– Oh ! Tu rigoles, c'est ce qu'on raconte sur les meufs : toutes des sorcières !

– Non, mon petit Karim, moi, je suis réellement une sorcière, c'est mon métier, j'en vis… Je vends des talismans, des potions magiques, je prépare des charmes, je jette même des sorts… Certains prétendent qu'ils sont terribles, que je peux tuer ou rendre aveugle à distance…

Mes pouvoirs sont énormes, on vient de très loin pour me voir, tu comprends ?

– Arrête, t'es pas drôle.

Mal à l'aise pour entrer dans ce discours, Karim n'arrive pas à faire la part entre le lard et le cochon, et l'idée d'avoir à trancher dans cette viande impie pour se glisser dans le lit de la belle met un frein à ses ambitions. Il en hèle Jean-Jacques :

– Qu'est-ce qu'elle raconte ? Elle est sorcière ?

Le chef de l'interpellé acquiesce dans un mouvement de confirmation navrée, à l'amère satisfaction de Solange :

– Enfin ! Tu te décides ! Trouillard, va…

La mise au point a assez duré, l'ex de Solange se lève, excédé :

– Sorcière, oui ! Moi, je veux sortir avec une fille normale, propre dans sa tête, pas avec une folle qui cause au diable.

– Au diable ? Tu me prêtes de ces relations !

– Réponds ce que tu veux, je ne t'écoute plus !

Il balance un billet de cinquante francs sur la table, n'attend pas du garçon qu'il lui rende la monnaie, fuit en la maudissant :

– Salut ! j'espère bien ne plus te revoir !…

Son départ jette comme un froid parmi les consommateurs, surtout chez les jeunes dont les nez ont retrouvé le chemin de leurs Coca.

– Alors, Karim, toujours décidé à me suivre ?

Les racines méditerranéennes du jeune homme ont conservé un peu de leur sève superstitieuse. Leur liquide alimente son cerveau en croyances ancestrales. Une sorcière !…

– Ben, je suis avec mes copains, là… Laisse ton téléphone, je t'appellerai…

– C'est ça, mon grand, compte dessus et bois ton coke.

C'est tellement gros qu'elle se marre en reprenant son casque ; s'imaginait-il vraiment qu'elle serait passée à l'acte ? Tous les mêmes, se répète-t-elle… Quoique, sur son passage, le squelettique garçon de café propose son exception pour confirmer la règle :

– Si vous le voulez, moi, je suis disponible : je ne crois ni à Dieu ni au diable.

Elle toise sa vilaine maigreur, son visage décharné :

– Supplice pour supplice, je préfère encore le bûcher…

Sa main pousse la porte, elle se retrouve dans la rue, enfourche sa moto, enfouit sa chevelure dans son intégral, met le contact… Personne ne voit les larmes couler derrière son masque de motard, elle attend qu'il n'y en ait plus pour lancer son bolide sur la route… C'est à peine si elle distingue les feux tricolores, heureusement qu'elle connaît la route par cœur… Voilà, elle sort de la ville, elle longe la nationale, bifurque assez vite sur les petites routes qu'elle préfère… La Dombes resplendit, elle ralentit pour l'admirer, pour retrouver ses forces dans sa beauté presque sauvage… Elle ne l'a jamais trahie, elle, pas comme ces pauvres types, tous plus veules, plus pleutres les uns que les autres… Mais pourquoi a-t-elle ces dons ? Pourquoi n'est-elle pas comme tout le monde ? Elle se demande si un jour elle aura le droit au bonheur, en tout cas, ça lui semble mal parti…

Elle arrive chez elle, elle va prendre un bain, boire un whisky, fumer un cigare, se recimenter le moral, elle n'a rien de mieux à s'offrir pour se reconstruire.

Son pied cale la Kawasaki, elle ôte son casque, démêle ses cheveux en s'ébrouant comme une pouliche après un galop, regarde sa maison…

– Qu'est-ce que c'est que ça ?

Un drôle de truc est accroché à la porte… Elle s'approche :

– Non ! ! ! Non ! ! ! Salauds ! ! !

Baël ! On a égorgé son chat, on l'a cloué en croix avec un mot : « Fous le camp »… En dehors de l'horreur de son geste, l'auteur de ce crime n'en mesure-t-il pas l'inconscience ?… A-t-il oublié les pouvoirs de Solange ?…

⁂

Vraiment, elle ne l'aurait fait pour personne d'autre. La voilà entremetteuse, maintenant. S'il ne s'agissait de Gontrand, elle t'aurait envoyé péter le quémandeur dans les grandes largeurs !… Mais c'est Gontrand :

– Ma sœur, j'ai besoin de vous. Il faut que je voie Gaëlle Chapelard, pouvez-vous la convaincre de me recevoir ? Elle ne répond pas à mes appels.

C'est ainsi qu'elle fait le pied de grue devant l'hôpital de Trévoux, à attendre M. Cheuillade, fort en retard au demeurant. Bientôt deux heures, Gaëlle finit son service, il va la manquer…

– Coucou, ma sœur !

Dieu, quel bond ! Gontrand l'a surprise en arrivant dans son dos, espiègle comme un lycéen, la bouche en fleur :

– Pardonnez ce contretemps, j'ai eu de la visite au château.

– Enfin ! Je commençais à désespérer ; Gaëlle termine dans dix minutes, elle a accepté de vous rencontrer après son travail, mais en ma présence, et je suis très pressée.

– Dire que je vous suis reconnaissant est bien peu, ma sœur.

C'en est assez pour les politesses, elle positionne l'entretien :

– Nous sommes bien d'accord sur les conditions de votre entrevue : vous ne la questionnerez que sur les derniers instants de Katz, dans le but d'écrire un article à la gloire du cher disparu ?

– À la gloire, à la gloire… Comme vous y allez ! Je n'ai pas pour mission d'être son laudateur posthume, pas plus que son détracteur. Toutes choses étant égales dans cet ailleurs pour lequel il nous a quittés, j'ai l'intention de décrire l'être humain, son courage, son combat, sa souffrance… Mon papier doit paraître à l'occasion de ses funérailles ; que Gaëlle se rassure donc : on ne massacre pas un homme le jour de ses obsèques.

– Elle souhaite surtout que vous ne citiez pas son nom.

– Vous n'ignorez pas que je manie comme personne la formule anonyme pour citer mes sources. « Ses proches », « son entourage » feront très bien l'affaire.

Avait-il besoin de passer en revue ces garanties, ne lui faisait-elle pas confiance ? Voilà des réflexes qu'elle ne peut encore gommer :

– C'est l'heure, vous me suivez ?

– Je vous en prie, ma sœur, après vous.

Ils pénètrent dans le vieil hôpital que beaucoup prennent pour un château. À la décharge des distraits, il faut avouer que la tour Alincola lui confère des allures de demeure seigneuriale. Dans un de ses accès de bonté, la Grande Mademoiselle l'a fondé pour ses sujets mal en point, en leur léguant, entre autres merveilles de générosité, une sublime pharmacie que d'aucuns viennent de loin pour admirer.

Bien entendu, les lieux ont connu quelques menues évolutions depuis le Grand Siècle. Dans les couloirs que traversent les deux visiteurs flotte une odeur où le permanganate le dispute à l'eau oxygénée, au phénol et autres antiseptiques ; les cardiotocographes rivalisent de sonorité avec les électrocardiographes ; les jolies infirmières ont pris la place des sévères religieuses. L'une d'elles se distingue de ses consœurs grâce à un corps superbe.

– Gaëlle, je vous présente M. Cheuillade.

Le journaliste se fend d'une révérence accompagnée d'un baisemain que n'auraient pas renié ses galants ancêtres :

– Mademoiselle, hommage à la beauté et témoignage de ma gratitude, je vous présente mes plus profonds respects.

Abasourdie par cette entrée en matière, l'infirmière s'étonne :

– Il est toujours comme ça ?

– Pas vraiment, et loin d'un certain regard bastiais.

Peu lui chaut la remarque, Gontrand est sur ses terres, celles de la ritournelle et du virelai :

– Sœur Blandine oublie que je suis un esthète de la fidélité, en amour comme en beauté. J'honore les deux, animé d'un esprit pur.

Quoi qu'il affirme, ses pupilles n'en brillent pas moins tels des feux tricolores, ses paupières clignotent plus vite que des warnings, sa tête survireuse penche comme une formule 1 dans un virage, bref, la susdite pureté de son admiration le met en panne, il est urgent de le faire redémarrer :

– Alors, mon cher Gontrand, vos questions ?

– Heu… Oui, ma sœur, vous avez raison.

– Et souvenez-vous de nos conventions…

Pour dissiper les derniers doutes de Gaëlle, sœur Blandine rappelle les détails du protocole de l'interview. L'infirmière souscrit à leur énoncé :

– Pas de nom, pas de larmes, pas de drame, dans ces conditions j'accepte de vous répondre, monsieur Cheuillade… Allez-y, je vous écoute…

Et il est vrai que Gontrand se borne à l'interroger sur la maladie de Katz, sur le quotidien de ses derniers jours, plus intéressé par l'anecdote que par l'aspect sordide de sa disparition. Les lectures de l'illustre malade le comblent d'aise :

– Il relisait Voltaire ?… Fort bien, je le note…

Rien de ce que lui révèle l'infirmière ne peut alimenter une quelconque polémique, le journaliste tient sa parole, il ne cherche pas le scoop. Sœur Blandine respire, ses engagements sont respectés, assez pour demander à Gaëlle la permission de les laisser seuls un instant afin d'aller communiquer avec l'au-delà, comme on dit dans le Lyonnais. La jeune femme lui fait comprendre que tout va bien ; à la suite de quoi la religieuse se précipite au fond à droite, c'est toujours au fond à droite que ça se tient.

Un certain temps se passe avant qu'elle ne revienne vers eux. Gontrand a rangé carnet et stylo :

– La torture a pris fin, ma sœur, vous voyez que je n'en avais pas pour longtemps… Et je le répète, je ne citerai pas votre nom, mademoiselle, mais il restera gravé dans ma mémoire.

Autre baisemain, autres flashes à répétition dans la prunelle… Ah ! si Victoire assistait à l'entrevue, elle coffrerait Gaëlle pour stationnement illégal dans un couloir d'hôpital.

– Bon, nous allons prendre congé, Gontrand… Arrêtez de suçoter les doigts de mademoiselle, vous les lui usez, on va bientôt voir ses os.

– À regret, sachez-le.

– Je n'en doute pas ! Ceci étant, j'ai deux mots à lui dire en privé… Pardonnez-moi, mais si vous voulez bien m'attendre en bas…

– Avec plaisir, ma sœur… À vous revoir peut-être, mademoiselle.

Ultime révérence, dernier adieu, Gontrand les abandonne.

Sept lui paraissant un quota insuffisant avant de s'exprimer, sœur Blandine met la barre à huit quant au nombre de fois qu'elle doit remuer la langue. Sujet délicat que celui qu'elle aborde, elle l'enveloppe donc délicatement :

– Comment commencer, Gaëlle ?… Je n'ai pas coutume de me mêler des affaires privées des gens, j'ai même en horreur cette pratique. Par intime conviction, je pense que ma tenue ne m'autorise pas à parler de la vie des autres, mais dans le cas présent, je vais toutefois me permettre de vous recommander la prudence.

L'interminable entrée en matière met l'infirmière sur ses gardes, elle soulève ses longs sourcils joliment épilés dans un mouvement de stupeur :

– Vous me paraissez bien embarrassée, ma sœur, si vous alliez droit au fait ?

Elle y arrive, non sans y mettre les formes :

– Clément Katz m'a confié un secret avant de mourir… Il vous concerne…

– Moi ?

– Oui… Il était au courant de votre liaison avec son gendre.

– Ah ? C'est donc ça ?… Et après ?

– Je n'ai ni à juger ni à condamner votre conduite, les sentiments ne se commandent pas, Dieu seul sait ce qu'il faut en penser… En revanche, je me permets de vous rappeler que M. Delporte est déjà marié.

– Ma sœur, pas de leçon de morale, je vous apprécie trop, je n'aimerais pas vous détester.

– Loin de moi cette intention, je vous le répète... Ce que je veux faire passer est simple : je connais Véronique Delporte, la mort de son père ne l'a pas arrangée, elle souffre d'un désordre psychique propre à la pousser dans le vide... Si son mari la quittait, surtout maintenant...

– Elle serait capable de s'y jeter.

– Voilà, vous m'avez comprise... Je n'ai rien à ajouter.

Cela ressemble à un sourire, mais l'espèce de rictus que Gaëlle adresse à la religieuse est surtout un signal de désespoir :

– Je vais vous faire une confidence, ma sœur : je n'ai jamais cherché à attirer Maurice, pas plus par mes propos que par mon attitude. À ma décharge, je dirai même que j'ai fait bien plus que lui résister... Croyez-moi, une bonne paire de gifles suffit généralement pour décourager un homme, marié qui plus est... Mais pas lui, et je crois savoir pourquoi : parce qu'il avait compris que je trichais, que mes insultes sonnaient faux, et qu'en réalité je l'aimais...

Elle s'arrête pour trouver le courage d'avouer la suite :

– Voilà plus d'un an que je suis sa maîtresse. Bien entendu, j'ai voulu connaître la vérité sur son couple, savoir s'il avait épousé Véronique par sentiment ou par intérêt, pour moi c'était vital.

– Et quelle a été sa réponse ?

– Autre... Ce qu'il a aimé en elle, c'était la jeune fille brillante, l'intellectuelle capable de rayonner dans les dîners en ville, l'étudiante passionnée d'art et d'histoire... Vous savez, Maurice vient d'un milieu modeste où on lit peu...

– Elle l'a donc séduit par son esprit.

– En quelque sorte... Par amour, elle a fait un an de médecine, mais après leur mariage elle a laissé tomber ses études pour se transformer en petite-bourgeoise, en une femme qui ne ressemblait plus à celle qu'il avait épousée...

Aventure banale d'un couple brisé, mais eux deux,

demande la religieuse, quel avenir espèrent-ils se construire ?

– L'Église n'appréciera pas, ma sœur, mais il est clair que nous voulons passer notre vie ensemble.

– Maurice divorcera ?

– Oui, quand il jugera venu le moment de se séparer de sa femme.

– Et vous ferez quoi ? Ses ambitions politiques risquent d'en prendre un sale coup, nous sommes en province, les électeurs n'aiment pas le scandale.

– Qu'importe la politique, il a ce projet de clinique privée bien plus important à ses yeux… Il y arrivera, et je l'y aiderai, c'est prévu…

Alors, si tout est calculé d'avance, elle n'a plus rien à ajouter…

Les deux femmes en terminent sur une note d'espoir, qu'utiliser d'autre que ses formules pour clore un échange aussi sensible ? Elles se font même la bise avant de se séparer… Gaëlle se dirige vers le vestiaire, sœur Blandine dégringole les marches au bas desquelles Gontrand commence à trouver le temps long :

– Déjà ? C'est peu pour vider votre fiel sur mon dos, vous n'avez pas dû aller jusqu'au bout de votre médisance, ma sœur, ou certains de mes défauts vous sont inconnus.

– Vous me la baillez belle, Gontrand, quel culot ! Qui a failli être en retard, tout à l'heure ? On avait dit treize heures trente, pas cinquante !

– À ma décharge, comme j'ai commencé à vous l'expliquer, j'ai reçu des visiteurs très « mouvementés ».

– Voyez-vous ça ! Y aurait-il eu du rififi dans la Dombes ?

– Au point qu'elle a failli pleurer la perte de la branche la plus verte des de Chailleux, ma sœur.

– Je confirme la couleur, votre numéro de séduction près de Gaëlle m'a paru bien gaillard… Quant au reste, qu'est-il arrivé au descendant des de Chailleux ?

Il ne demandait qu'à le lui raconter. Emphatique, il s'empresse de dérouler son histoire dans un langage imagé où les promoteurs deviennent des soudards mâtinés de routiers, où leur proposition fait office de sommation inacceptable, où l'arrivée du policier est qualifiée de prise à revers. La fin, comme il se doit, voit la débâcle des assaillants et le triomphe du bon droit.

– Et vous les avez laissés repartir comme ils étaient venus ?

– Que vouliez-vous que je fasse, ma sœur ? Depuis belle lurette, nous avons comblé les culs-de-basse-fosse du château, et la Bastille a été réduite à la portion congrue d'un méchant phallus où l'on ne peut enfermer quiconque.

Au-delà des propos tenus, il est vrai qu'il n'a pas grand-chose à reprocher à ses agresseurs, de quoi peut-il les accuser devant un tribunal ?

– Méfiez-vous, Gontrand, ces types sont peut-être dangereux.

Mais sa narration attique sert à camoufler ses craintes, il la rassure sur sa prudence, conscient que les énergumènes de la SOGEMIM risquent de donner une suite moins heureuse à ce premier épisode. Et puis ne bénéficie-t-il pas d'une protection ?

– Voilà au moins une bonne nouvelle... Elle vous chouchoute, votre commissaire... Vous n'avez pas honte de lui faire des infidélités ?

– Ma sœur, ne confondez pas badinage et libertinage.

– Remarquez, je comprends votre faiblesse, Gaëlle est plutôt belle fille... Elle vous a appris ce que vous vouliez savoir sur Katz ?

– Tout à fait, j'ai de quoi remplir une pleine colonne sur les derniers instants du grand homme. Nous avons évoqué ses ultimes joies terrestres, ses plaisirs restreints mais fort touchants à narrer aux lecteurs, elle m'a même décrit son dernier souffle, quoique je me sois engagé à ne rien écrire à son propos : un grand « ho » dans un gargouillis de salive...

Tiens ? Voilà une bave fort peu catholique :

– C'est ce que Gaëlle vous a dit mot pour mot ?

– À la virgule près, ma sœur. Pour ça, le mélange de chlorure de potassium, de morphine et de je ne sais plus quel autre parfum, ça vous ratatine un bonhomme en un tour de main.

Elle pile, elle gamberge, elle s'émeut :

– Vous pouvez me répéter ça doucement ?

Ce qu'il accepte de reproduire avec la douceur réclamée.

– D'où tenez-vous cette analyse ? De la commissaire Amalfi ?

– Évidemment, ma sœur, en toute confidence.

Mais ça ne colle pas du tout... Il y a des trous carrés dans le gruyère... Et des fausses notes dans la partition, des vilains canards dans l'orchestre, la musique déraille, elle doit donner le la :

– J'ai appris que Maurice Delporte organisait une réunion, ce soir... Vous avez l'intention de vous y rendre ?

– Dix fois plutôt qu'une, ma sœur, pourquoi ?

– Pouvez-vous m'y emmener ? La Titine a la tousse, je crains qu'elle ne me fasse des siennes en rase campagne.

Alléluia ! La voilà de retour, résolue comme il aime à la voir :

– La cote monte à vingt fois plutôt qu'une, ma sœur... Mais puis-je vous demander ce qui motive votre intérêt pour ces bavardages ?

– Un détail, mon cher Gontrand : si on avale le mélange que vous m'avez décrit, on ne bave pas, on crache du sang... L'estomac ne le supporte pas.

Mensonges et cachotteries... Mais pour le compte de qui ?

Elle se refuse à prononcer un nom, ça lui semble trop facile... Ne se répète-t-elle pas depuis trois jours qu'elle doit se méfier des apparences ?

⁂

Quelle idée de bredin !... À quoi rime ce faste ?... Ils se prennent pour qui ?... Théorie admise : trop, c'est plus qu'assez ; voilà pourquoi, furieux, un paysan mafflu se penche vers son voisin, aussi rouge brique que lui :

– Dis, Éric, faudrait mesurer où ils ont le cul, y z'ont l'air de l'avoir plus haut qu'y pètent.

– Ouais, on se croirait à la télé, manque plus que le Zitrone.

– L'est mort, intervient son épouse.

– Ah ? C'est donc pour ça qu'on le voit plus.

La salle des fêtes de la mairie dégabe, pleine à craquer de citoyens estomaqués. Ils ont répondu en masse à l'appel de Delporte, prêts à mettre à plat le problème des « Sorciers de la Dombes », comme les journaux aiment à titrer pour désigner l'affaire. Ça ne leur plaît pas, à ces gens, qu'on les prenne pour des foutraques du grigri, des obsédés du pied de bouc, ils ne croient pas à ces machins de rosière attardée… Mais ils apprécient encore moins la mise en scène de cette réunion : les murs sont couverts des portraits de Delporte et de Katz, comme si on voulait affirmer une continuité monarchique au pouvoir législatif local. Çà et là, le tricolore du drapeau national se mélange aux étoiles de la bannière européenne, une estrade se dresse sous le buste de Marianne, y trône une longue table drapée d'un tapis vert… Comble de tout, on a même eu la curieuse intention d'inscrire les noms des intervenants sur des petits chevalets, comme si pas un, dans la commune, ne les connaissait !

– Delporte, Thiercelot, Beaulieu… Merdapoux ! Z'ont rien à foutre d'autre ?

– M'ont tout l'air de pas se prendre pour des quarts de lombric.

Ça grogne, dans les rangs, on n'apprécie pas, il ne faut pas mélanger les genres, confondre réunion d'utilité publique et campagne électorale.

Une seule personne se félicite de l'effet produit, retranchée dans une pièce attenante, loin des remarques et des lazzis. Elle n'en peut plus de s'autocongratuler, Arlette Henrioux, son initiative fait de l'effet. Bien sûr, les gens regardent autour d'eux, mais elle ne les entend pas causer :

– Y se voit déjà à l'Élysée, Delporte ?
– Le vieux Katz doit se retourner dans sa tombe.
– L'est pas enterré, le reprend sa moitié.
– Ah ? C'est donc pour ça qu'on n'a pas reçu de faire-part.
Dans un coin, tout ouïe, sœur Blandine et Gontrand observent le public. Ils l'écoutent aussi, et il n'est pas favorable au maire.
– Pardonnez-moi, ma sœur, mais on a rarement fait plus con.
– Merci de m'épargner le péché de grossièreté, je luttais pour l'empêcher de sortir.
Effarés, ils découvrent les crêpes noirs sur les cadres des photos de Katz, les liserés bleu-blanc-rouge autour de ceux de Delporte, et, plus consternant encore, le motto à répétition en forme de trait d'union entre leurs portraits : « Pour un même combat »... Ça ne signifie rien, c'est d'un plat affligeant, ça choque. D'ailleurs, les mines interloquées de Véronique et de Gaëlle valent tous les constats du monde. L'épouse et la maîtresse ont un mouvement de recul en pénétrant dans la salle. Elles n'en croient pas leurs yeux, stupéfiées par tant de stupidité. Quant à Beaulieu et Thiercelot, c'est l'effondrement quand ils arrivent à leur tour. Rapide, Thiercelot attire la sympathie de la foule en faisant semblant de s'évanouir ; ses jambes flageolent, il se rattrape au dos d'une chaise, met la main sur son cœur à la grande joie de l'assistance. On rit, on l'applaudit. Pour ne pas lui laisser l'avantage, Martine s'évente en soufflant bruyamment, dans un concert de bravos. On guette l'entrée du maire, on l'attend de pied ferme, on a deux mots à lui dire... Huit heures cinq ! Le voilà enfin, avec un peu de retard... D'abord, il ne remarque rien, l'esprit accaparé par les excuses qu'il veut formuler ; il fonce vers l'estrade, tête baissée, en débitant ses regrets :
– Pardonnez-moi, mes chers amis, j'ai été pris par une urgence à l'hôpital...
Et là, il contemple le désastre :

– Mais… Mais c'est quoi, ce bazar ?

À sa réaction, la majorité comprend qu'il n'est pour rien dans l'édification de ce décor tout entier destiné à sa gloire :

– Alors, Maurice, tes gars te font des surprises ?

– On n'est pas encore en campagne, merdapoux ! J'espère que tu vas mettre de l'ordre dans ce bordel !

– Y a de quoi porter plainte à Pasqua !

– L'est plus ministre, susurre la même.

– Ah ? C'est donc pour ça que tout va mal.

Que faire, que raconter, comment réagir sans désavouer son équipe ?

– Un excès de zèle vaut mieux que pas de zèle du tout… Je vous prie de pardonner l'enthousiasme de mes collaborateurs, je découvre, comme vous, le résultat de leur ardeur prématurée…

– Prématurée ? Leur ferveur risque plutôt de provoquer un avortement, ironise Thiercelot. On voudrait vous faire perdre les élections, mon cher Delporte, qu'on ne s'y prendrait pas mieux.

Piqué au vif, Maurice s'apprête à lui asséner une bonne vérité quand une voix anonyme s'élève dans les rangs :

– Ça suffit, votre bla-bla ! On est là pour causer des sorciers !

– L'ordre du jour ! s'impatiente une autre.

Voilà, après tout, une occasion de minimiser l'incident, le maire la saisit sans hésiter :

– Vous avez raison, commençons…

Il grimpe sur l'estrade, s'assied entre ses adversaires :

– Je déclare la séance ouverte !

Un murmure de satisfaction salue ses paroles ; il embraye :

– Mes chères concitoyennes, mes chers concitoyens, je vous ai priés de vous réunir pour discuter avec moi d'événements tragiques qu'il me semble inutile de rappeler en détail. La mort d'Axel Lignon, le saccage du cimetière, dans les conditions que l'on sait, alimentent une psychose générale à laquelle il convient de mettre un terme… Le standard de la mairie ne sert plus qu'aux discours des corbeaux, chacun accuse son voisin, et la presse nous fait passer pour des demeurés… C'est proprement inadmissible !… Aussi, ce soir, outre ma déclaration quant aux mesures que je vais prendre, je souhaite que chacun s'exprime sur le sujet, mais de manière concrète, suis-je clair ?

Il semble que oui, les caboches paysannes apprécient le bon sens, leurs dodelinements approuvent l'ordre du jour… Excepté Thiercelot :

– À ce que je sache, monsieur le maire, vous êtes mêlé à l'affaire du meurtre de votre beau-père… Dans ces conditions, expliquez-moi le crédit que l'opinion accordera à un homme entendu par la police ?

C'est du Thiercelot tout craché, il aime barboter dans la fosse à merdouille, il y puise son inspiration. Blessée, Véronique s'apprête à lui répondre avant que son mari ne le fasse, mais elle est battue de vitesse par Martine Beaulieu :

– Je vous rappelle, mon cher collègue, que vous ne valez pas mieux… Et pendant qu'on y est, moi pas davantage… On fait quoi, dans ce cas, on annule la réunion ?

Coincé, le Thiercelot, il ne pensait pas que Martine viendrait au secours du maire, il espérait, à défaut de l'approuver, qu'elle l'appuierait par son silence. Il lui faut donc user de la calomnie, il en reste toujours quelque chose :

– Loin de moi cette intention, chère amie, d'ailleurs je suis d'accord avec vos propos, nous sommes tous trois suspects… Mais moi, je ne suis pas le gendre du député Katz, et encore moins celui qui l'a soigné, ça fait une sacrée différence. Voilà, j'en ai terminé, continuons…

Diverses rumeurs parcourent les rangs, Delporte attend qu'elles se taisent avant de poursuivre, imperturbable :

– Pour commencer, je vous informe que les lignes de la mairie sont maintenant surveillées. Toute personne dont l'intention sera de nuire à autrui par des propos anonymes sera immédiatement identifiée et poursuivie en justice. Qu'on se le dise : je ne lui ferai pas de cadeau !

Applaudissements, on aime bien cette entrée en matière.

– Ensuite, il m'a paru nécessaire de faire appel à une agence spécialisée dans les relations avec les médias. J'ai demandé à son dirigeant de bâtir une stratégie propre à redorer notre image…

L'enthousiasme fond, on se pose des questions :

– Sur quel budget, monsieur le maire ? s'émeut Alphonse Clarac, percepteur de son état.

Delporte sourit, il en prépare une bien bonne à ses voisins :

– J'ai décidé d'abandonner mon salaire d'élu pour l'offrir à la commune. Cette dépense ne doit pas grever notre trésorerie… Ma conviction est que l'intérêt général passe avant le mien… Il va de soi que je n'oblige personne à m'imiter, mais toute contribution sera la bienvenue.

Et pan ! Thiercelot fait la tronche, Beaulieu tire un nez de trois pieds de long, ils veulent bien mettre la main sur le cœur pour communier avec leurs électeurs, mais pas au porte-monnaie. Pourtant, face à une population conquise par la générosité de son maire, ils se doivent de l'imiter. On ne peut pas affirmer qu'ils répondent à son appel avec joie… Leur approbation ressemble à une soumission, ils grimacent en faisant mentalement leurs comptes.

– Si ce n'est autour d'un programme, l'union est au moins faite pour le bien public, ironise Delporte. Voyons maintenant, mesdames, messieurs, ce que vous avez à dire… Qui veut commencer ?

Comme toujours, en pareil cas, on s'observe en silence… Les cous se tendent pour apercevoir le preux, le hardi, le vaillant, à savoir le premier intervenant, celui ou celle dont la bravoure permettra aux autres de prendre la suite… C'est à une femme que revient cette courageuse initiative, une maigrelette au prognathisme propre à mordre dans le sujet :

– Monsieur le maire, j'ai pas l'intention de mâcher mes mots.

Vu l'état de son dentier, il fallait s'y attendre.

– On nous prend pour des brelots, monsieur le maire, comme s'il y en avait parmi nous qui croyaient aux astres et à la sorcellerie.

Mouvement général d'approbation, preuve, s'il en est, que la foule n'a pas de moralité : est-il possible d'accréditer la thèse que la majorité ne lit pas son horoscope quotidien ?

– C'est bien gentil de mettre vos lignes sur écoute et d'engager des spécialistes spécialisés, mais on sait tous ici qu'il y a un malaise dans le canton, et que ce malaise y vient de personnes pas très nettes.

Là, elle fait mieux que d'obtenir un brouhaha d'approbation, puisque la moitié de la salle l'ovationne. Un grand gaillard prend le relais :

– Elle a raison : tant qu'on ne mettra pas à la porte les charlatans dont on cause, on laissera toujours courir des rumeurs sur notre dos !

– C'est p'têt ben eux qu'ont salopé le cimetière ! s'exclame un vieux tout rabougri, à demi cassé sur sa canne qu'il tente de lever comme une menace.

– Et on connaît leurs noms ! s'exclame un type en bleu de travail.

– Des sorciers ? Mes fesses !... Qu'on la vire, cette vermine ! hurle un paysan.

Cette fois-ci, c'est parti, chacun veut prendre la parole, on ne crie plus, on gueule, on s'invective pour se faire entendre :

– La Colette Gérard ! Marc Rochelle !

– Et la Solange Boqueteau !

– Qu'ils arrêtent leurs singeries ou qu'ils foutent le camp !

Ça confine à l'hystérie, au délire collectif...

Mortifiée par le spectacle, sœur Blandine se penche vers Gontrand :

– Ils veulent tous leur peau, et pourtant je vous parie que la plupart les ont consultés, chuchote-t-elle.

– Le peuple, ma sœur, le peuple... Même les royalistes, dans la foule, ont crié « tuez-le ! » à la mort de Louis XVI...

C'est la confusion, on est à deux doigts de réclamer des têtes, Delporte doit donner de la voix pour calmer l'assistance :

– Silence ! ! Non, mais que croyez-vous ? On est en république !

– Hélas, murmure Gontrand sur sa chaise.

– Il y a des lois, des règlements, on n'accuse pas les gens sans preuves, et on ne les expulse pas davantage !

Bien qu'ils le sachent tous, c'est quand même une mauvaise nouvelle, et malheur à celui qui les apporte, au grand bonheur de Thiercelot :

– À vous écouter, monsieur le maire, vous ne ferez donc rien ?

– Cessez vos sarcasmes, Thiercelot, votre conduite n'est pas digne d'un élu de la nation.

– Je suis d'abord le représentant de l'opposition, monsieur le maire, et c'est à ce titre que je vous demande de nous faire part de vos intentions à l'égard de ces gens que l'on dit « sorciers »... Faites au moins saisir leurs chaudrons...

Une fois encore, Thiercelot rallie les rieurs dans son camp.

– À bas les sorciers ! reprend une femme au fond de la salle.

– Tous dehors ! continue une autre.

C'est aussitôt un concert d'insultes, une cacophonie haineuse contre les jeteurs de sorts et diseuses de bonne aventure. On braille, on vocifère, on rugit, on grimpe sur les bancs pour mieux se faire entendre...

Et on siffle... Un grand coup, très fort, strident, à en briser les tympans. La foule s'arrête de beugler, on se retourne pour voir d'où vient ce sifflement, et on n'ose plus bouger : dans l'entrée, serrée dans sa combinaison de motard, Solange apparaît, diaphane, les cheveux défaits, le regard plus glacé qu'un étang de la Dombes en hiver. Elle retire ses doigts de ses lèvres, s'avance sans dire mot jusqu'à l'estrade. Là, elle s'arrête pour dévisager ses chers concitoyens, puis, tour à tour, elle plante un regard trouble dans celui des élus. Il n'y a plus un bruit, on entendrait éructer un charançon, on évite de croiser les flammes de ses yeux. Dans un silence quasi religieux, elle jette alors un paquet sur le tapis vert de la table, l'ouvre, en sort le corps de Baël :

– On a tué mon chat, je l'ai trouvé cloué sur ma porte… Je vous l'amène, monsieur le maire, pour que vous le fassiez incinérer…

Un murmure parcourt les rangs, elle le fait taire :

– On m'a adressé ce mot, en guise de condoléances.

Ses bras l'exhibent aussi haut qu'elle le peut, dans tous les sens, pour que chacun puisse le lire, avant de le jeter devant Thiercelot :

– Écoutez-moi bien tous : il y en a parmi vous qui viennent souvent me voir, en cachette, bien sûr… Ceux-là, ils savent de quoi je suis capable, libre à eux de traduire aux autres ce que je vais dire : les salauds qui ont égorgé mon chat vont passer un sale quart d'heure, je vous le jure, et le premier qui continuera à m'emmerder pour me forcer à quitter le pays regrettera d'être né… Je suis ici chez moi, et je ne me laisserai pas faire… À bon entendeur…

Sans plus de discours, dans un climat arctique, Solange quitte alors la salle. Est-ce un ange ou un démon qui passe ? La profession de la jeune femme peut laisser planer un doute sur la nature de l'éthéré, le fait est que le calme soudain pèse sa tonne de plomb. Son départ rend muet ; même Thiercelot se tait. Il faut quelques secondes à Delporte pour reprendre la parole. On le regarde d'ailleurs bizarrement, étonné qu'il puisse s'exprimer dans ce contexte sibérien, il ne doit pas être fait comme tout le monde :

– Hum !… Après cet intermède, il me semble urgent de calmer nos passions. Si vous le voulez bien, je vous propose de consigner par écrit ce que vous avez à proposer… Je vais faire installer une boîte aux lettres dans laquelle vous déposerez vos suggestions…

Il a raison d'arrêter le débat, le cœur n'y est plus, les regards convergent vers le cadavre du chat, sa mort est un symbole, elle représente tout à coup la violence imbécile, leur violence, celle qu'ils appelaient de tous leurs vœux, et ils ont honte…

Le métier reprend le dessus, le maire prononce des remerciements teintés d'humour, ça détend l'atmosphère. On le salue, on vient lui serrer la main, certains le félicitent même pour les mesures qu'il a prises, ses partisans l'encouragent à continuer dans cette voie.

Peu à peu la salle se vide, les élus restent entre eux ; seuls sœur Blandine et Gontrand se rapprochent :

– Bonsoir, ma sœur, je ne vous avais pas vue.

– Animée, votre réunion, monsieur le maire, je ne regrette pas d'être venue.

Chez Gontrand, la consternation l'emporte :

– Remerciez le hasard qui m'a fait naître sur ces terres, monsieur Delporte, le partage du ridicule m'empêche d'écrire un article sur ce que j'ai entendu.

– Affligeant, n'est-ce pas, monsieur Cheuillade ?

– Dramatique est le terme que j'utiliserai.

À six mille pieds au-dessus de la Dombes, perchée dans ses étoiles, peu consciente du psychodrame qu'on vient de jouer à deux pas d'elle, Arlette Henrioux sort de sa cachette où elle papotait avec une employée de la mairie. Elle les rejoint, l'air enjoué. Son sourire niais, sa démarche guillerette achèvent d'énerver son patron, froid furieux contre ses fumeuses initiatives :

– Arlette, expliquez-moi : qui a eu la grotesque idée d'installer ce foutu décor ?

Il lui montre les drapeaux, les photos, les slogans… Le long corps de la secrétaire tremble comme une chaussette d'autoroute, elle vacille sous l'engueulade qu'elle reçoit de plein fouet :

– Mais, mais, mais… Maurice, ça m'a paru…

– Complètement débile ! achève-t-il. Pourquoi ne m'en avez-vous pas parlé ?

Son museau de belette se plisse sous le choc :

– Mais, mais, mais… Pour vous faire plaisir… Vous êtes candidat, vous serez bientôt député, j'ai voulu soigner votre image…

– Et avec quel argent ? Qui a payé cette couillonnerie ?

Elle n'ose, pourtant il faut bien qu'elle l'avoue :

– Mais, mais, mais… Avec mes économies.

C'est comme si le ciel lui tombait sur la tête, Maurice n'en revient pas :

– Pourquoi, Arlette ? Je ne vous ai rien demandé !

– Mais, mais, mais… Parce que je suis votre première supporter, votre alliée, que je me bats à vos côtés pour que vous gagniez, et moi avec… Vous les aurez tous, Maurice, je serai avec vous, on ira à l'Assemblée… (Elle se reprend :) Et puis j'ai le droit de faire ce que je veux de mes sous !

Consternée, Véronique se rapproche pour s'en mêler :

– Pas vraiment, Arlette, et surtout pas n'importe quoi.

– Oh ! vous, Véronique… Fille de député, épouse d'un futur député…

Cela suffit, Delporte décide de l'arrêter avant qu'elle ne s'en prenne à sa femme, il ne pourrait le supporter :

– D'accord, Arlette, on verra plus tard. (Il s'adresse à son épouse :) Toi, mon canard, calme-toi…

Les autres ont assisté à la remontée de bretelles, quelques mètres les séparent, ils sont forcés de l'entendre. Fidèle à lui-même, Thiercelot ironise :

– Décidément, M. Delporte a le génie de puiser dans les poches de ses amis.

Mais son ricanement tourne aussitôt en soixante-dix-huit tours, Martine Beaulieu se charge d'en modifier la vitesse :

– Dons de sympathisants, dons occultes, quel est le pire des deux ?

– Je ne saisis pas le sens de votre question, ma chère collègue.

– Ce n'en est pas une, je réfléchis tout haut… Tant de sollicitations tombent sur les bureaux des candidats qu'ils ne savent parfois plus reconnaître les bonnes des malhonnêtes…

Il y a celles des particuliers, pour un petit coup de pouce, celles des entreprises, pour un gros coup de pied… Dans cette catégorie, j'entends beaucoup parler de la SOGEMIM, en ce moment… Vous la connaissez, Thiercelot ?

Tous la fixent subitement, interloqués, Gontrand plus que tout autre :

– Moi, oui, madame… J'ai reçu ses dirigeants, pas plus tard que ce matin. Nos rapports ont frisé l'épreuve de force… S'ils reviennent, je lâche les chiens…

– Je m'en doute, approuve Martine Beaulieu, ces individus sont des crapules… Qu'en pensez-vous, Thiercelot ?

Le teint du bonhomme copie sur la variabilité de ses convictions, passe du rose au rouge, du blanc au vert :

– Jamais entendu parler de ces gus.

Son embarras n'échappe pas à sœur Blandine, pas plus que le malaise ambiant. L'effet produit à l'évocation du nom de la SOGEMIM, la gêne qu'elle entraîne ne passent pas non plus inaperçus aux yeux de Gontrand :

– Sans vouloir casser la folle ambiance de ce joyeux débat, je crois de mon devoir de vous informer que le père Vouvéré m'a écrit avant de mourir. C'est ainsi que je sais qu'il a été contacté par les représentants de la SOGEMIM, mais tenez-vous bien : sur les recommandations d'un membre de la mairie… Il y a donc quelqu'un, dans cette maison, que ces lascars ont dû approcher.

Suspicieux, Delporte dévisage sa femme, sa maîtresse, Thiercelot, son assistante…

– Vous qui savez tout, Arlette, ce nom vous rappelle quelque chose ?

La grisâtre fronce ses sourcils en fer-blanc, cherche, cherche…

– SOGEMIM ?… Non… Attendez… Oui…

– C'est oui ou c'est non ?

– Ça y est, ça me revient !… Votre beau-père, M. Katz, les a reçus, il y a longtemps, mais j'ignore à quel propos… C'est tout ce que je peux vous dire sur eux…

Le voilà guère plus avancé… Mais vers quoi ? se demande Delporte.

– Peu importe, l'affaire est close. S'ils refont surface, on verra si ces quidams ont des choses intéressantes à nous raconter.

La conclusion revient à Martine Beaulieu :

– Plus qu'on ne le pense… Nous serons bientôt en campagne, je profiterai de l'occasion pour vous en apprendre de belles… D'accord, Thiercelot ?

À la suite de cette promesse, le derme du bonhomme se colore d'un vert intersidéral, très en vogue sur la planète Mars, mais complètement décalé sur la nôtre. Pour le dissimuler, il se détache du groupe, lui tourne le dos…

Sœur Blandine attend la suite, ce début a tout l'air d'une amorce de révélations de poids… Hélas, l'emploi du temps de Delporte met un terme à ce curieux échange, elle n'en saura pas plus ce soir :

– Excusez-moi, mais j'ai promis de retourner à l'hôpital… Je vous souhaite donc le bonsoir… Mesdames, messieurs, ma sœur…

Poignées de main par-ci, bisous par-là, il court déjà vers sa voiture.

Il ne reste plus qu'à se quitter avec une impression amère, le sentiment que le non-dit pourrit l'atmosphère. Gontrand entraîne la sœur jusqu'à sa Peugeot sans échanger une parole, il attend qu'ils soient loin des autres pour s'exprimer librement :

– Katz et la SOGEMIM… En voilà une bien bonne… Que traficotaient-ils ? Que pensez-vous, ma sœur, de ce micmac ?

– Bouf ! J'en ai tellement vu quand j'étais flic… Faut-il encore s'assurer qu'Arlette ne se soit pas trompée, elle confond peut-être les noms.

– Elle ? Certes pas ! Cette femme est la mémoire politique de la Dombes ; depuis le temps qu'elle milite, elle a dû connaître Katz en culottes courtes.

– Tiens donc ? Ils ont travaillé ensemble ?

– Travailler, c'est vite dit… Non, j'ai toujours connu Arlette dans la permanence de Katz où elle s'occupait de ses campagnes, de son courrier, mais à titre bénévole… Je crois qu'elle était employée comme secrétaire dans une usine d'agroalimentaire du canton.

– Et comment est-elle devenue l'assistante de Delporte ?

– De la manière la plus simple qui soit : cessation progressive d'activité, retraite anticipée… Encore jeune, capable, au courant de tout, Katz l'a présentée à son gendre il y a deux ans, et ils ont fait affaire… Entre nous, elle ne doit pas lui coûter bien cher… Ceci dit, c'est une femme efficace…

Dommage qu'elle soit idiote.

⁂

Un petit détour pour se faire plaisir, juste un bouquet de virages pour bien terminer la soirée… Le cœur en fête, Martine Beaulieu vire à gauche plutôt que de poursuivre droit devant pour rentrer. Comment elle l'a mouché, le Thiercelot ! Sa peau en frissonne encore de plaisir… Et il perdure à l'idée de passer devant chez lui, des fois que les chacals de la SOGEMIM soient venus le rejoindre. Ah… si c'est le cas, elle prendra des photos, ce coup-ci elle s'est équipée dans cette éventualité. Voilà, elle ralentit, sa demeure est en vue, bien éclairée, à croire qu'il ne paye pas ses factures EDF.

Déception… Aucune voiture ne stationne devant sa grille, même pas la sienne… Personne ne bouge dans la propriété, son adversaire ne reçoit pas… Tant pis, ce sera pour un autre jour, un autre soir… Mais à la réflexion, a-t-elle besoin de ces preuves pour le coincer ?… Non, elle connaît bien le dossier, elle sait comment opèrent ces véreux, par virements sur un compte bancaire, toujours le même. Elle le tient, Thiercelot, il ne lui échappera pas, avec ou sans photos… Un cliché lui ferait juste un souvenir…

Allez ! elle passe la troisième, en route pour la maison, elle va fêter l'événement en tête à tête avec une eau-de-vie de poire. Elle aime s'en jeter un petit derrière le foulard quand tout marche pour le mieux, et là, se dit-elle, ça court, ça galope !... Thiercelot éliminé, Delporte sera-t-il à la hauteur face à elle ? Peu probable, surtout si elle devient la Madame Propre du coin. Elle prévoit de soigner son coup d'éclat, de faire savoir qu'elle défend la République contre les corrompus... Bien sûr, il y a d'autres candidats, mais ils ne sont dans la course électorale que pour faire de la figuration démocratique, ils ne pèsent pas lourd dans les urnes. Alors, que risque-t-elle ? Sur le papier, les jeux sont faits... Voilà des années qu'elle attend ce moment, et le voilà enfin !

La future député s'arrête, elle est arrivée. Sa maison est en pisé, comme celles de ses voisins, des gens charmants, un peu éloignés de chez elle, mais elle gagne en calme ce qu'elle perd en sécurité... C'est vrai que vivre à l'écart des autres habitations peut susciter des frayeurs. Mais de quoi aurait-elle peur ? Il ne se passe jamais rien par ici.

Elle sort de sa voiture, traverse son bout de jardin, cherche ses clés pour ouvrir la porte. Elle peste, où les a-t-elle fourrées ? Il faudra qu'elle change de sac, celui-ci est trop grand... Comme sa bouche qu'elle ouvre sous le coup qu'elle reçoit dans le dos...

– Au secours !

Mais personne ne peut l'entendre, ils sont bien trop loin, les voisins. Elle tente de se retourner, pour se défendre, voir au moins le visage de son agresseur... Impossible, la douleur est insupportable... Un deuxième coup neutralise ses réactions, un troisième, un quatrième, un cinquième, un sixième... Quand on hait, on ne compte pas...

Le sang coule, l'assassin s'acharne pour rien.

Martine Beaulieu est morte depuis longtemps...

BLEU

Un vulgaire bout de caoutchouc percé d'un trou à peine plus gros qu'une tête d'épingle, voilà de quoi la Titine souffrait. Un morceau de scotch renforcé sur sa durite malade et l'hémorragie a cessé, elle a pu repartir sur les routes de la Dombes.

Ce trou inspire des chansons de trous à sœur Blandine – des trous honnêtes, des trous de bonne sœur, pas des trous de grossiers –, qu'elle entonne avec des trous de mémoire :

– Des p'tits trous, des p'tits trous, toujours des p'tits trous… Troula-la, troula, troula-troula-troulalère !

Elle caresse le tableau de bord, cajole, materne :

– Mignonne petite voiture, ne prends pas mal, va ton chemin…

Le rouleau d'adhésif à portée de main, elle surveille le capot, prête à intervenir si son bidouillage ne tient pas. Elle roule au ralenti, un peu inquiète, la fixation peut lâcher à tout moment. Mais pour l'instant, ça colle, et elle chante… Elle réfléchit aussi, tout haut, comme si elle se confiait à son cher véhicule :

– Des trous… Tu ne trouves pas qu'il y en a beaucoup dans ces affaires, ma Titine ? Elles sont pleines de courants d'air, de quoi attraper un rhume de la jugeote… Ça ne te semble pas curieux qu'on retrouve les horribles de la SOGEMIM chez Katz et Vouvéré ?… Moi, si, mais j'ai l'impression d'être la seule à chercher un lien entre les deux meurtres… Peut-être à tort…

L'intuition conduit parfois à l'erreur, elle en a encore eu la preuve ce matin quand mère Adrienne l'a convoquée dans son bureau :

– Sœur Blandine, je viens de recevoir l'appel d'un franc fou, nommé Daniel Raymond. Vous connaissez ce volubile ?

– Mon vieil Ahuri ? Depuis la maternelle, ma mère.

Son cerveau s'était soudain ouvert, avec ses deux hémisphères prêts à analyser les résultats que Daniel avait dû communiquer à la supérieure.

– En préambule, je vous informe que votre « Ahuri » est toujours prêt à vous épouser… Ne reculant devant aucune audace, il a même essayé de me convertir à ses vues, a tenté de me prouver que je vivais dans l'erreur, la science, d'après lui, ayant démontré que Dieu n'est qu'un concept obscurantiste dénoncé par les présocratiques, démonté, en toute simplicité, par les pythagoriciens.

– Un phénomène mental hérité des connaissances préhistoriques humaines.

– Je vois que vous avez eu la piqûre.

– À forte dose, ma mère, Daniel est un ami d'enfance… Qu'a-t-il dit d'autre ?

Lunettes sur le bout du nez, elle avait relu ses notes avec difficulté :

– Votre « Ahuri » m'a dit ceci : le trucmuchegraphe en phase gazeuse – brrrouf ! comprenne qui pourra – lui a appris que la vodka était bien de la vodka, avec une orge d'excellente qualité… Pas trace de poison ou de substance apparentée.

La nouvelle l'avait quelque peu estomaquée, mais rassurée… Elle faisait donc fausse route, ses déductions ne valaient pas tripette… Ce n'était pas pour autant fini, mère Adrienne ménageait ses effets :

– En revanche, il a trouvé de l'urine, de l'ortie et des

résidus de cheveux humains broyés… Pas de quoi en mourir, mais ça gâte le goût.

– Quoi ?

Quel mélange infect ! La toxicologie ignorait jusqu'alors cette mixture, ses composantes bousculaient l'art des criminologues : il leur fallait, illico, s'adapter à l'univers des farces et attrapes, maîtriser les techniques du fluide glacial et du coussin péteur… Quel bénéfice escomptait tirer l'inventeur de cette recette ? Dans quel but avait-il imaginé cette plaisanterie ?

– Maintenant que je vous ai fait la commission, ma sœur, pouvez-vous me traduire le javanais que je vous ai lu ?

Comme à l'accoutumée, elle avait tout raconté à mère Adrienne…

Comme d'habitude, celle-ci avait rouspété : la sœur n'appartenait plus à la police… Mais comme à chaque fois, elle lui avait donné l'ordre d'aller mettre son nez dans tout ce fourbi, parce que, immanquablement, Dieu le voulait, Il la guidait, elle devait obéir à Ses signes :

– À deux conditions, sœur Blandine : vous me direz tout, et rien à sœur Guillemette ! Je vous ordonne même de faire semblant de ne pas la voir ; c'est son double que vous croiserez dans les couloirs, c'est son ectoplasme qui vous parlera, vous ne lui répondrez pas, jamais !… Promettez-le-moi.

Elle avait donc juré, obtempéré, et, au nom de la Vérité, de la Justice et de Jésus, bénédiction en sus, s'était éclipsée en douce…

Voilà comment, à dix heures du matin, sous la pluie, elle se retrouve sur la route, divinement missionnée pour tenter de dénouer certains fils qu'elle a vus dépasser de la bobine :

– Les menaces contre Vouvéré et Solange, les mascarades sataniques autour de sa dépouille et dans le cimetière, la vodka trafiquée, l'impossible bave de Katz, et partout la SOGEMIM… Quant à ta serrure, ma Titine, mystère !

Elle ajoute le trouble de Thiercelot, la veille au soir, quand Martine Beaulieu lui a parlé des promoteurs. C'est ce vilain serpent qu'elle veut rencontrer, sans trop savoir ce qu'elle lui racontera ; elle envisage de lui parler de Gontrand, de faire semblant d'agir pour son intérêt, en cachette du journaliste, pour demander à Thiercelot, une fois élu, quelle mesure il comptera prendre pour l'aider à restaurer son château… Ce bobard vaut ce qu'il vaut, elle n'en a pas d'autre en rayon, quand on devient religieuse, on vide sa boutique à mensonges, on perd l'habitude d'en proférer…

La Titine parvient à dépasser les cinquante à l'heure dans les rares descentes de ce plat pays. À cette allure, poussive mais constante, elle arrive enfin en vue de la maison de Thiercelot :

– Nous y voilà, ma belle, tu es super !

La sœur coupe le moteur, observe les alentours, hésite à descendre : une énorme BMW, immatriculée en CD, stationne devant chez lui.

– Bigre ! Il a de la visite, ce n'est peut-être pas le moment de le déranger… Vu les plaques, il m'a tout l'air de recevoir des huiles… Ils viennent d'où, ces gens, que trafique-t-il avec des diplomates, notre boa constricteur ?

Tout compte fait, elle n'est pas pressée, autant attendre que les inconnus sortent de la propriété, elle verra à quoi ils ressemblent. Elle s'installe dans la 4 L, déniche le bout de clope et le briquet qu'elle a cachés sous le siège arrière, l'allume, tire une bouffée avec un plaisir coupable, tousse, crache, s'étrangle… Bien qu'il soit nocif pour les bronches, le tabac n'a rien à voir dans son malaise ; sa stupéfaction, en revanche, est au comble :

– J'hallucine, je cauchemarde, je délire…

Non, pourtant, elle reconnaît bien l'un des deux hommes qui sortent de chez Thiercelot, un vieux client à elle du temps de la Crim' :

– Rezwiakoff !… Toujours vivant… Et copain avec Thiercelot ! Voyez-vous ça…

Elle examine de près son mégot : non, c'est pas du chichon, c'est du vrai, de chez SEITA, sans mélange clownesque, les éléphants roses ne sont pas de sortie ; a contrario, les lions sont lâchés :

– On ne l'a pas encore mis en cage, cet assassin ? Et il roule dans une voiture d'ambassade…

Les deux hommes montent rapidement dans la BMW, pressés d'échapper aux regards indiscrets ; la sœur a toutefois le temps d'imprimer le physique du chauffeur dans sa mémoire : un jeune, avec un diamant dans l'oreille. Ce détail la frappe, il lui rappelle les visions de Solange, sa description de son correspondant anonyme, assis dans un bureau luxueux, face à des montagnes. La voiture démarre nerveusement, ses roues arrachent des mottes de terre, les projettent en l'air comme une pluie de confettis. Vite, elle note le numéro : ça ne sert pas à grand-chose mais on ne sait jamais…

La BMW tourne, disparaît en malmenant la gomme de ses pneus ; le couinement effraie des canards qui s'envolent dans la confusion…

– Je fais quoi, maintenant ?

Tout simplement ce qu'elle a prévu ; que change, au fond, l'irruption de Rezwiakoff dans son programme ? Rien. Thiercelot n'est pas censé savoir qu'elle connaît l'identité de ses visiteurs… Elle décide de patienter encore un peu avant de sonner chez lui, histoire de le laisser se remettre de son entrevue… Voilà ! Deux bonnes minutes se sont écoulées, elle peut y aller. Elle ferme la portière de la Titine avec précaution, marche vers la maison…

– Sœur Blandine ? Quel bon vent vous amène ?

Pressé, agité, Thiercelot sort de chez lui, vêtu d'un imper, un dossier sous le bras. Son départ perturbe les projets de la sœur, il va lui être difficile de le questionner sur le pas de la porte :

– Vous partez ?

– Avec ce qui vient d'arriver, je cours !

Il est tendu, il tremble.

– Que se passe-t-il, monsieur Thiercelot ?

– Vous n'êtes pas au courant ?

– Non, de quoi ?

Le dos arrondi sous la pluie, comme si cette posture lui permettait d'éviter les gouttes, il vient jusqu'à elle, les joues plus crémeuses qu'un yaourt, les traits hâves, les gestes dissociés :

– La gendarmerie vient de m'appeler : Martine Beaulieu a été poignardée dans son jardin, un vrai carnage, une boucherie.

Jamais elle n'a pu accepter la violence ; au nom de Dieu, au nom des Hommes, au nom du Doute quand elle cherchait sa Vérité, sa haine de la haine, son mépris pour le mépris, son rejet de l'idée de vengeance, force des esprits faibles, l'ont toujours rendue muette au spectacle de la barbarie. Elle ne peut comprendre qu'un être doué de raison, quels que soient ses motifs, puisse en tuer un autre ; ça la dépasse qu'un homme en fasse souffrir un autre, torture, humilie, blesse d'un mot, détruise d'un verbe… Aussi ne s'exclame-t-elle pas en apprenant le meurtre de Martine, traîne un ton las au lieu de crier, un ton fatigué :

– Où cela s'est-il passé ? Quand ?

– Chez elle, hier soir… J'y vais de suite, c'est à côté.

– Je connais son adresse… Je vous accompagne…

Ils gagnent leurs véhicules ; avant de monter dans le sien, Thiercelot prend soudain conscience de la présence exceptionnelle de la sœur, il recule de deux pas :

– Vous vouliez sans doute me dire quelque chose d'important ?

– Non, ce n'est pas urgent, monsieur Thiercelot… D'ailleurs, j'ai failli repartir quand j'ai vu que vous aviez de la visite, ça peut attendre.

La tête du bonhomme montre la route qu'a empruntée Rezwiakoff :

– Ah ! ces deux-là… Dommage, vous auriez dû sonner, ces gens me cassaient les pieds, votre arrivée m'aurait permis de les congédier plus vite.

– Des diplomates, j'ai cru voir ?

– Oui, des types chargés de promouvoir l'industrie de leur jeune République ; leur gouvernement leur a demandé de prendre langue avec les élus de l'Hexagone… Discours barbant ! J'en ai rien à fiche, moi, de leurs échanges commerciaux, de leurs volailles et de leurs moutons ! Je suis végétarien…

Rezwiakoff commis voyageur ! Reconverti dans le marketing, la promotion agricole, les tarifs dans la poche, le carnet de commandes sous le bras, et quoi encore ? Difficile de lui faire avaler que cette pourriture vivante, capable de griller un bébé au chalumeau sous les yeux de sa mère, se soit transformée en marchand de dindons… Dans le genre, pourquoi ne pas tenter de lui faire croire que le docteur Mengele a rejoint Médecins sans Frontières, pendant qu'il y est ?

– Il me prend pour un légume, le végétarien, il s'imagine pouvoir me manger toute crue… Faut pas prendre les filles du Bon Dieu pour des betteraves sauvages, mon cher monsieur… Vous ne perdez rien pour attendre…

La Citroën de Thiercelot file devant elle, la Titine fait ce qu'elle peut pour maintenir la distance, dans une course de courte durée, heureusement… Il leur faut à peine cinq minutes pour heurter le cordon de gendarmerie en faction devant la maison de Martine Beaulieu. Le sous-officier chargé de filtrer les arrivants laisse passer Thiercelot, il a reçu des instructions à son sujet. En revanche, il n'en a aucune pour faciliter le passage de la sœur :

– Désolé, vous devez faire demi-tour.

– Non, adjudant, je m'arrête là…

Il se courbe, la dévisage :

– Mais je vous connais, ma sœur, on a parlé ensemble de littérature.

Elle plisse les yeux, sous cette pluie elle ne distingue rien ni personne :

– Exact ! Devant chez M. Katz, c'est vous l'amateur de livres rares.

Il confirme, s'enquiert :

– Que venez-vous faire ici ? Livrer une bible enluminée ?

– Pas vraiment, la pauvre Martine Beaulieu n'en a plus guère besoin.

– Pour ça, non, on l'a bien arrangée.

– Je présume que le lieutenant Koëstler s'occupe de l'enquête ?

– Affirmatif.

– Pouvez-vous le prévenir que sœur Blandine est à sa disposition ?

C'est si gentiment demandé qu'il se met à l'écart pour conférer discrètement avec son talkie-walkie. Par réflexe réglementaire, main au képi, il salue l'appareil à la fin de la conversation, puis revient, jovial, vers la Titine :

– Le lieutenant vous attend, ma sœur, garez-vous devant, sur ce talus.

– Où a-t-on mis le corps de Martine Beaulieu, adjudant ? J'aimerais le voir.

– Là-bas, dans le jardin, elle n'a pas bougé, on attend les gars du labo avant de l'emmener… J'espère que vous avez les entrailles bien accrochées, ma sœur, parce que celles de la victime sont de sortie, l'assassin doit bosser dans la tripaille…

Question horreur, il a des références, l'adjudant. Les égorgés, les strangulés, les éviscérés, à son âge, il en a un catalogue à sa disposition, plein comme un funérarium. Pourtant, à sa grimace, la sœur comprend qu'il n'avait encore jamais vu pareille atrocité ; elle se prépare en conséquence, s'apprête à stocker une image de plus dans ses cauchemars : elle n'a pas réussi à chasser les cadavres de son sommeil, ils la hantent, la harcèlent chaque nuit…

D'un geste fétichiste, elle caresse la Titine avant de la quitter, un peu pour se donner du courage. La pluie cesse, la Dombes conserve de son passage une chemise argentée sous un ciel atone. La sœur saute par-dessus les nids-de-poule, évite de patauger dans les filets d'eau. Devant la maison, elle repère la grande carcasse du lieutenant ; sa stature dépasse celles de ses collaborateurs, c'est plein de gendarmes affairés dans le jardin, tous penchés vers le sol, à la recherche d'un éventuel indice. Dès que Koëstler la voit, il accourt vers elle, incapable de retenir plus longtemps une révolte contenue, heureux de pouvoir exorciser son dégoût, de se confier à quelqu'un, avec un débit heurté :

– C'est immonde, abominable… Je vais vous dire un secret, ma sœur : à Colmar, où j'étais affecté autrefois, on m'avait surnommé « l'Autruche » ; je devais ce sobriquet à mon estomac en béton, toujours prêt à digérer n'importe quelle abjection, n'importe quel crime… Ce matin, je ne vous cache pas que, pour la première fois, j'ai eu envie de vomir… Dieu seul sait si c'est à cause de ce que j'ai vu ou parce que je réalise tout à coup que la folie des hommes n'a pas de limite… Moi, je suis incapable de me prononcer.

Koëstler donne des ordres par automatisme, dirige ses adjoints par habitude, sans entrain, écœuré. À terre, une couverture recouvre le corps de Martine Beaulieu, son meurtrier a répandu son sang autour d'elle, sur le sol, les murs, la porte à l'aide de feuillages trempés dans ses tripes ouvertes.

– Puis-je la voir ?

– Je vous préviens, ma sœur, c'est une vision ignoble.

Technique personnelle pour surmonter l'épreuve, elle bloque sa respiration, se concentre… Le lieutenant découvre le corps exsangue :

– Voilà… Quinze coups de couteau dans le dos… Peu me chaut de savoir si c'est le premier ou le quatrième qui l'a tuée, l'acharnement dont elle a été l'objet me paraît plus important ; la suite n'est pas jolie à raconter : après l'avoir poignardée, le meurtrier l'a retournée pour pratiquer une mammectomie ; son découpage terminé, il lui a ouvert le ventre, proprement, avec l'habileté d'un chirurgien… Ceci fait, il a sorti tout ce qu'il a trouvé, avec méthode, une véritable ablation d'embaumeur : le cœur, le foie, les intestins. Au gré de sa fantaisie, il en a semé un peu partout… On a retrouvé un bout d'œsophage dans les fleurs, un morceau de vésicule sur les marches, un demi-pancréas dans la boîte aux lettres… Je vous épargne les détails du puzzle… Bref, il s'est acharné sur son corps, pour la punir après sa mort, comme si celle-ci ne lui suffisait pas.

En grinçant des dents, le lieutenant remet la couverture en place :

– Quand je pense que ce dingue risque à peine quelques années d'hôpital psychiatrique avant de sortir et de recommencer, j'en ai froid dans le dos.

Inutile de prévenir la sœur que ses pommettes sont décolorées, elle s'en doute au crayeux de ses mains. Serrer les poings, les relâcher, expirer ; le métier reprend ses droits, elle interroge Koëstler à un rythme mécanique :

– Et le poignard ? Vous l'avez retrouvé ?

– Affirmatif, près du corps, comme une signature : il est identique à celui qui a servi à tuer Axel Lignon.

Le criminel a juste changé sa mise en scène, il persiste dans sa volonté de mêler Belzébuth à ses actes :

– Une dernière question, lieutenant : la région pubienne a-t-elle été touchée ?

– Négatif, il ne s'en est pas pris au sexe… (Il marque un temps avant de lui demander :) Alors, votre opinion ? Vous ne voyez toujours pas de diablotins dans cet enfer ?

Pas vraiment… Elle l'entraîne sur la route, vers un étang aux reflets d'aluminium, vifs et insoutenables, choisit un saule pour arrêter ses pas, loin des témoins aux oreilles indiscrètes :

– Lieutenant, je peux vous affirmer deux choses : primo, je vous confirme que ce meurtre, à l'identique des affaires précédentes, n'a aucun caractère satanique ; secundo, que le meurtrier est soit une femme, totalement cinglée, soit un homme fragilisé dans son enfance par une mère abusive.

Par expérience, il lui accorde sa confiance, ce qui ne l'empêche pas de se forger un avis personnel :

– Pourquoi êtes-vous si sûre que la mort de Martine Beaulieu n'a pas de rapport avec les démoniaques ? Dans son cas, ce n'est pas de la peinture qu'on a utilisée, mais du sang… C'est pire.

Ils reprennent leur marche, s'arrêtent au pied d'un tilleul ; son parfum a le don de les calmer :

– Toujours du rouge, lieutenant, on revient à la case départ. L'assassin a voulu monter d'un cran la qualité de son décor, le sang est plus impressionnant, voilà tout.

– D'accord, je l'admets, mais cette éviscération ressemble à un rituel, non ?

Des halbrans profitent de l'accalmie pour regagner le Parc aux oiseaux tout proche, elle suit leur vol en détrompant le lieutenant :

– Les satanistes pratiquent le culte du Mal, mais au cours de cérémonies où ils ne tuent personne. Ses adeptes sont persuadés que le démon triomphera, convaincus de la faiblesse de Dieu et de la supériorité du diable. Leur idée, en général, est qu'il faut vénérer Satan, maître incontestable de notre éternité. Dans leur esprit, il s'agit de l'adorer, de montrer, par l'exemple de leur dévotion, la voie de la véritable vie éternelle aux humains égarés... En quelque sorte, si je puis me permettre cette comparaison osée, ce sont des évangélisateurs, pas des assassins, et encore moins des éventreurs... Leur but est d'attirer de nouveaux fidèles, pas de les couper en morceaux... Ceux qui assassinent au nom de l'enfer sont des malades, des non-initiés aux pratiques sataniques... C'est pour ces raisons que je maintiens mes positions.

La démonstration convient au gendarme ; mais le reste ?... Elle ordonne ses phrases, reprend sa balade jusqu'à un étang plus petit...

– Une criminelle ne s'en prend pas au sexe d'une autre femme, c'est un peu comme si elle tailladait le sien... Or je constate que la victime est intacte.

– Et la mère abusive ?

– Un déséquilibré, au contraire, n'hésite pas à tailler le pubis, à le découper, parce qu'à ses yeux la femme est impure. Souvenez-vous des vasectomies sauvages de Jack l'Éventreur, c'est un bon exemple... Il la punit à sa manière, en souillant la partie infâme du corps féminin... Sauf le dément qui, malgré toutes les horreurs qu'il commet, respecte l'image de la mère et l'endroit par lequel elle lui a donné la vie… Et là, avec Martine, le meurtrier a arrêté son découpage à la ceinture. C'est un classique, je vous livre en vrac mes notions de psycho, mais elles devraient suffire à étayer ma théorie.

Il opine, il malaxe, il synthétise :

– En résumé, si je vous suis bien, je ne dois pas m'aventurer dans l'ésotérisme, privilégier le concret, chercher une folle ou un fou, de préférence ayant eu une mère autoritaire si c'est un homme, et, bien entendu, un mobile…

– Si je peux ajouter un détail de poids à cette liste, il vous faut également considérer que vous avez affaire à un as du scalpel.

Un nom leur vient naturellement, un nom un peu trop facile à mettre au-dessus de la pile :

– Gardons-nous de soupçonner Maurice Delporte à la va-vite.

– Il est chirurgien, ma sœur, il sait manier un bistouri.

– Et Gaëlle ne doit pas être manchote non plus. Dans la série, Thiercelot est pharmacien, Véronique a été un an en fac de médecine, ils ont de bonnes notions d'anatomie, et nous ne savons rien sur les autres.

– Quels autres ?

– Les dirigeants de la SOGEMIM, par exemple, vous les connaissez ?

– Oui, ma sœur, M. Cheuillade est venu me parler de leurs agissements, et j'ai eu un entretien téléphonique à leur sujet avec la commissaire Amalfi.

– C'est vrai que vous vous fréquentez, je l'oubliais.

– Uniquement dans un cadre professionnel, mais ça marche.

Dans le passé, elle a pu apprécier l'efficacité de leur collaboration :

– Je sais… Ajoutez à votre liste des gens comme Léonie, Arlette Henrioux.

– Pourquoi pas Laurel et Hardy, pendant que vous y êtes ?

– C'est sérieux, lieutenant, il ne faut négliger personne, pas même les soi-disant sorciers du coin, les employés de la mairie, et encore moins Rezwiakoff…

Ce nom fait tilt dans les yeux de Koëstler :

– Vous le connaissez ?

– Autant que vous, lieutenant, c'est un fidèle client des services de police, un habitué des fichiers, son dossier ne tient plus sur les étagères.

– Je me doute que vous avez dû le croiser quand vous étiez flic, ça ne m'explique pas pourquoi vous le citez tout à coup.

– Je l'ai vu, il y a quelques minutes, sortir de chez Thiercelot.

Le flipper gendarmesque se rallume, les billes repartent dans tous les sens :

– Un tordu chez un vendu, lequel des deux piège l'autre ?

– Je constate que vous n'êtes pas autrement étonné de sa présence dans la Dombes.

– Non, pas vraiment, on l'a repéré depuis plusieurs jours, mes services ont signalé ses déplacements au SRPJ, ils ne le quittent plus.

– Très discrètement, alors, je ne les ai pas remarqués, ce matin…

Koëstler ôte son képi pour se gratter la tête :

– Bon ! On va interroger nos suspects, ils attendent sagement dans la maison de Martine Beaulieu.

Une voiture déboule tous feux allumés sur le chemin, deux types rigolards en sortent, comme s'ils arrivaient à une fête de village.

– Et mince ! Les Charlots du labo, se désole le lieutenant… Je vous préviens, ma sœur, ces gars-là sont insupportables.

Il se compose un masque en allant à leur rencontre, se garde de leur tendre la main ou de leur présenter la religieuse. Les deux spécialistes sortent leur attirail du coffre de la voiture, ils se marrent à l'arrivée de Koëstler :

– Salut, mon lieutenant, et merci pour le cadeau.

Un sourire narquois ne quitte pas les lèvres gonflées du premier, sa bille ronde, figure de carnaval, concurrence l'écarlate d'une tomate mûre.

– Pourquoi me remerciez-vous, Bonnot ?

– Une femme en morceaux, ça me manquait, j'en avais pas pratiqué depuis des lustres ; pas vrai, Godin ?

L'interpellé, d'une maigreur aussi affligeante que la cellulite de son comparse, salue Koëstler de trois doigts sur la tempe, façon scout toujours :

– Pour ça, vous nous gâtez… Si, si, on apprécie, lieutenant. Hier, on a fait une noyée, superbe cadavre, bleue comme une Schtroumpf, bien gonflée de partout, un régal…

– Ce matin, juste avant de venir, on s'est occupés d'un petit Beur, éventré bien comme il faut, le troisième de la semaine.

– Ah !… Belle entaille dans le plexus, une merveille…

– Mais une nana charcutée à la Landru, ça fait des années que je n'en ai pas pris en photo…

Le globuleux vérifie son appareil, jette un œil torve vers le jardin :

– Nous voilà, madame, le petit oiseau va sortir, on ne bouge plus !

Sur ce, ils se dirigent vers le corps de Martine en continuant de plaisanter, soulèvent la couverture, sifflent d'admiration, peu touchés par la consternation de leur entourage :

– T'en penses quoi, Godin ?

– Joli ! C'est ce qu'on a vu de mieux.

– Va falloir du temps pour remettre toute cette viande en place.

– Et de bons yeux pour retrouver la tripaille : fais gaffe où tu mets les pieds, tu risques de glisser sur un bout de péritoine.

Confus, Koëstler invite la sœur à entrer dans la maison :

– Désolé, ma sœur, ils sont toujours comme ça, ils ne respectent rien.

– C'est peut-être une méthode, leur façon de surmonter l'horreur.

– Eux, sensibles ? On le saurait…

Pour décorer son salon, Martine Beaulieu avait puisé dans l'art contemporain. Les murs sont couverts de reproductions de Magritte, Chagall, Vasarely, avec, çà et là, des originaux de peintres méconnus dont les pinceaux se sont efforcés de copier les maîtres. C'est plein de traits, de ronds, de carrés, d'une barbouille multicolore. Moitié en chêne, moitié en ferraille, des sièges et une longue table meublent un coin destiné à recevoir des invités ; à l'opposé, des canapés en cuir bleu encerclent le devant d'une cheminée revue et corrigée moderne. Goût étrange, mais c'était celui de la morte, paix à ses cendres et à son sens calamiteux de l'esthétisme.

Dans ce navrant décor, la sœur est assaillie par Gaëlle et Véronique, qui lui bisouillent le museau, la larme à l'œil, le menton tremblotant :

– Cela va-t-il finir un jour ? interroge la première.

– À quand le prochain ? s'émeut la seconde.

Prostrée dans un fauteuil jaune canari, Arlette Henrioux ne peut guère bouger. Elle fixe l'un des tableaux, incapable de réagir, de dire un mot, ne serait-ce que « bonjour ». Choquée, ses doigts jouent du piano sur un clavier imaginaire, ses cuisses ne cessent d'aller et venir, comme si elle retenait une grosse envie de faire pipi. Thiercelot reste debout, son grand corps multiplie les tics, à croire qu'il souffre de la maladie d'Alzheimer. Près d'une fenêtre, Maurice Delporte passe un coup de fil ; il repose le combiné, informe Koëstler :

– Je viens de prévenir sa banque ; son décès laisse ses collègues sans voix.

Sa banque ! Quelle drôle d'idée, s'inquiète sœur Blandine :

– Pourquoi sa banque ?

– Son travail, si vous préférez. Martine était directrice adjointe d'une agence à Bourg-en-Bresse ; ce n'est pas avec son salaire d'élue qu'elle aurait pu vivre.

Explication teintée d'une sourde revendication.

Trêve de balivernes, Koëstler a un interrogatoire à mener :

– Mesdames, messieurs, je ne vais pas vous ennuyer très longtemps, entame-t-il ; d'après nos premières constatations, nous savons que Mme Beaulieu a été assassinée vers neuf heures trente, après la réunion de la mairie. Je me bornerai donc à vous demander où vous vous trouviez à ce moment-là… Vous, docteur ?

Delporte puise dans ses souvenirs, très ennuyé :

– À l'hôpital, où voulez-vous que je fusse ?

– Vous avez des témoins pour confirmer ?

– Oui, je le pense… Je n'ai pas fait attention à l'horloge… Ce que je peux vous affirmer, c'est que j'ai pratiqué une intervention à dix heures trente. Entre l'heure du crime et celle de l'opération, j'ai été visiter plusieurs malades.

– Qui vous ont vu, bien entendu ?

– Ils dormaient… J'ai bien croisé des infirmières dans les couloirs, mais à quelle heure ? Je ne sais pas… Il m'est impossible de vous garantir qu'elles ont regardé le cadran de leur montre.

Ça démarre mal, le gendarme déteste les vérifications d'usage :

– Vous ne m'en voudrez pas, docteur, nous allons devoir interroger vos collègues…

Il se tourne vers l'épileptique :

– À vous, monsieur Thiercelot, qu'avez-vous à me dire ?

Ses convulsions reprennent de plus belle :

– Rien, rien, rien ! Je suis rentré chez moi directement, je n'ai pas de témoins.

– Vous vivez seul ?

– Célibataire dans l'âme, jamais marié.

Précision intéressante, apprécie la sœur, elle se permet d'intervenir :

– Au moins une petite amie, monsieur Thiercelot ?

C'est pour le coup que ses jambes dansent le twist, ses bras la macarena, que son buste reproduit les contorsions zoulouesques de Travolta dans *Saturday Night Fever*, que sa tête manque de tourner à trois cent soixante degrés comme celle de la petite fille de *L'Exorciste* :

– Aucune liaison officielle !

Avec son petit marteau insidieux, la religieuse enfonce le clou :

– Votre maman n'a donc pas eu le bonheur d'être grand-mère, tant pis.

– Elle a au moins eu un fils pour s'occuper d'elle, la pauvre. Veuve de guerre, avec un enfant à élever, la vie n'a pas été tendre pour elle.

Les regards de Koëstler et de la sœur se rencontrent furtivement, assez pour communier dans la résolution : ils vont s'occuper de son cas, beau sujet d'étude que l'ami Thiercelot !

– Et vous, mesdames, quid de votre emploi du temps ?

Elles racontent toutes trois la même chose : après la réunion, elles sont peu restées à la mairie, chacune a repris son véhicule pour rentrer ; personne ne peut attester leur retour à neuf heures trente dans leurs foyers, brouillard fâcheux dans leurs agendas que le lieutenant essaie de dissiper :

– Avez-vous allumé la télévision, et si oui, pouvez-vous me parler du programme que vous avez regardé ?

Non, pas davantage. Véronique a écouté un CD en grignotant un bout de poulet froid, Gaëlle a mis une cassette vidéo, Arlette a lu un livre, et elle peut raconter le dernier chapitre, même si ça ne prouve rien… Bref, pas un seul des cinq suspects n'est en mesure de prouver son innocence. Seul Delporte tente de se justifier :

– Martine était mon alliée. Son parti a soutenu mon beau-père avant d'appuyer ma candidature aux municipales. En cas de barrage, je savais pouvoir compter sur elle au deuxième tour des prochaines législatives ; il aurait fallu que je sois fou pour la tuer.

– Son meurtre est justement l'œuvre d'un dément, docteur.

La réplique du gendarme fait mouche ; en fait, la remarque vise Thiercelot, jésuitique démonstration que ce meurtre lui profite.

– En l'état, inutile de poursuivre. Suivant la formule consacrée, je vous prierai de ne pas quitter la région. Pour l'instant, mesdames, messieurs, je vous libère, en vous remerciant de m'avoir répondu... L'enquête continue, je pense que nous sommes appelés à nous revoir.

Un bref hochement, quelques politesses grommelées, ils quittent la maison en procession funèbre, passent devant le corps de Martine que les zigotos du labo ont fini de malmener. Les femmes se signent en pleurnichant, les hommes s'inclinent ; ils regagnent leurs voitures.

– Merci, ma sœur, pour Thiercelot... Il ne me venait pas à l'esprit de lui poser des questions sur sa vie privée.

– Allez-y doucement, lieutenant, vous marchez sur des sables mouvants.

– Je sais : les politiques sont derrière nos suspects, l'enquête est sous leur haute surveillance.

– Il ne s'agit pas d'eux, mais des apparences trompeuses. Songez aux vessies que l'on veut vous faire prendre pour des lanternes depuis le début de cette affaire, ne serait-ce que le décorum satanique qui entoure les crimes. Méfiez-vous de votre flair, et plus encore des faits : je trouve leur fond scientifique un peu trop facile à interpréter, on néglige l'humain, une fois de plus !

– Facile, dites-vous ? Vous êtes bien lyonnaise, comme M. Brun.

En voilà une qu'on ne lui avait pas faite depuis le Quai des Orfèvres, elle en laisse échapper une sorte de hoquet enroué. Il lui sert de conclusion, elle n'a plus de raison de s'attarder. En lui renouvelant ses remerciements, Koëstler la laisse partir pour aller, de son côté, faire le point avec ses hommes. Ça grouille de gendarmes, autour d'elle, les journalistes commencent à rappliquer. Elle cherche Gontrand, en vain, il n'est pas encore arrivé. La voilà de retour près de sa Titine, elle sort ses clés, tend l'oreille… Un bruit bizarre s'échappe du côté opposé ; en y regardant de près, elle voit deux crânes dépasser des vitres latérales :

– Qu'est-ce que c'est que ce seat-in ?

Inquiète, elle contourne le véhicule, s'arrête, pétrifiée par la surprise : accroupis, adossés à la Titine, blêmes, vitreux, Bonnot et Godin se passent une flasque de cognac qu'ils sucent à petites gorgées :

– Ben !… Vous fichez quoi, là ?

Le gros n'a plus le courage de répondre, le maigre y arrive à peine :

– Toute cette merde, ma sœur, ça nous bousille, on tient comme on peut.

Il lui montre la flasque d'alcool ; la sœur la lui prend des mains :

– La charité, mes fils : pas les uns sans les autres.

Et elle s'imbibe la corgnole d'une large rasade…

⁂

La place est dégagée, la mort de Katz n'attire plus la foule, on apprécie le calme aux abords de sa maison encore envahis la veille. Sœur Blandine observe longuement la façade, elle claque soudain des doigts :

– Là ! C'est exactement là qu'ils la poseront, au-dessus de l'arche.

Elle imagine la cérémonie, les officiels sombres, les obséquieux graves, les carriéristes jouant des coudes devant les photographes.

– Et ils nous feront des patati patata de discours ampoulés avant de découvrir la plaque commémorative : « Ici a vécu Clément Katz »… Roulements de tambours : prrra-prrra-prrra !, peut-être un clairon, c'est le contribuable qui paye : tatatati, tata ! et ils iront tous boire un gorgeon, toujours aux frais du redevable, fermez le ban, ouvrez le bar !

Il a encore plu dans l'après-midi, une bonne saucée, ça a lavé le pays, ça a aussi vidé les rues de Trévoux, c'est le désert autour d'elle quand elle pénètre dans l'ancestrale demeure. Par habitude, elle cogne à la porte, c'est ainsi qu'elle faisait du vivant de Katz, pour que la sonnerie ne le dérange pas. Un martèlement que reconnaît aussitôt Léonie, empressée d'ouvrir, heureuse d'avoir de la visite :

– Ah ! que je suis contente de vous voir, ma sœur.

– Comment va, Léonie ? Vous vous remettez de vos émotions ?

– Bof ! Ça ira mieux après l'enterrement, je suis fine prête pour une nouvelle vie... Mais entrez, ne restez pas cloîtrée dehors, il y fait pas grand beau.

Invitation que la sœur accepte avec joie, d'abord pour Léonie qu'elle aime bien, ensuite parce qu'elle va pouvoir lui parler d'un fait précis, la gouvernante semble de bonne composition ; mais il lui faudra causer avec les manières, dans un rituel social où la précipitation est proscrite...

– Voilà, vous êtes pas mieux à la choute ?

– Il pleuvine encore, je préfère être à l'abri.

Contente comme tout, Léonie l'emmène vers la cuisine :

– Ça vous plairait, un petit mâchon, ma sœur ? Bientôt cinq heures ! Ça me paraît raisonnable, tantôt, un bocon de Jésus avec un soupçon de beurre sur un vrai crochon de boulanger...

– Et un petit rouge des coteaux du Lyonnais ?

– Sûr, on va se rebioller.

– Alors ça me va.

C'est bien ainsi qu'elles conçoivent le five o'clock, n'en déplaise aux Anglais, avec leur thé et leur pâtisserie gélatineuse d'obscure composition.

Installées dans la cuisine, les deux femmes démarrent en fanfare, d'autant qu'elles ont matière à se mettre le palais en éveil avec un gentil condrieu qu'il y aurait malheur à ne pas terminer. Traîne aussi une gouttelette d'un plaisant chenas, pas vilain sur les papilles, indispensable mise en route avant d'attaquer la cochonnaille. Un puissant coteau du Lyonnais les aide à triompher du Jésus. Ça requinque, un goûter de jeunes filles, les langues ne demandent qu'à papoter :

– Plus de visite, ma bonne Léonie, vous devez vous sentir seule ?

– À part Véronique, j'ai pas vu la queue d'un chat ou d'un humain depuis deux jours. Il y a que la télé pour me tenir compagnie.

– Et là où vous voulez prendre votre retraite, vous connaissez du monde ?

– À Belleville ? Oui, j'y ai un peu de famille, des amis, de la compagnie…

Les yeux de la sœur parcourent la pièce :

– En tout cas, félicitations ! La maison est bien tenue.

– Question de caractère, et puis ça m'occupe. Pour rien vous cacher, la mort de Monsieur m'a changé la vie.

– Je comprends, sa disparition chamboule vos journées…

– Le vide, sans prévenir, poum-patatras !

Elle y va prudemment, repique une tranche de saucisson avant de poursuivre, il ne faut pas que ça ait l'air d'un interrogatoire :

– Oui… Partir si vite… Ça s'est passé en quelques secondes, m'avez-vous raconté ?

– Tel quel ! J'ai pas eu le temps de dire ouf, qu'il avait déjà dit adieu. D'un coup, il s'est effondré, rectum raide mort.

– Je suppose que Gaëlle n'a rien pu tenter ?

– Un truc ou deux, par principe, mais on voyait bien qu'il était parti ad pâquerette.

Une louchette de rouge, lentement, avant de remettre un peu de salive sur ses questions :

– Je vois… Il ne restait plus qu'à lui nettoyer la bouche.

La robuste Léonie en tremblote encore :

– Pour ça, j'ai laissé faire Gaëlle, parce que moi, tout ce sang, je pouvais pas.

Bingo ! Elle sait ce qu'elle voulait savoir ; enfin, presque :

– Avec une serviette en coton ou en papier ?

– En papier, évidemment ! On allait pas salir le linge de maison… On dira ce qu'on voudra sur son compte, mais elle travaille bien, Gaëlle ; elle a tout proprement essuyé Monsieur, mis les serviettes pleines de sang dans son sac pour que ça choque pas les proches. Une consciencieuse, je vous dis…

Et surtout une sacrée menteuse ! Mais pourquoi ce geste, qui a-t-elle voulu couvrir ? Ça chauffe à l'intérieur, le degré Fahrenheit de son impatience grimpe au plus haut, la sœur brûle toute crue d'aller le lui demander ; un coup d'œil discret à sa montre, elle sait que l'infirmière finit son service à six heures, l'hôpital est à deux pas, impossible de remettre sa grattouille à demain, ça la démange trop, une pustule, une gale, un eczéma, il faut qu'elle y aille dare-dare… Mais pour l'instant, rien ne presse, Léonie sort un restant de rigotte, le plus urgent est de l'achever. Le temps s'écoule en débitant des gandoises, des niaiseries sur la qualité des produits de bouche (autrefois, on mangeait meilleur, ma sœur), des regrets sur la disparition des paysans sur les marchés (le poulet, on se le plumait soi-même, on savait ce qu'on avait dans son assiette), bref, en passant en revue l'univers en compote de la vieille cuisinière, diplodocus de la bonne chère que l'ère glaciaire du surgelé fait disparaître.

– C'est pas que je m'ennuie, Léonie, je dois pourtant lever le camp.

La vieille tente de cacher sa tristesse, mal, gauchement.

– Mais je reviendrai, je vous le promets.

– C'était gentil de passer, ma sœur, je vous retiens pas prisonnière.

Après l'inévitable bise, les derniers mots de réconfort, la sœur part en soulevant sa jupe pour mieux courir : moins dix ! elle va manquer la sortie de Gaëlle… Vite, elle saute dans la Titine, démarre du premier coup (merci, adorable saint Christophe), rudoie le coaltar de la chaussée à plus de vingt à l'heure, s'emporte contre une signalisation arbitraire dont le sens giratoire contrecarre ses projets, peste comme une chaisière mal embouchée :

– Sacrilèges ! Impies ! Mécréants ! Coller des interdits là où je vais !

Tours, détours, feux rouges, stops, virages, lambins, aucun ralentissement ne lui est épargné, elle regrette d'avoir pris sa voiture, elle y serait déjà, à pied. À cette allure, son retard s'aggrave, sa montre indique six heures passées quand elle parvient à la porte de l'hôpital ; pour couronner le tout, elle ne trouve pas de place pour se garer. Quelle idiote ! elle aurait dû se souvenir que sur le soir les gens rendent visite aux patients, il en vient de partout, à tourner en rond comme des derviches hagards.

– Gaëlle ! Elle me file sous le nez !

L'infirmière n'a pas tardé à se changer, elle quitte prestement l'hôpital, d'un pas léger jusqu'à son véhicule, une petite 205 verte. Son départ ravit pour le moins une trentaine d'automobilistes dont un seul, tel un spermatozoïde, connaîtra le bonheur de se nicher dans l'ovule ; les hostilités pour ce faire sont ouvertes, ça s'engueule, ça s'insulte, ça tente de passer en force. Gaëlle entame à peine sa manœuvre pour se dégager que déjà une Lada colle son pare-chocs dans l'espace qu'elle libère, à la fureur d'autres conducteurs qui font valoir leurs droits à cette place, d'invalidité, de voisinage, de préemption, et même d'aînesse pour une rombière dont l'argument s'appuie sur son impotence due à de l'arthrose...

La 205 décolle, sœur Blandine derrière elle... En une fraction de seconde, la religieuse décide de suivre Gaëlle, c'est jouable : les performances des deux autos se valent... Et puis elle connaît son adresse, si elle la perd en route, elle saura où la retrouver, mais en aucun cas elle ne retournera à la Sainte Croix sans avoir eu une sérieuse explication avec elle.

Encore des feux, des arrêts, des rêveurs au volant, on se traîne... La couleur de la Peugeot – vert granny – se remarque de loin, mais le soir tombe, la sœur la distingue de plus en plus mal. La voilà sortie de Trévoux, engagée sur la route de Saint-André-de-Corcy ; rien de plus normal, c'est son chemin, elle n'a qu'à la suivre, après, elle tournera forcément vers Villars-les-Dombes, elle habite du côté de Bouligneux… Ou Gaëlle n'est pas une mordue de la vitesse, ou son véhicule a besoin d'une révision, le fait est que la Titine lui colle au train sans difficulté. En rase campagne, la pénombre devient gênante, la route ne profite pas de l'éclairage diffus des bourgades ; pour circuler, les automobilistes allument déjà leurs feux de croisement. Excellent ! La lumière arrière gauche de la 205 est blanche, son cache de couleur a disparu, probablement cassé. Entre chien et loup, ce détail permet de mieux la repérer. Tout va bien, elles passent le grand croisement de Saint-André, la sœur craignait que les voitures des clients du supermarché local s'intercalent entre elles deux, mais Dieu ou sa Fortune a bien voulu que le feu soit au vert. La circulation est dense, Gaëlle reste sagement sur le côté droit de la nationale, prudence appréciée de la sœur et, surtout, de la Titine. Bientôt le Parc ornithologique, elle virera tout de suite après, elle s'y prépare…

– Oh ! Elle fait quoi, là ? Pourquoi tourne-t-elle ?…

Contre toute attente, la 205 s'engage sur la gauche bien avant d'arriver à Villars. La sœur a tout juste le temps de signaler ses intentions pour la suivre, elle effectue un virage dangereux en priant le Ciel que la mécanique tienne le coup. Par bonheur, personne ne vient en sens inverse, elle n'en loupe pas moins sa manœuvre, oblige la 4 L à se redresser, repart à la poursuite de l'infirmière dont la 205 brille de ses feux bicolores à une distance éloignée. Son pied au plancher lui permet de réduire un peu l'écart, la courageuse guimbarde donne tout ce qu'elle a sous le capot.

– On va ralentir, ma grande, pas la peine, après tout, de nous faire voir.

Héritage de la Maison Argousin, elle reprend les bonnes manières qui s'imposent dans une filature, car à la réflexion il ne s'agit plus maintenant d'aller chez Gaëlle, mais de savoir où elle se rend… La nuit descend de plus en plus, emmaillote les paysages de la Dombes ; on devine la présence des étangs au froid soudain, à la brume éruptive, la proximité des bois aux cris d'animaux apeurés, chassés tout à coup par des prédateurs sortis dans l'obscurité naissante. Parfois, une maison lui rappelle qu'elle roule bien sur une terre domestiquée, que des hommes vivent ici… Et il y en a au moins un que Gaëlle connaît sur ces chemins peu fréquentés, puisqu'elle s'arrête au bord d'une propriété esseulée, perdue entre les étendues d'eau… Problème, pour la sœur : où doit-elle se garer pour ne pas se faire repérer ? Les bords de l'étroite départementale sont-ils praticables ? Va-t-elle verser dans un fossé ? Cette noirceur dissimule tant de pièges…

– Allez, ma Titine, on se pose ici… Jésus-Marie-Joseph, aidez-moi !

Ses oreilles perçoivent un floush-floush sous les roues ; elle pile, coupe le moteur, descend pour apprécier l'état du terrain :

– Dieu du Ciel ! Il s'en est fallu de peu.

Les pneus de la 4 L ont meurtri une frange de terre gadouilleuse, détrempée par la pluie, à la lisière d'une rigole qu'ils tutoient d'un petit centimètre ; un chouia plus avant, et la Titine piquait du nez. Un signe de croix en remerciement est le moins qu'elle puisse adresser à la Sainte Famille dont elle a sollicité le concours. Elle achève ses civilités, soupèse les dangers à marcher jusqu'à la 205 dans la pénombre, lesquels se limitent à se ravager les semelles dans une bouse, ou à écraser une limace en goguette. Rien de bien terrible en somme ; elle ferme donc la portière de la Titine, entreprend de s'avancer résolument vers la maison inconnue. La distance est minime, elle la franchit en quelques bonds, méthode de progression qu'elle affecte partout où elle se rend en catimini, colombe dans le cœur, tigresse dans la tête, gazelle jusqu'au bout des tarses. Une espèce de pâle lumignon éclaire la cour, trop faible pour qu'elle puisse surprendre un visage ; de plus, l'entrée de la demeure tourne le dos à la route, impossible, dans ces conditions, d'espionner qui que ce soit par les fenêtres. Son regard s'habitue à la nuit, peu à peu elle réussit à distinguer les choses, surtout une boîte à lettres, objet ô combien capital pour son enquête. Sa main fouille une de ses poches, en sort le briquet qu'elle a emporté, l'allume pour lire le nom inscrit au-dessus de la fente…

– Marc Rochelle… Voyez-vous ça…

Pour une surprise, c'est à en tomber à la renverse ! Gaëlle adepte de la breloque envoûtée, de la tisane à gaga et du sort à rendre tout moindre !… Comme si elle ne manquait pas de charmes naturels !… Comment une fille aussi intelligente, aussi rationnelle peut-elle avoir recours à des charlatans de cette espèce ? Mais par-dessus tout : pourquoi ?… Ces questions troublantes demandent des réponses que la sœur veut entendre au plus vite. Elle prend le parti d'attendre l'infirmière près de sa 205, bien décidée à la surprendre, à lui demander des comptes : entre ses dissimulations de preuves et son expédition chez cet illusionniste, les explications de la jeune femme s'imposent.

Un tronc d'arbre gît à trois pas de la Peugeot, pas trop mouillé par les averses de la journée ; elle s'assied sur son écorce humide, s'accorde le droit d'en fumer une, patiente en tirant lentement sur le filtre, pour faire durer le bonheur, sans témoin, seule avec son délicieux vice.

Un quart d'heure passe, son mégot est écrasé depuis longtemps, elle commence à trouver le temps long ; si l'attente dure trop, elle ira voir sur place, tant pis pour les conséquences. Elle se fixe comme limite la récitation de cinq prières, après la cinquième, elle entrera chez Rochelle… Inutile ! Au quatrième acte de contrition – il s'impose –, elle perçoit enfin des mouvements divers, des bruits de voix. Un chien aboie, aussitôt houspillé par son maître, une forme s'avance dans le jardin, pousse le portail, va à pas rapides vers la 205…

– Gaëlle !

La chaussée est d'asphalte, pourtant le bond que fait la jeune femme est presque aussi haut que si elle avait sauté sur un trampoline, ses mains décrivent des arabesques nerveuses, les clés de sa voiture s'en échappent :

– Qui est là ?

Trois syllabes prononcées sur le mode sériel, pas vraiment sur un air romantique, l'angoisse point dans sa voix.

– Pas de panique, ce n'est que moi.

– Sœur Blandine ?... Que faites-vous là ?

– Et vous, Gaëlle ?... Permettez-moi de vous retourner la question...

Apeurée, la jeune femme serre contre elle un paquet, comme si elle craignait que la religieuse ne le lui prenne.

– C'est quoi, ça ? Une camomille pour gagner au black jack ?

Que faire, que dire ? Gaëlle ne le sait plus, il faut que la sœur fasse tomber la tension :

– Bon ! Vous consultez les sorciers, libre à vous... Après tout, c'est votre affaire, ce que vous faites de votre argent ne me regarde pas.

Une question, une seule préoccupe l'infirmière :

– Vous irez le raconter ?

– Vous me prenez pour qui ? Je sais qu'il fait noir, mais regardez l'uniforme que je porte ! Et puis, sans compter les obligations de réserve auxquelles il me soumet, je n'ai pas pour habitude de bavasser sur mes semblables.

Ce discours permet à Gaëlle de se ressaisir, elle remet en place son corps, jusque-là cassé par la honte, tout en poignassant toujours son petit paquet :

– Que me voulez-vous, ma sœur ? Vous m'avez suivie, bien sûr ?

– Bien malgré moi, je n'en avais pas l'intention... Je vous ai manquée de peu à l'hôpital, j'ai tenté de vous rejoindre en vous suivant, persuadée que vous rentriez chez vous, et me voilà !

Que le hasard soit la cause de cette rencontre devant chez son sorcier apaise les craintes de Gaëlle, elle comprend que la sœur ne cherche pas à lui nuire :

– De quoi voulez-vous me parler ?

– À la vérité, j'hésite entre vous passer un savon et vous ficher une trivasse, toute bonne sœur que je suis… En vérité, et très saintement je vous le dis : arrêtez de me prendre pour une bugnasse.

La religiosité du propos ne bénéficierait pas de l'imprimatur, il convient néanmoins de reconnaître qu'il produit un électrochoc chez celle qui le reçoit, elle en a un spasme enfantin :

– Qu'ai-je fait, ma sœur ? Je ne vous ai jamais prise pour une… gourde.

– Oh, que si ! Avec la mort de Katz, et vous allez m'expliquer pourquoi, tout de suite, sans témoins, on avisera après.

– Katz ? Ce n'est pas moi qui…

– L'ai tué, l'interrompt la sœur… Soyez sans crainte, pour l'instant, je ne le pense pas. En revanche, vous avez dissimulé les preuves de son empoisonnement : vous êtes infirmière, vous savez que l'estomac ne supporte pas certaines substances, le rejet sanguin est caractéristique de leur ingestion… Vous avez tout de suite compris que Katz avait été empoisonné quand vous avez vu le sang couler entre ses lèvres, vous vous êtes empressée de les nettoyer, de faire disparaître les preuves de son assassinat en cachant les serviettes souillées dans votre sac.

– Non, je…

– Taisez-vous, hein ! Léonie l'a vu, son témoignage peut vous envoyer en cabane… Je suis même étonnée que les flics ne vous aient pas encore posé de questions à ce sujet ; à mon avis, ils ne vont pas tarder à vous en parler, je vous parie que la commissaire Amalfi va vite se rendre compte de cette lacune, votre convocation à son bureau va tomber comme un couperet.

L'échine de la belle en est parcourue d'un frisson :

– Vous me semblez connaître tous les flics de la région ?

– Et d'ailleurs… Avant de porter le voile, j'appartenais à la Brigade criminelle… Je répète : pourquoi avez-vous soustrait ces preuves ?

Ça l'assied, cette nouvelle, ce n'est décidément pas sa soirée, a-t-elle encore les moyens de dissimuler la vérité ?

– Et puis zut ! je vais tout vous raconter, ça tient en une phrase : j'ai agi par amour... Vous êtes contente ?

– J'exulte, j'en bave de bonheur... Vous allez longtemps vous fiche de moi, Gaëlle ? Par amour, ça se traduit comment en cartésien ?

– Par amour de Maurice ! Vous ne l'aviez pas compris ? C'est pourtant évident, non ?

La voilà rendue au cœur du problème :

– Parce que pour vous, il est coupable ? C'est lui qui a mis le flacon trafiqué dans l'armoire à pharmacie ?

– Non ! Je n'affirme rien de tel... C'est vrai que sur le moment je l'ai supposé. Tout l'accuse : sa responsabilité dans les soins, la vindicte de son beau-père, l'intention de Katz de limiter son héritage à une rente... Et bien entendu, sa liaison avec moi... Toutes ces images ont défilé devant mes yeux quand j'ai compris que le flacon était empoisonné, j'ai cru pendant un instant que Maurice était coupable, j'ai voulu le protéger... C'est pourquoi je me suis hâtée de nettoyer le sang des lèvres de M. Katz, d'enfouir les serviettes dans mon sac, de tout embarquer.

– Mais vous avez oublié le flacon.

– Lui et votre perspicacité... Dans l'affolement, on ne songe pas à tout.

– C'est ce qui perd en général les assassins... Un conseil, Gaëlle, appelez Amalfi avant qu'elle ne vous fasse embarquer, racontez-lui la vérité, ça vaudra mieux... Moi, je n'ai rien entendu.

Des soupirs succèdent aux soupirs, Gaëlle ne sait à quoi se raccrocher :

– Si je lui parle, elle va accuser Maurice !

– Vous manquez décidément de recul : sang ou pas sang, Katz est mort assassiné à l'aide de ce damné flacon, elle le sait ! Vos aveux vous coûteront une belle volée de bois vert, sans plus, du moins je le pense... Votre dissimulation ne fait pas davantage soupçonner Maurice, réfléchissez...

Ce qu'elle tente de faire malgré la tension :

– Elle le questionnera quand même.

– Mais arrêtez vos bêtises !... (La sœur se calme, se campe devant elle)... Écoutez-moi bien, ce n'est pas la police que Maurice doit craindre, mais quelqu'un qui lui en veut dans l'ombre : j'ai des raisons de croire qu'on cherche à l'empoisonner à son tour.

Les bras de la sœur manquent de laisser échapper le corps de Gaëlle à la renverse, la nouvelle l'assomme sur place :

– On veut le tuer ? Co... comment ?...

– Peu importe les détails, j'ai fait analyser la bouteille de vodka qu'il garde dans son bureau... Surprenant, son contenu !... Pour cette fois, on n'y a trouvé que de l'urine, des cheveux et autres éléments comiques, mais que nous réserve la prochaine ? Cyanure ? Arsenic ? Venin exotique ? Vaste choix !...

La respiration de la jeune femme s'accentue, pire qu'un soufflet de forge, elle repousse la sœur d'un mouvement violent en se mettant à pleurer, prise d'une crise de larmes à n'en plus finir :

– Oubliez le poison, ma sœur, vous faites fausse route.

– Plaît-il ? Redites-moi ça ?

Gaëlle défait son paquet, en sort un flacon au contenu trouble :

– C'est un élixir d'amour, c'est moi qui l'ai mis dans sa vodka.

– Ah !... Ah, bien, vous me la copierez...

– Je l'ai versé dans sa vodka pour qu'il vienne vivre avec moi... Son pouvoir est immense...

Et dire qu'elle travaille dans le domaine des sciences exactes...

– C'est Marc Rochelle qui vous a concocté ce potage ?

– Oui, il m'écoute, lui, il me conseille, il me guide… Quand je me suis aperçue que la bouteille avait disparu, je suis revenue rechercher de l'élixir…

La sœur est désarmée devant tant de stupidité, elle en oublie toute contenance, toute retenue verbale :

– Et cette topette, c'est la recharge ? Bravo ! Non seulement vous faites dans l'infiniment con, mais en plus je présume que ça doit coûter les yeux des fesses !

– Trois mille francs…

Pour cinq centilitres ! Elle évite de ramener la somme au millilitre :

– Du jus d'ortie, du foie de souris… Je suppose que c'est votre urine et vos cheveux que l'on a retrouvés dans la composition ?

– Oui, enfin presque… Les cheveux… ce sont les vôtres, ma sœur…

– Mes cheveux ?

Elle a besoin d'air, plus que cette excellente et saine zone rurale de la Dombes peut lui en fournir…

– Je vous demande pardon, ma sœur, mais c'est vrai : pour que la formule fasse effet, Marc avait besoin des cheveux d'une religieuse… C'est pourquoi je me suis introduite dans votre 4 L pour en ramasser… Mais je n'ai rien cassé !

– Sans doute, mais pour les trouver dans l'habitacle, vous avez craqué des allumettes, n'est-ce pas ?

– Heu… Oui… La lumière du plafonnier risquait de me faire repérer.

Dies irae ! Enfer et damnation !… Avoir osé toucher à la Titine !

Pourra-t-elle le lui pardonner un jour ?

⁂

Aux alentours de minuit, quatre témoins illustres assistent à une scène incroyable. Côte à côte, Philibert Delorme, Hippolyte Flandrin, Guillaume Coustou et Gérard Audran, que personne n'osera contredire, peuvent attester qu'un individu répondant au nom de Gontrand Cheuillade accoste les amoureuses tarifées de la Presqu'île de Lyon, entre Rhône et Saône, à trois pieds six pouces de Bellecour.

Le déluré badaude entre les belles de nuit, compare leurs charmes, fait son marché. Son œil lubrique divague, apprécie les volumes de la poitrine d'une rousse plantureuse, dont les seins débordent aux deux tiers d'un bustier fripon, apprécie les longues jambes prises dans de vertigineuses cuissardes d'une aguichante brunette, admire le galbe fessier d'une blonde callipyge entortillée dans une minijupe, décoche des sourires idiots aux jolies marchandes d'extase, écoute leurs prix, compare, hésite…

– C'est ça, profites-en, mon gaillard, tu ne perds rien pour attendre.

Assise dans une voiture garée place des Jacobins, la femme grince des dents, furieuse :

– Continue, tu me le paieras très cher.

Près d'elle, un jeune homme aux traits poupins essaie de la calmer :

– Détendez-vous, commissaire, Cheuillade a raison de jouer le jeu, il ne peut aller droit vers Tatiana, ça lui semblerait louche.

– Peut-être, mais je le connais : il me nargue !

– Justement, vous savez qu'il s'amuse, sans méchanceté.

– J'aurais pas dû lui demander d'accepter cette mission.

– Trop tard, commissaire, c'est parti.

Contractée, Victoire voit Gontrand butiner d'une prostituée à l'autre, discuter avec chacune, leur faire des grâces, des révérences… La fontaine des Jacobins, ornée des statues des quatre témoins précités, lui cache le journaliste, elle saisit le micro :

– Attention, à toutes les voitures : Renaudot se dirige vers les Célestins.

– Bien reçu, commissaire, on le suit.

Les réponses affluent, Gontrand – alias Renaudot, son célèbre prédécesseur – reste sous bonne garde ; des véhicules anonymes, remplis de flics, veillent sur lui. Victoire commande à son adjoint :

– Rapprochez-vous, Bernier, on garde le contact.

La Renault démarre doucement, se faufile entre les immeubles bourgeois des petites rues environnantes, s'infiltre, feux éteints, jusqu'au-devant du théâtre des Célestins tout proche. D'accortes nénettes entourent la place, des « chandelles » toutes prêtes à garantir quelques minutes d'évasion incomparable en contrepartie de quelques euros, ou en monnaie solide qu'elles ont appris à convertir. D'un pas nonchalant, Gontrand se rapproche, toujours indécis, plaisantant avec celle-ci, minaudant avec celle-là…

– Bernier, branchez la HF, il arrive à la hauteur de Tatiana.

Le mouvement de son menton désigne une jeune femme élancée, aux cheveux blonds coupés court, aux traits slaves, comme son nom. Les joues rondes, la bouche large, elle a tous les atouts d'un mannequin, le métier qu'elle rêvait d'exercer en arrivant en France ; des éloquents lui ont promis la première page des magazines en la persuadant de venir à Lyon, c'est toujours par le rêve que ces filles pénètrent dans l'antichambre du cauchemar.

– Ça vient, Bernier ? Ne me dites pas qu'il y a des problèmes avec son micro !

– Non, commissaire, un tout petit réglage de fréquence… Au poil, ça marche !

La voix de Gontrand fuse enfin dans le haut-parleur de la voiture, juste au moment où il aborde Tatiana :

– Belle demoiselle, bonsoir…

Victoire voit la jeune femme se redresser, jeter sa cigarette dans le caniveau ; son bras prend appui contre le mur :

– Tu cherrrches compagnie, chérrri de cœurrr ?

Dieu de la syntaxe, quel patois ! Quel accent !

– Il se peut, ma chère enfant, faut-il encore que nous nous entendions.

– Entendrrre ? Je comprrrends pas, mon frrrançais un peu mauvais.

– Pourtant je vous assure que vous avez de la conversation.

Le cou de Victoire se tend pour regarder la fille : c'est pourtant vrai qu'elle est bien charpentée, la garce, et à peine habillée, malgré le froid :

– Salopard, va !

– Chut ! commissaire, l'admoneste Bernier.

Elle se coince la lèvre inférieure entre les dents, l'oreille en feu…

– Est-ce compliment ?

– Le plus galant du monde, ravissante Vénus.

– Ah ! Toi as belles manièrrres… Tu veux fairrre amourrr avec moi ?

– Directe mais plaisante proposition. Qu'avez-vous à m'offrir ?

– Spécialités rrrusses, mais beaucoup eurrros.

– Éros façon chachlik ! Pourquoi pas ?

– J'ai prrrogrrramme cosaque, cinquante eurrros, trrrès rrrapide, beaucoup fougueux, fairrre surrr table comme à cheval.

– Dépaysant ! Je m'endors un peu, ces derniers temps, sur les rythmes corses.

Dans la Renault, une furie explose :

– Je vais lui arracher les yeux !

La belle Tatiana continue :

– Prrrogarrramme plus long, quatrrre-vingts eurrros, soirrrée isba, très rrrafinée de nuit d'hiverrr. Délicieux, jamais rrréclamations.

– Et quel genre de gouzi-gouzi pratique-t-on dans cette isba ? Le lascif ? Le bestial ? Le sensuel ? Le libertin ?

– Gouzi-gouzi ? Quoi est gouzi-gouzi ?

Bernier ne peut empêcher sa chef de tempêter :

– Je t'en ficherai, des gouzi-gouzi, vieux cochon !

À trente mètres de là, le marchandage continue :

– C'est un euphémisme, belle dame, une manière plaisante de placer un terme dans une position élégante, quand la description de celle-ci souffre de vulgarité.

– Ah ! Positions, tu parrrles... Avec isba, toi frrrémirr de la tête aux pieds.

– Les pieds ! Ne le disiez-vous plus tôt ? Si vous saviez de quoi les jeunes filles corses nous menacent avec leurs pieds !

Dans la Renault, Bernier ne sait comment retenir un fou rire, la mâchoire de Victoire grince :

– Dites-moi, Bernier, ça vaut combien de boxer un journaliste ?

– Dix jours à la une des journaux, commissaire.

Tatiana a assez discuté, il lui faut conclure :

– Bon, toi te décider ; si tu veux, il y a aussi séance moujik, pas plus que trrrente eurrros, mais minimum, juste bon souvenirrr.

– Que nenni ! En route pour l'isba !

Choix aussitôt condamné par la commissaire, outrée :

– Bien entendu, le programme long !... Vicieux ! Pervers ! Débauché !

– Mais patron, il a raison, ça ferait tout foirer s'il choisissait le court, on aurait pas le temps d'intervenir.

Les pupilles bastiaises suivent le couple, le voient partir vers les quais, bras dessus, bras dessous, presque heureux. Bernier prend les commandes, affligé de l'attitude de sa supérieure :

– À toutes les voitures : Renaudot a pris contact, il se dirige vers la Saône, suivez-le discrètement.

Quai des Célestins, une femme d'une trentaine d'années, à la carrure sportive, en jean et doudoune, sort d'une Clio. Elle observe le coin de la rue, aperçoit Tatiana et son client, se penche vers un homme resté à l'intérieur du véhicule :

– C'est bon, Max, je les ai dans ma ligne, préviens Amalfi.

– Ok, Pénélope, sois prudente.

Par expérience, Pénélope maintient une distance raisonnable entre eux et elle, fait semblant de regarder des produits dans des vitrines, repart, s'arrête. Sa filature dure peu, elle voit Gontrand s'engouffrer dans un immeuble non loin d'elle. Pourvu qu'il n'y ait pas de code ! Elle se précipite… Si, l'ouverture de la porte s'actionne grâce à un de ces foutus machins électroniques… À tout hasard, elle la pousse… Astucieux Gontrand ! Il l'a bloquée avec son porte-monnaie, juste ce qu'il faut pour l'empêcher de se refermer. Par précaution, l'officier de police la cale avec un gratuit qu'elle prend sur une pile de journaux déposés en vrac sur une poubelle. Les gestes de Pénélope sont précis, elle court ensuite vers l'escalier, toujours aussi rapide. Plus haut, dans la cage, le journaliste parle fort, multiplie les bruits pour signaler sa présence :

– Toi te tairrre ! Rrréveiller voisins !

– C'est encore loin, le nirvana ?

– Quatrrrième, bientôt arrrivés.

La fliquette grimpe à pas feutrés, presque sans respirer, parvient au quatrième étage où elle ne sait par laquelle des trois portes a disparu le couple. Là encore, Gontrand se manifeste bruyamment pour la guider :

– Quelle touche moderne, pour une isba ! Où sont les peaux d'ours ? Les samovars ? Les balalaïkas ?

– Dans imagination de ton cerrrveau perrrrsonnel, mon chérrri !

C'est donc par celle de gauche, parfait, elle n'a plus qu'à redescendre pour en informer ses collègues…

Petit mystère : en temps normal, Pénélope court le cent mètres en douze secondes, il lui en faut vingt et une pour retrouver son collègue ; pourtant, le trajet mesure un hectomètre quarante-huit ; pendant tout ce temps, combien de litres d'eau se sont déversés du robinet du lavabo où Gontrand, en parallèle, est prié par Tatiana de faire « sa petite toilette » ?

– Fissa, Max ! Ils sont au quatrième gauche.

Dans l'obscurité de la voiture, le policier appuie sur l'émetteur :

– Renaudot sur place, endroit localisé, attendons instructions.

De l'autre côté du pâté de maisons, Victoire ronge son frein, muette.

– Alors, patron, on fait quoi ?

– Patience, Bernier, patience.

– C'est vous qui décidez, mais je vous préviens qu'à trop attendre, Cheuillade va devoir échanger.

– Échanger quoi, Bernier ?

– Cette question ? Son fric contre la marchandise !

– Santa Maria !

Emportée par la hâte, la commissaire lui arrache le micro des mains :

– Basta la comedia, on y va !

La Renault s'envole, suivie de deux autres véhicules ; on ne sait qui des pneumatiques ou du macadam souffre le plus de leur course folle. Les portières s'ouvrent avant même de s'arrêter, des diables s'en éjectent devant l'immeuble de Tatiana. S'ensuit une cavalcade monstre dans l'escalier. Un paisible retraité, locataire du troisième, ouvre au passage des forcenés, s'émeut de les voir armés jusqu'aux dents :

– Mais, c'est fort Chabrol !

– Non, Pépé : fort Boyard, et on n'a pas la clé !

C'est d'ailleurs d'un violent coup de pied qu'un des musclés fait éclater les gonds de la porte de Tatiana. Pressée d'entrer la première sur les lieux du crime, Victoire le pousse, se jette dans l'appartement...

– Judas !

Son cœur joue du tam-tam, son crâne rougit sous la pression des flammes, son estomac se contracte au spectacle qu'elle découvre : Tatiana, à demi dévêtue, accroupie devant le lit, léchouille les pieds de Gontrand :

– C'est dégueulasse ! aboie-t-elle.

– Pas tant que cela, je me les suis lavés avant.

– Quelle turpitude !
– N'exagérons rien, j'ai conservé ma cravate.
– Et le reste ?
– Mon pantalon aussi.
– Mais tes pieds sont nus !
– Certes, mais il fallait bien s'occuper.

Pendant ce temps, Pénélope enveloppe Tatiana d'une couverture :

– Mets ça ! Tu vas attraper un rhume, et mes collègues de vilaines idées.

– Pas le drrroit d'arrrêter moi !

– Le droit, je te le rappelle : racolage sur la voie publique, prostitution…

– Vous venirrr du KGB !

– Et toi aller au cagibi !

– Pour un bon paquet d'années, ma grande, la menace Bernier. Aucun avocat ne pourra te tirer de ce merdier, d'autant que je présume que tes papiers ne sont pas en règle ? Ou que l'on y trouvera des défauts, bien imités, mais pas vraiment conformes aux officiels ?

Avec leur délicatesse proverbiale, les collaborateurs de Victoire commencent à mettre à sac le petit appartement, sous les yeux hagards de la jolie Russe, qu'elle plante avec haine dans ceux de Gontrand :

– Pas légal ! Lui, policier ! Vous tendrrre piège à moi ! Interrrdit !

Les nerfs de Victoire ont retrouvé leur calme, elle se marre :

– Ce monsieur, un flic ? Tu nous crois assez stupides pour tomber dans le vice de procédure ? Certes pas, ma mignonne !… Allez, vous, nom, prénom, profession, dites tout à la demoiselle…

Gontrand extrait une carte de presse de son portefeuille :

– Navré, chère enfant, je n'appartiens pas à l'administration de choc qui emploie madame… Je me présente : Gontrand Cheuillade, journaliste…

– Et client de cette charmante personne ?

– Exact, que j'ai payée d'avance, l'argent est là, dans la table de nuit.

Le gros Max ouvre le tiroir, en sort des liasses de billets :

– Mazette ! Il y a de quoi s'offrir de belles vacances !

Victoire les compte, impressionnée :

– Est-il nécessaire de vous demander si vous déclarez ces sommes au fisc ?

Mais les plaisanteries sur la TVA sont d'un humour inconnu de la blonde :

– Moi tuer perrrsonne, trrravailler ici.

– En studio ! C'est donc un aveu, enregistre la commissaire… Savez-vous que c'est grave ? Votre patron encourt de deux à dix ans de prison.

– Moi pas avoirrr patrrron.

Soudain, un sifflement s'échappe du placard dans lequel a disparu le corps de Pénélope, tous s'immobilisent pour regarder dans sa direction :

– Pfuiii ! Visez-moi ça, patron : si c'est pas de la farine, ça y ressemble.

Elle dépose le paquet devant la Russe, plus blanche que la neige ficelée dans le plastique ; Victoire y fait un trou, plonge le doigt, goûte, crache, se confond en excuses :

– Je sais, mes enfants : je gâche, je gaspille… Ceci dit, elle est parfaite, cette daube !… À votre avis, mademoiselle, il y en a un kilo ou plus ?…

– J'ignorrrais prrrésence de drrrogue, je jurrre !

Le ton de Victoire accroche une note amicale, presque neutre :

– On jure, on jure… Ça suffit, maintenant, on arrête de jurer, on se résume : racolage, prostitution en studio, dissimulation de revenus, détention de stupéfiants, très certainement faux papiers, fausse identité, et on te fait grâce des faux cils… Félicitations ! Tu sais que tu es au top cinquante du Dalloz, mon cœur, la Menotte d'Or de la forte peine ? Avec ton palmarès, on va pas te revoir avant une quinzaine d'années, tu vas nous manquer.

– On te retrouvera toute fripée, appuie à son tour Pénélope, les seins en gants de toilette, la taille pleine de bourrelets, plus gros que des bouées…

Apparemment, Tatiana ne saisit pas tout ce que les deux femmes racontent, mais à leurs gestes, elle comprend qu'elle va finir dans la peau d'une fée Carabosse, la pire des horreurs pour une fille qui n'a que sa beauté pour toute richesse :

– Ici, pas à moi… Studio prrrêté parrr ami.

Enfin ! la suite s'annonce plus coopérative, Victoire peut asséner le coup final :

– Un ami nommé Rezwiakoff, par exemple ?

On parle beaucoup des légendaires tempêtes de la Toundra, du froid mortel des hivers russes ; c'est en quelque sorte ces calamités que l'on voit passer sur le visage expressif de la jeune femme :

– Rezwiakoff ? Niet !

– Alors direction le poste, on va surfer sur le niet ! On a tout notre temps.

– Vous, grrros vendus ! Coincer pauvrrre Tatiana !

– Tu n'as peut-être jamais entendu parler de Rezwiakoff ?

– En Rrrussie, tous connaîtrrre lui : terrrible assassin, sans pitié.

Elle en a des frissons. Pénélope lui tend des vêtements, l'aide à s'habiller avant de l'embarquer, menottes aux poignets.

Toujours aussi peu léger, le pas des policiers résonne dans l'escalier, Victoire visite une dernière fois l'appartement, Gontrand relace ses souliers :

– Ai-je été à la hauteur de tes ambitions, ma chère ?

– Un peu trop… On s'expliquera plus tard.

– Tu pourrais me remercier : je n'étais pas obligé de me prêter à ce jeu.

– On a un marché, non ? Ton concours pour arrêter Rezwiakoff contre l'exclusivité d'un papier… Merci quand même, va… Il va aussi falloir que je remercie Koëstler pour ses informations ; qu'est-ce que Rezwiakoff a été bricoler chez Thiercelot ?

– Sois aussi reconnaissante à sœur Blandine de vous avoir prévenus.

Ce ne serait que justice, mais le concours de la religieuse l'agace ; en grande partie pour la place qu'elle prend dans la vie de Gontrand :

– M'ouais.

Toutefois, il n'en a pas fini ; le journaliste a un malaise, un gros bobo à son sens de la déontologie, où qu'il se niche :

– Un dernier mot, Victoire : la schnouf trouvée dans le placard, vous l'y avez mise ou elle y était réellement ?

Victoire fait semblant de s'intéresser aux livres de la bibliothèque :

– Cette daube, quitte à t'étonner, c'est la chance de Tatiana. Grâce à elle, elle va échapper aux griffes de Rezwiakoff… Tu as ma parole de Corse qu'elle n'ira pas en prison, et qu'elle ne retournera pas sur le trottoir. Ça te convient ?

Une parole de Corse, ça se respecte comme une relique.

Et Gontrand n'ose remettre en cause sa sainteté.

*
**

Le camion sort des rails, un homme valdingue hors du pare-brise éclaté. Au lieu de s'écraser, son corps se met à voler, son sang se répand sur l'herbe fleurie ; il sourit. Des inconnus surgissent, cagoulés, mitraillette à la main, lui tirent dessus, mais l'homme continue à voler. La foule !… Des curieux par dizaines ! D'où vient tout ce monde ? Il faut que ces gens reculent, ils vont se faire tuer ! Trop tard, les meurtriers se retournent, ils tirent dans le tas, au hasard, c'est l'hécatombe, un massacre odieux ! Et cette femme ! On n'entend qu'elle, elle hurle, hurle !

– Sœur Blandine !… Sœur Blandine !

La sœur s'assied dans son lit d'un coup, haletante, le front en sueur…

– Sœur Blandine ! C'est moi…

Trois heures vingt-cinq au cadran de son réveil. Il fait nuit… Encore un de ses interminables cauchemars, et il se prolonge dans la réalité, elle l'entend…

– Vite, sœur Blandine, vite…

Pourtant non, il y a bien quelqu'un derrière sa porte, une voix suppliante, une main qui gratte sur le bois, tapote, réclame qu'on lui ouvre.

Elle se frotte les yeux, saute sur le dallage glacé, pieds nus, en pyjama – une concession de la supérieure, elle n'a jamais pu supporter les chemises de nuit –, s'avance, encore toute barbouillée d'un mauvais sommeil :

– Qui est là ?

– Sœur Guillemette… J'ai entendu un bruit, j'ai peur…

Manquait plus que la frousse !… La voilà torturée par des frayeurs nocturnes, comme une gamine de six ans. Il lui faut pourtant ouvrir :

– Que se passe-t-il, ma sœur ?

Devant elle se plante la reproduction fidèle de la condamnée au supplice, un mélange de Jeanne conduite au bûcher et de carmélite chassée de son couvent, le tout serré de haut en bas par un vilain drap de coton blanc rugueux.

– Un bruit ? Quel bruit, sœur Guillemette ?

La vieille religieuse se tord, ses os cliquettent :

– Là-bas, près des cabinets… Avec tout ce que vous m'avez dit sur l'assassin qui rôde, j'ai peur, ma sœur.

Bien fait ! Dieu la punit, elle n'avait qu'à se taire, ne pas effrayer la pauvre sœur avec ses histoires de psychopathe baladeur ; il ne lui reste plus qu'à expier, à rassurer l'apeurée :

– Venez avec moi, on va voir.

– Comment ? Mais si un coquin est caché là, que ferez-vous ?

– Je lui collerai une mandale.

– Une mandale ? Mais qu'est-ce donc ?

– Un ramponneau, une beigne, une torgnole.

Hélas, ce vocabulaire n'avait pas cours dans la demeure de monsieur son père, feu le général ; elle le découvre, partagée entre le bonheur de se cultiver et la crainte d'ouïr des horreurs.

– Je ne comprends toujours pas.

– Ce sont des expressions de combat, ma sœur, un langage noble hérité de la chevalerie pour annoncer que l'on va bouter l'ennemi.

Ça, elle connaît :

– Oui… Boutons, ma sœur, sus, sus aux croquants !

Ragaillardie, sœur Guillemette saisit au passage un arrosoir qu'elle brandit bien haut, prête à défendre chèrement sa vertu. Son arme ne souffre que d'un défaut, mais de taille, pour tout dire minuscule, et d'un poids ridicule, elle est en plastique ; mais elle lui donne du courage pour avancer derrière sœur Blandine… Le bruit persiste, comme du papier froissé… Elles bondissent…

– Maoiaou ! Sschigff !

Un greffier efflanqué, écaille de tortue, recule en montrant les dents, terrorisé par l'arrivée des sœurs. Il vrille, saute, ne demande pas son reste, s'enfuit à toutes pattes en abandonnant la chaise paillée sur laquelle il se faisait les griffes. Libérée, vidée de sa peur, sœur Guillemette entreprend de le poursuivre avec son arme de fortune :

– Taïaut ! Boutons ! Boutons !

Le maigre minet s'échappe par les poutres du plafond, devant la sœur extasiée, fière de son exploit et de sa dignité retrouvée.

– Moins de bruit, sœur Guillemette, vous allez réveiller le couvent.

– Mon Dieu, c'est vrai… On l'a eu, hein, cet affidé du démon ?

– Oui, oui, il ne reviendra pas, belle victoire.

Elle repose son arrosoir, encore bouleversée par l'émotion, fait un signe de croix chevaleresque devant lui, tel un baron devant son épée après la bataille, s'empresse de suivre sœur Blandine dans le couloir dont la pénombre ne lui dit rien de bon.

– Vous êtes rassurée, ma sœur, vous allez pouvoir dormir ?

Aux trémolos de ses maxillaires, au clac clac de castagnettes de ses mandibules, à la trémulation de tous ses os, sœur Blandine comprend que la trouille la reprend soudain :

– Enfin ! Que craignez-vous ? Ce n'était qu'un chat, il n'y a personne.

Les larmes ne demandent qu'à jaillir, sa voix se ramasse :

– Vous, ma sœur, vous avez l'habitude du danger, vous avez été dans la police... Mais moi, je n'ai connu que le couvent, j'ai peur, peur...

Comme elle s'en veut de lui avoir raconté des calembredaines, joli résultat, elle ne sait pas comment la calmer :

– Que voulez-vous que je fasse ?

– Oh, ma sœur, si j'osais !

– Au point où on en est, je vous écoute.

Les doigts de la vieille religieuse s'entremêlent dans la confusion :

– Pour une fois, oublions la règle : venez dormir dans ma cellule.

Non, le Père ! Non, le Fils ! Non, le Saint-Esprit ! Ils lui en demandent trop, à trois, qui plus est, ce n'est pas équitable ! Elle veut bien courser les matous en pleine nuit, consoler, rassurer, mais pas bercer ! Et surtout pas sœur Guillemette !

– Si vous saviez, ma sœur, comme je me sentirais mieux... S'il vous plaît...

Non content de la solliciter, le Trio sacré lui envoie en prime des sentiments de compassion, d'apitoiement, de charité plein le cœur ! Peut-elle abandonner la pauvre sœur à ses angoisses ? Serait-elle devenue un monstre, privée de l'amour de son prochain ?

– Bon, d'accord, je vais m'installer chez vous... Le temps d'aller chercher mon matelas, je dormirai par terre.

– Oh ! merci, ma sœur, merci !

La suite la terrasse, l'électrocute sur place : sœur Guillemette la prend dans ses bras, l'embrasse tendrement avec un grand sourire enfantin :

– J'ai toujours su que vous aviez un bon fond, sœur Blandine !

Elle se dégage de son étreinte, va dans sa cellule chercher son matelas peu épais en s'expliquant avec le Ciel :

– Ça va, Vous, là-haut, hein ! Vous pouvez rigoler, c'est pas Vous qui Vous y collez !

Juste retour du bâton, découverte de la face cachée des autres, en voilà assez des leçons, qu'on la laisse expier sans se fiche d'elle… Non, mais…

Elle revient en traînant son matelas, entre dans la cellule ; déjà enfoncée dans son lit, sœur Guillemette s'inquiète :

– Le sol n'est pas trop dur ? Vous allez pouvoir dormir ?

– J'ai pratiqué le camping, exercice moins confortable.

Elle jette son paquetage sur le sol, s'allonge… Ça va, elle a connu pire.

– Allez, bonne nuit, sœur Guillemette.

– Vous avez raison, j'éteins… Que Dieu vous donne de beaux rêves.

Depuis longtemps elle ne compte plus sur Lui pour balayer ses cauchemars, mais elle leur fait face comme une épreuve à surmonter. Par malheur, une autre surgit dans le noir, pas davantage plaisante : excitée par la situation, sœur Guillemette a envie de parler, de se confier ; elle se remémore son enfance, fait appel à ses souvenirs d'adolescente, mutine :

– La dernière fois que j'ai dormi dans la même chambre avec une amie, c'était au pensionnat. Ma camarade de chambrée s'appelait Clotilde.

– Joli prénom, grommelle sœur Blandine.

– N'est-ce pas ?… Mais quelle chipie !… Remarquez, je ne valais pas mieux à cet âge, toujours à inventer des bêtises.

À part se mettre les doigts dans le nez et tirer la queue du chien, de quelles exactions enfantines a-t-elle pu se rendre coupable ?

– Je me souviens d'une fois où on avait vraiment exagéré… C'était Clotilde qui avait eu l'idée de la farce, je dois reconnaître qu'elle avait bien monté son affaire, et moi, idiote, je l'avais suivie.

– Vous avez fait quoi ?

Sa voix hésite à poursuivre, mais dans le noir, toutes les confidences sont permises :

– On avait une dent contre la surveillante principale, une vieille sœur méchante qui nous avait confisqué nos bonbons. Ça se passait pendant ma sixième… Clotilde a eu l'idée, pardonnez-moi du détail, de recouvrir la lunette des toilettes, où la sœur avait ses habitudes, d'une pommade visqueuse qu'on avait chipée à l'infirmerie… Pour nous venger d'elle…

– Et lui graisser ainsi les fesses.

Un rire niais salue sa perspicacité :

– Exactement…

– Ça a marché ?

Des « tt-tt » embarrassés réduisent la narration, l'odyssée devient un tour à la Machiavel :

– Une élève nous avait vues dans l'infirmerie, sa présence n'avait pas échappé à Clotilde… C'est pourquoi, en plus de la pommade, elle s'était empressée de subtiliser des pastilles mentholées pour la gorge.

– Je ne vois pas le rapport.

– Il est pourtant simple à comprendre : une fois notre forfait accompli, l'élève en question s'est précipitée, bien sûr, pour nous dénoncer… Clotilde a aussitôt plaidé coupable, mais pour les pastilles, en prétextant un enrouement… La sanction a été moins sévère, et les sœurs cherchent toujours la cireuse de lunette… Mais il y a une morale à l'histoire : on nous a changé de chambre.

Son récit l'épuise, le sommeil la gagne :

– Allez, je ne vous embête plus, dormez bien…

Il ne lui faut que quelques secondes pour tomber dans les bras de Morphée, le seul compagnon de ses nuits.

Pour sœur Blandine, il tarde à venir, sa petite musique interne l'empêche de s'approcher, l'épisode sulfureux des espiègleries de sœur Guillemette ressemble à une partition fraîchement entendue… S'accuser d'un fait pour en cacher un autre, plus grave encore, avec un air de nouille calabraise, n'est-ce pas le numéro que lui a joué Gaëlle ?… Non, les signes sont peut-être plus compliqués à interpréter, elle se le répète : se méfier des apparences !

Au-dessus d'elle, sœur Guillemette ronfle.

⁂

À la même heure, s'il y a un endroit où personne ne ronfle, où ça bourdonne à tous les étages, c'est bien la ruche de l'avenue Marius-Berliet.

Laissé pour compte sur un fauteuil, Gontrand assiste à une agitation de début de guerre. Les officiers du SRPJ font claquer des ordres, les subalternes les exécutent en courant, en s'interpellant, en agitant des papiers – ça pose son homme d'agiter des papiers, ça montre aux autres qu'on détient un pouvoir… Partout derrière les cloisons vitrées, il voit des gens téléphoner, prendre des notes, faire des gestes d'aiguilleur… À cinq heures du matin, de quoi peuvent-ils bien parler, avec qui ?

– Pas trop fatigué, monsieur Cheuillade ?

Il se tourne, Bernier lui tend un café :

– Nullement, merci.

– Vous pouvez entrer, si vous le désirez, votre arrestation bidon a produit son effet, on peut plus faire taire Tatiana, c'est Radio Moscou, cette fille-là.

– Bigre, et sans traduction… Mais encore ?

– On a droit à l'œuvre complète, une autobiographie à la Soljenitsyne, elle nous a même raconté les faits d'armes de son papy à Stalingrad.

– Et pour Rezwiakoff ?

Bernier sait qu'il ne doit pas dépasser certaines limites, c'est à Amalfi d'apprécier celles que son service peut franchir ; il se contente de montrer ses collègues pendus aux fils de leurs combinés :

– Jugez du résultat.

– Autrement exprimé, mon bon Bernier, je dois attendre que la commissaire juge opportun le moment de m'en révéler davantage ?

– Voilà !

– Que j'aime ce genre de réponse, Bernier, plus complète que « oui », adverbe à une syllabe, alors que « voilà » en comporte deux, préposition, en conséquence, propre à une conversation plus longue, plus fournie...

– Vous ne vous foutriez pas un peu de ma gueule, par hasard ?

– Pour me retrouver en prison ?... Insulte à agent dans l'exercice de ses fonctions, c'est déjà puni sévèrement, mais pour un foutage de gueule, on rouvrirait Cayenne... Il est bon, votre café, Bernier, j'apprécie l'attention.

– Entre nous, monsieur Cheuillade, pourquoi n'écrivez-vous pas comme vous parlez ? Vos articles ne vous ressemblent pas, ils sont trop sérieux, trop classiques.

– Vous me voyez écrire sur l'empoisonnement de Katz que c'est la goutte de cyanure qui a fait déborder le vase ?... Je laisse ces enfantillages aux farceurs.

Une porte s'ouvre au fond du couloir ; épuisée, Victoire sort pour appeler le journaliste :

– Gontrand ! Viens, je te prie.

– Désolé, mon cher Bernier, mais les affaires avant tout...

Il lui remet son gobelet, s'avance vers le bureau où sa Bastiaise préférée vient d'entrer, prêt à tout écouter, tout noter.

– Referme derrière toi, si tu veux bien.

– Ouh !... À ce point-là ?

– Pour ce qu'on a à se raconter, oui.

Manœuvre qu'il exécute avant de s'installer devant elle :

– Du neuf, ma douce ?

À sa lassitude, il pressent qu'il ne doit pas la contrarier, que tout ce qu'elle va lui dire sera sans appel :

– Plein, et je te remercie encore, Tatiana nous a livré le réseau lyonnais, la grande totale, on va la mettre sous haute protection.

– Merveilleux… Alors, suivant nos accords, qu'as-tu à me révéler que je peux publier ?

– Rien…

Ses précautions cachaient donc un embargo ; s'attend-elle à des éclats de voix, des remontrances, des vociférations ? Elle va être déçue :

– Je présume que tu as tes raisons ? Si tu m'en parlais franchement…

Ce ton l'étonne, mais elle préfère le calme après cette nuit mouvementée :

– Un contrat se respecte, tu auras ton exclusivité, mais donne-moi deux jours de plus. Ça vaut mieux pour tout le monde.

Phrase ambiguë, il en ressent la faiblesse :

– À une condition, Victoire, que tu m'en dises un peu plus, non pas pour que j'en fasse un article, mais pour que je comprenne.

– Que tu comprennes quoi ?

– Ce que tu me dissimules, ma chère.

– Je peux t'assurer…

– De ta considération distinguée, je n'en doute pas ! Ta clause de style signifie que tu as encore envie de me protéger… Dans ton : « Ça vaut mieux pour tout le monde », j'entends : « Ça vaut mieux pour toi, Gontrand. »

Peut-elle le mener comme un gosse plus longtemps ? Il a beaucoup de défauts, mais la moindre des litotes est qu'il n'est pas un imbécile :

– D'accord, cartes sur table… Tatiana nous a donné un nom que tu connais, celui de l'encaisseur du marché à filles… Il est évident que M. Rezwiakoff ne se donne pas la peine de relever les compteurs lui-même, il emploie du personnel…

– Et c'est ?

Elle respire, lâche dans un soupir sans fin :

– Amédée Ruhaut, le gros de la SOGEMIM, celui qui a voulu te casser la figure.

– Lui ? Un homme si sympathique…

La nouvelle lui coupe ses moyens, pas pour longtemps, la curiosité reprend le dessus :

– Et Ancellin ?

– Non, rien sur lui, elle l'a jamais vu.

La machine à réunir les faits se met à ronronner, il a du mal à suivre ses instructions, à exprimer tout haut ce qu'elle lui suggère :

– Donc, le meurtre de Vouvéré, et peut-être les autres…

– Seraient liés aux activités de Ruhaut, tu as tout compris… Reste à établir que nos suppositions sont exactes, on n'a pas le mobile… Tous les gars que tu vois téléphoner sont en train de mettre le feu à la fourmilière, dès que j'aurai un mandat, je débarquerai à la SOGEMIM, on va perquisitionner chez ces lascars.

Le journaliste réfléchit, son visage s'éclaire :

– Tu sais qu'on enterre Axel à dix heures ?… Ce serait bien qu'on lui rende un dernier hommage en coffrant son assassin.

– J'aimerais lui faire ce plaisir… Tu vas au cimetière ?

– Évidemment.

– Alors laisse ton portable branché, je risque de t'appeler.

– Comme tu veux.

Ses bras s'allongent, il s'étire en bâillant :

– Bon, étant donné ce qui se prépare, je crois que deux heures de sommeil me feront le plus grand bien… Tu rentres chez toi ?

– Juste pour me changer, on a du pain sur la planche.

Leurs lèvres s'approchent pour s'embrasser, se dire au revoir… Le regard de Victoire, malgré la fatigue, reflète un peu de tristesse : ils se quittent, une fois de plus, pour partir chacun dans leur coin. Seuls.

BLANC

Drôle de ville où le bien-manger tourne à l'obsession.

Dans son centre, des tours s'érigent, des immeubles poussent comme des amanites, Lyon se transforme aussi vite que Fregoli ; or ce qui préoccupe les Lyonnais dans ces nouveaux chantiers, c'est de savoir si des métiers de bouche s'y installent. Le parpaing et le béton, soit ! mais du pain et des grattons d'abord ! Il ne peut y avoir d'âme dans ces nouveaux ensembles si la panse n'y est pas satisfaite... Hors la gueule, pas de quartier !

Gigantissime construction, moderne cité dans la cité, la Part-Dieu n'échappe pas au besoin de paraître dont on s'acharne aujourd'hui à enlaidir les villes ; au nom du progrès, de saint Cyber et du dynamisme local, on y est allé lourdement de sa briquette, c'est beau comme un ordinateur qu'on aurait peint en rose. Il n'empêche qu'aux pieds du « Crayon », tour emblématique de ce périmètre de verre et d'acier, la bouffe s'est aussi bien organisée qu'ailleurs ; les Halles y ont pris place, et avec elles, des dizaines de petits commerçants sont venus exercer leur talent au-dessous des milliers de bureaux que l'on y compte si on a le temps et rien d'autre à faire.

La gastronomie a suivi l'ergonomie, à la grande surprise de Victoire, perpétuelle étonnée du combat que livrent les gones pour la défense de leur patrimoine gustatif :

– Mmm… Fameux, ces croissants… Où les avez-vous achetés, Bernier ?

– En face, commissaire, dans la petite boulangerie.

Laquelle ne paye pas de mine, perdue dans la masse des cubes futuristes.

– Avec un grand café, ce serait le panard éternel.

– Désolé, commissaire, il faut aller dans un cani pour en boire un.

– Tant pis, je préfère rester en planque, les affreux vont bientôt se pointer.

Pour rien au monde elle ne voudrait manquer l'ouverture des portes de la SOGEMIM, elle tient à s'assurer de visu que ses dirigeants sont bien là, pris au piège dans les luxueux locaux de leur siège proche de la gare, au rez-de-chaussée d'une barre fonctionnelle. L'idée qu'ils pourraient s'enfuir, bondir dans le premier train – où qu'il aille – la harcèle. Surtout Ruhaut, il ne faut pas qu'il lui échappe, elle a eu trop de mal à convaincre le juge d'instruction de lui signer un mandat d'amener à son nom.

« Perquisitionner, je veux bien, commissaire, mais une garde à vue ! Ruhaut est un notable, il a des relations, et vous n'avez contre lui que la déposition d'une prostituée, et encore : dans un sabir incertain… Ne pensez-vous pas que cette affaire est déjà trop chaude ? Elle fait tellement bouillir les huiles qu'elles en débordent des friteuses… »

Pourtant, à sept heures douze, elle est ressortie de chez lui avec ce sacré papier, assorti d'une commission rogatoire en guise de bonus. Nul ne résiste à l'opiniâtreté d'une Amalfi…

Bientôt neuf heures, tous ses gens s'apprêtent à envahir les locaux de la SOGEMIM, remontés à bloc pour une grande razzia barbare, un ratissage vengeur, les classeurs seront les payeurs, les dossiers vont valdinguer… Ils viennent présenter la facture de leur nuit blanche… Crevés, mais motivés, les collaborateurs de la commissaire !

Quand elle débarque pour ouvrir, la très maigre employée des promoteurs – pour l'instant anonyme – ne se doute pas que des tas d'yeux cernés l'observent. Le corps égaré dans un tailleur foncé, les crans de sa mise en plis soigneusement laqués, l'imbue squelettique parade ; elle toise les passants en agitant son trousseau, symbole de sa charge et de ses hautes fonctions. S'ensuit alors un mouvement magique ; au cliquetis, le personnel rapplique, d'un café proche, du fond des arcades, d'on ne sait où, courbé et soumis. Chacun la salue, elle ne répond pas : c'est elle qui a les clés, ça la dispense de politesses… Une dizaine de personnes défilent ainsi devant sa superbe, sans que son faciès acariâtre daigne exprimer une gentillesse.

– Elle m'a l'air d'être fraîche, celle-là, ça va être un plaisir de l'interroger.

– Du calme, Bernier, elle ne vous a rien fait.

– Si, patron : elle a la gueule de ma belle-mère.

– Vous n'êtes pas marié, Bernier !

– Comment voulez-vous que je le sois ? Elle ressemble à la mère de ma copine, cette chipie… Ça tue le désir de convoler, non ?

Voilà deux jours qu'elle est debout, Victoire n'a pas envie de répondre à son adjoint, elle économise ses forces pour Ruhaut.

– Que fait-on ?

– On attend un peu, Bernier, j'ai pas encore vu nos clients.

Les secondes s'écoulent comme partout au rythme de soixante pour une minute, mais elles leur semblent longues, d'autant qu'elles ont déjà effectué huit fois le tour du cadran… Dans les voitures, on ronge son frein, son volant, ses ongles, on patiente, on bat de la semelle.

– Ancellin !… Mince, il est seul !

Déception de Victoire, sursaut de Bernier :

– Oh ! la tronche… On dirait qu'il n'a pas dormi, patron.

– Pourquoi dormirait-il et pas nous ? À mon avis, notre numéro de tam-tam a fait de l'effet, il a une trombine en papier mâché.

Dès l'aube, les hommes de la commissaire ont commencé à téléphoner dans les milieux interlopes, et dans d'autres qualifiés de plus honorables. Quelques questions par-ci, une remarque par-là ont fait monter la température. Sans trop en dire, les hommes d'Amalfi ont agi de telle sorte que l'un de leurs contacts a forcément averti les associés de la SOGEMIM. Ces derniers savent maintenant que le vent souffle méchant pour eux... Ça s'appelle provoquer un faux pas... Il leur reste à guetter la chute...

– Vous croyez que ça va marcher, patron ?

– Ouvrez bien vos oreilles, Bernier, voilà comment ça va se passer : Ancellin va se précipiter dans son bureau ; là, en moins de deux, sans prendre le temps d'ôter sa veste, il va sortir ses dossiers compromettants, ses disquettes de comptabilité cocasse, ses adresses sulfureuses ; ceci fait, il fera un gros tas du tout pour le détruire, et c'est à cet instant que nous surgirons pour emmener le paquet cadeau qu'il nous aura gentiment préparé... Rien ne manquera, on n'aura même pas besoin de fouiller.

Un pan du scénario déplaît à Bernier, il s'en ouvre à sa supérieure :

– Pas fouiller... Un peu, quand même ?... En récompense...

Elle réfléchit, pense au travail de son équipe :

– Bon, d'accord, vous l'avez bien mérité... Mais pas de saccage, hein ?... Le bordel, mais dans le respect de l'Ordre.

– Merci, patron.

Sa bouille de bambin heureux en pleurerait de bonheur.

– Maintenant, comptez tout haut jusqu'à cent, Bernier.

– Comment ?

– Comptez jusqu'à cent, vous avez appris... À cent, on y va.

Ce qu'il entreprend sans tarder pendant que Victoire s'adresse par radio à ses équipiers :

– Attention, à mon signal, forza polizia… On se précipite en priorité dans le bureau d'Ancellin et on l'empêche de détruire ce qu'il aura empilé… Compris ?

Cent ! Chiffre libérateur de toutes les énergies, du stress ficelé par des muscles tendus. Victoire fonce vers le bâtiment, suivie d'une troupe de flics sous pression, prêts à bondir dans les couloirs, à renverser les tiroirs, à tout passer au laminoir… Leur cavalcade vaut celle du pack français devant les poteaux des All Black en 99 : stratégie, puissance, esprit d'équipe, rien ne manque pour surprendre ceux d'en face…

Ouverture de terrain, Amalfi dribble une grande blonde gnangnan à la réception, épaulée par Bernier, sur son aile, qui la passe au lieutenant Gaudin, avant de poursuivre vers le centre, suivie de ses arrières, lesquels repoussent de nouveaux adversaires… Mêlée, plaquage, oh ! le vilain geste ! aussitôt réprimandé – beigne, carton rouge, menottes –, et on continue la percée, dans les cris, les hurlements, mais toujours à l'avantage des attaquants… Débordement d'une secrétaire effarouchée, contre-attaque soudaine à deux mètres des en-but :

– Non, mais, vous vous croyez où ?

Petit gabarit, Mme J'ouvre-les-portes-et-je-salue-personne protège son terrain ; outrée, elle s'interpose en faisant un rempart de son corps frêle, bras en croix, face à Victoire Amalfi, pas décidée à rebrousser chemin :

– C'est qui, celle-là ?

– Celle-là, comme vous dites, c'est Mme Carton !

Nul besoin de se présenter davantage, son seul nom suffit à éclairer la terre entière, ses titres et qualités se déclinent à l'annonce de son patronyme, agenouillez-vous, mortels, Mme Carton vous parle !

– Police ! (Victoire lui colle sa plaque sous le nez). Elle fait quoi, Mme Carton, dans la vie ?

L'interpellée n'en revient pas : quoi ? Ces rustres ne la connaissent pas ?

– Secrétaire générale de la SOGEMIM ! Je vous préviens que nous avons le bras long, nous travaillons avec des maires, des députés, des hauts fonctionnaires !

– Ah ? Il manque un bon avocat dans votre liste ; dommage, vous allez en avoir besoin… Pénélope, coffrez-moi ça et fouillez son bureau.

– Avec plaisir, patron.

– Vous n'avez pas le droit !

C'est fou le calme de Victoire dans l'action, elle ne s'emporte jamais :

– Madame Carton, vous me fatiguez… Nous avons un mandat, alors la ferme si vous tenez à éviter des poursuites pour obstruction, entrave, et tout le toutim-machin-chose…

À l'intérieur du bureau d'Ancellin, c'est la confusion la plus totale. S'y disputent bruits de lutte, de culbute ; Bernier y est entré le premier, juste à temps : le promoteur s'apprêtait à détruire des papiers dans un broyeur. Victoire découvre les deux hommes à terre, dans un corps à corps comique, où le pauvre Ancellin n'a pas la moindre chance de triompher pour peu que Bernier se fâche. Lassée du spectacle, elle les enjambe en leur demandant pardon, se dirige sans se presser vers le fauteuil d'Ancellin, s'y laisse tomber, attend encore un peu avant d'ordonner, sans élever la voix :

– Bon, assez joué, Ancellin, on se rend.

C'est si calmement dit que l'ordre le douche :

– J'exige d'abord la présence de mon avocat.

– Vous l'aurez, votre bavard, n'ayez crainte, à moins que je ne vous fasse placer en garde à vue… Bon, on devient raisonnable, ou on se bute ?

Les deux hommes se relèvent en réajustant leurs vêtements. Déjà, Victoire a commencé à puiser dans les dossiers étalés devant elle :

– Et on allait détruire une si belle collection de faux ? Iconoclaste, va !

– Vous n'avez pas le droit !

Non, pas cette phrase, elle s'en prend la tête entre les mains :

– Mais c'est consternant le manque d'originalité des prévenus : « Vous n'avez pas le droit »… Ils disent tous la même chose, à croire que c'est imprimé dans un manuel écrit pour eux… Il faudra que je l'achète… En attendant, je peux vous faire lire mes mandats… Il est où, Ruhaut, monsieur Ancellin ?

À la recherche d'une contenance, de ses mots, le promoteur commence par bafouiller en parcourant les actes officiels que lui présente Victoire :

– Je… je l'ignore.

– On a mis vos lignes sur écoute (c'est du bluff, mais en général ça donne des résultats)… Si je découvre que vous me mentez, ça vous coûtera chaud, Ancellin… Complicité, truc-muche-bazar-bidule…

Hésitation du bonhomme, réflexion, décision :

– Il s'est fait la malle.

– Non ? Si on ne peut plus compter sur ses amis, où va-t-on ? Ceci dit, lui, il est allé de quel côté ?

– Là, franchement, je ne sais pas, commissaire… En Suisse, je présume.

– Rejoindre Rezwiakoff ?

Le haut-le-corps d'Ancellin montre qu'il n'est pas au bout de ses surprises, son ton cassé pas davantage :

– Ah ? Je vois que vous connaissez la CIH.

– Pas encore, mais faites-nous gagner du temps, causez-nous d'elle.

– Compagnie d'Investissements Helvétique. Des amis d'Amédée, c'est lui qui m'a présenté Rezwiakoff et Tchénine, responsables de la CIH.

– Tchénine, dites-vous ?

– Oui, Alexandre Tchénine, directeur du développement de la boîte, un Russe, comme Rezwiakoff.

Le groupe que Victoire a aperçu chez Jules lui revient en mémoire :

– Physiquement, il est comment, votre Tchénine ?

– Un jeune, taille moyenne, toujours tiré à quatre épingles, facile à remarquer : il a un diamant dans le lobe de l'oreille gauche.

– Oui… J'ai déjà croisé ce grand coquet… Poursuivons, mon bon… Alors, que faites-vous de beau avec la CIH ? Des affaires propres, au moins ?

Ancellin se tortille sur sa chaise, il faut que Victoire l'aide un peu :

– C'est épuisant, ce silence, Ancellin, nous allons tout découvrir dans vos papiers ; même vos disquettes vont bavasser, les mots de passe ne nous résistent pas… Alors, un bon mouvement, et je vous ferai un rapport favorable.

En businessman avisé, Ancellin voit vite son intérêt à bavarder :

– Oh ! Et puis merde !

– Excellent début, continuez.

– Je me demande ce qui m'a pris de m'associer avec ce gros tas ! Ça va faire quatre ans que je travaille avec Ruhaut, on a fusionné pour nous permettre de gagner des marchés ; avant, j'étais le PDG de ma propre société…

– Au fait, Ancellin, votre CV, je m'en fous.

– Je reconnais que je ne fais pas un métier d'enfant de chœur. J'ai toujours fréquenté des prévaricateurs, des malsains, des semi-escrocs ; la petite enveloppe de dessous-de-table, je la pratique depuis mes débuts, mais avec Ruhaut, je suis tombé sur un maître du genre ! Je croyais qu'il m'avait tout fait jusqu'au jour où il a rappliqué ici avec Rezwiakoff et Tchénine. Tout de suite, je me suis méfié d'eux, je ne les ai pas bien sentis ; croyez-moi si vous voulez, mais on s'est engueulés à leur sujet, pour la première fois, c'était jamais arrivé.

On continue de brailler dans les couloirs, la mère Carton est à deux doigts de crier au viol, les portes claquent, des dossiers valsent sur la moquette. Ce tintamarre déconcentre

Ancellin. Silencieux jusque-là, Bernier se permet de prendre la suite :

– Leur projet ne vous plaisait pas ? Ils n'avaient pas d'argent ?

– Le fric ? Pour ça, ils n'en manquaient pas ! J'ai jamais vu des gens capables d'investir avec autant de facilité.

– Alors ? s'impatiente Victoire.

– C'est leur projet, une histoire de fous ! J'étais contre, mais comme je suis minoritaire à la SOGEMIM, j'ai dû accepter le marché.

– Qui consiste en quoi ? s'énerve-t-elle maintenant.

– À racheter des terres, des étangs, un château dans la Dombes, à n'importe quel prix, Rezwiakoff s'en tape… Il les veut.

Nous y voilà… Elle commence à comprendre :

– Et pour y faire quoi, Ancellin ?

– Pouf ! Officiellement, le siège social d'une branche de la CIH, un grand machin pour cadres, avec héliport, practice, tennis, et je passe sur la piscine.

– Vous précisez : « officiellement »… Est-ce parce qu'il y a un « officieusement » ?

– Je vous jure sur la tête de mes gosses que ce n'est qu'une impression, parce que je n'y crois pas, à leur projet.

– Basée sur quoi ?

– J'ai nettoyé le dossier : la CIH n'a pas de filiales… Qui plus est, cette baraque, c'est du vent, à tous les coups une usine à blanchir de l'argent sale.

Cette révélation lui donne quelques bons points, son dossier voit le bleu l'emporter sur le rouge… S'il continue sur sa lancée, il sera totalement azur…

– À votre avis, quel but poursuivent-ils en voulant acquérir ces terrains ?

– Le drame, je vous le répète, c'est que je n'en sais rien du tout. J'ai tout imaginé, les plus noires combines, sans rien comprendre à cette affaire, d'autant que ce coin est légalement protégé, on n'y fait pas ce qu'on veut.

– Quelles sortes de combines ?

– Si je parle, vous m'en tiendrez compte ? Je vous l'ai dit, j'ai des enfants, je tiens à les voir grandir, et je n'ai pas fait grand-chose de répréhensible.

Les regards de Victoire et de Bernier se croisent… Pourquoi vouloir la mort du pécheur s'il se repent ?

– Banco, Ancellin, vous avez ma parole de Corse… Si la suite vaut le coup.

– Merci… Passé un moment, j'ai cru que Rezwiakoff et Tchénine souhaitaient créer un centre de loisirs pour milliardaires, une espèce de parc de loisirs pour gens friqués… Ils insistaient tant sur les dérogations, ils nous cassaient tellement les pieds avec la construction de leur fichu héliport, de leur practice, de leurs trucs débiles, que ça m'a semblé être la bonne explication.

– Et vous ne l'avez pas retenue ?

– Non, pour la simple raison qu'ils négligeaient l'aspect routier du chantier. Quand on se lance dans un tel projet, on prévoit des routes décentes. Si vous pratiquez le terrain, vous verrez qu'il n'y a pas plus étroit…

D'accord, il y a un peu moins de rouge, mais il doit en livrer davantage s'il espère un bleu majoritaire dans son rapport :

– C'est tout ?

– Je garde le meilleur pour la fin, commissaire… Enlevez le tableau accroché devant vous… La toile a un arrière-fond bidon qui se démonte… Vous y trouverez la liste de tous les notables, fonctionnaires, gens utiles, que nous avons arrosés avec l'argent de Rezwiakoff pour qu'ils appuient ce projet… Ils sont peu nombreux, mais les sommes sont rondelettes…

Alors là, ça marche, Victoire se demande même si elle a un stylo rouge sous la main ; mieux : elle se pose la question de savoir si c'est en vente libre.

Bernier n'a pas attendu que sa chef le lui demande pour retourner le tableau (des points multicolores, intitulés « Nymphose »). D'un mouvement fébrile, il retire le fond, extrait une feuille qu'il lui tend en ne pouvant se retenir d'y jeter un œil curieux :

– Heu… Je ne veux pas vous affoler, patron, mais si vous lisez ce que je lis, je préfère être à ma place qu'à la vôtre.

Ce qui suppose que cette liste implique du beau linge, qu'elle va devoir plus que jamais faire attention où elle mettra ses petits petons, et encore plus parler à des gens bien placés à la quatrième personne du pluriel singulier… Ce qu'elle découvre lui confirme son appréhension :

– Bouh… Lui ?… Non ? Il en tâte !… Lui aussi ?… Aïe, aïe, aïe, et même elle ?… C'est de la dynamite, votre torchon, Ancellin.

– Je sais… Si je signe des aveux, vous maintenez votre proposition ?

Une parole de Corse, on l'a déjà dit, c'est sacré :

– À la SOGEMIM, vous êtes bien minoritaire, Ancellin ?

– Oui, tout à fait.

– Vous ne libellez donc pas les chèques ?

– Non, bien entendu, c'est la responsabilité de Ruhaut.

– Bon, alors, que craignez-vous ? On va s'empresser de l'écrire, n'est-ce pas, Bernier ?

– En gros caractères, comptez sur moi… Monsieur Ancellin, qui plus est, nous a si gentiment accueillis qu'on ne peut que l'en féliciter.

Ses lèvres esquissent un demi-sourire, un entier l'épuiserait :

– Vous comprenez maintenant pourquoi il est intelligent de collaborer avec la police, Ancellin ? Vous passerez les fêtes en famille. Il est pas beau, Papa Noël ?

– Merci, commissaire.

De toute manière, ce n'est pas sa peau qu'elle veut, mais celle de Ruhaut. Elle détaille à nouveau la liste maudite, elle la montre au promoteur :

– Là : petite somme, mais nom rude à digérer. C'est du direct ou de l'indirect ?

Il se penche :

– Indirect, commissaire, je vous le garantis. Le niveau supérieur a toujours été inaccessible, ce versement représente l'amorce d'un lobby à l'étage du dessous.

– Très dangereux. Ça peut péter à la figure de celui qui est en haut, sans qu'il se sache menacé par le bas.

– Méthode Rezwiakoff.

Laquelle est bien au point…

Un peu hésitant, Max entre dans le bureau en se grattant le menton.

– Que voulez-vous, lieutenant ?

– Ben… Je suis tombé sur un drôle de truc dans les papiers de Ruhaut.

– Ce n'est que le premier, dites-moi tout.

Un peu empoté – sa fatigue lui joue des tours –, il exhibe un agenda et une feuille de papier :

– Il y a un nom qui revient souvent dans ses rendez-vous : Colette Gérard…

La main de Victoire invite Ancellin à s'exprimer, ce qu'il fait sans plus se faire prier, en rigolant jaune :

– La Colette ! Il la voit donc toujours ?

– Très souvent, même, ajoute Max.

– Qui est-ce ? insiste Victoire.

– Une diseuse de bonne aventure, une folle des poudres et sortilèges. Elle sévit dans la Dombes.

– Une sorcière, en somme ?

– Si vous voulez, commissaire. Amédée y croit dur comme fer, c'est fou le pèze qu'il laisse chez cette dingue.

Ce que confirme le lieutenant en lui montrant le papier :

– Je veux, oui… Lisez, c'est un contrat qu'ils ont signé tous les deux ; Ruhaut s'engage à lui reverser cinq pour cent d'une transaction relative à l'achat d'un château et de divers terrains si, je le cite : « son travail spirituel donne les résultats escomptés avant le 31 octobre »… Fin de citation.

Cadavérique, c'est la couleur du teint d'Ancellin :

– Quoi ?… Le fumier ! Le salaud !

– Vous découvrez leurs accords, Ancellin ?

– Bien entendu ! C'est un malade, il faut l'enfermer !

– Mais on ne demande que ça…

Les synapses de la commissaire ouvrent leurs portes, les moyens de communication sont à la disposition de son analyse…

Cinq pour cent sur des sommes considérables, il y a de quoi susciter des vocations de tueur…

Et puis, cette accumulation de délits demande à ce qu'elle fasse le point… Collusion, faux en écriture, proxénétisme et… et… et bidule-truc-machin…

Quelques heures de sommeil lui feront le plus grand bien.

***

C'est du deux cents contre un… Ou plutôt : contre une.

À gauche, dans le cimetière, une foule considérable accompagne Axel Lignon jusqu'à ce que des guignolos sans goût qualifient de « dernière demeure ».

À droite, à cent pas du champ funèbre, planquée derrière un bouleau, comme une gamine fautive, sœur Blandine aspire la fumée d'une cigarette.

Il y a entre les deux camps un contentieux nommé fou rire…

L'aversion de la religieuse pour les enterrements ne s'est pas arrangée, son robinet de la rigolade s'est ouvert dès la descente du cercueil dans le caveau. Par chance, jusqu'au trou final, elle a su se contenir, sans que l'église ne retentisse de ses ris blasphémateurs ; le curé a pu prononcer un joli discours en forme de poème en ignorant tout du danger qui menaçait sa messe :

> D'en haut, du paradis, où tu es, c'est certain,
> Cher Axel, mon ami, âme pure et sans ruse,
> Entends cet au revoir en forme de quatrain,
> Il s'impose pour toi qui taquinais la muse.

Aux notes de Mozart se sont ajoutés les vers préférés du disparu, amoureux de poésie ; les yeux gonflés de chagrin, ses proches se sont succédé à l'autel pour réciter des passages de Rutebœuf, de Malherbe, de Louise Labbé, d'Apollinaire, en balbutiant, en butant sur les césures, sans chercher les effets, mais avec une émotion intense.

Puis la procession s'est ébranlée jusqu'au cimetière proche nettoyé de ses dégradations criminelles. Là encore, sœur Blandine a résisté à ses crises incontrôlables. Ce répit lui a permis de satisfaire sa curiosité, elle a ainsi eu le loisir d'examiner le comportement des gens, inconnus et connus… Elle a vu des paysans silencieux, graves, peinés ; elle en a entendu des bavards, occupés à médire sur les autres, à évaluer le patrimoine du mort… Pour la première fois, elle a croisé Armand, un gaillard proche de la quarantaine, grand, solide, le visage buriné comme celui d'un loup de mer, rouge et plus blond qu'un Viking. Dans sa catégorie, il ne manque pas de charme… À l'arrière, elle a surpris la profonde tristesse de Solange, seule parmi la foule. Elle a remarqué de loin le chagrin de Gontrand, la réelle affliction des Delporte, suivis de près par Arlette, liquéfiée, toujours en gris. Thiercelot l'a amusée avec sa façon de marcher comme un pantin désarticulé, sans fil ni marionnettiste pour guider ses mouvements. Derrière son mouchoir, Gaëlle a fait mine de ne pas la voir… La sœur ne s'est pas gênée pour lui rappeler sa présence :

– Alors ? Vous avez contacté Amalfi ?

– Après la cérémonie, ma sœur, je vous le promets.

Koëstler et deux gendarmes fermaient le cortège…

Bref, tout allait pour le mieux, jusqu'à ce qu'elle pénètre dans le cimetière d'où il lui a fallu s'enfuir pour se réfugier derrière les arbres, honteuse, confuse, et pliée en deux…

Avec le temps, le fou rire l'abandonne, elle calme ses nerfs en tirant une ultime bouffée, panacée lamentable, mais elle n'a rien de plus efficace et surtout de moins nocif à s'enfourner dans la glotte.

Les gens sortent du cimetière, un peu perdus dans la réalité de ce monde, ils viennent d'en côtoyer un soi-disant meilleur ; encore choqués, émus et indécis, ils barrent le passage… Arlette les déborde, l'œil poché de mascara dilué dans le lacrymal de sa douleur. À force de s'éponger avec ses mouchoirs, le tableau se dégrade, elle étale de grands traits bleus sur sa sécheresse. Par malheur, cette mélasse ne réduit pas son acuité visuelle, elle repère de loin la sœur sous son arbre :

– Sœur Blandine !

Débusquée ! Que doit-elle craindre le plus : son fou rire à répétition ou les propos de l'assistante ?

– Ma sœur, ma sœur… Que faut-il faire ? Qui faut-il prier pour que ces horreurs prennent fin ? Vous qui êtes proche de Dieu, dites-le-moi.

Proche de Dieu, certes, mais à bonne distance, elle se souhaite encore du bon temps, ici-bas, avant de Le rejoindre :

– Ma chère Arlette, ne mélangez pas le temporel et le spirituel… Quoique… Quand j'y pense… Savez-vous comment on surnomme les gendarmes ?

– Non…

– Les « anges gardiens »… C'est sur leur célérité que nous devons compter pour mettre un terme à l'hécatombe. Si vous le désirez, priez sainte Geneviève, leur sainte patronne, pour qu'elle les inspire, ça ne peut pas faire de mal.

Cette indication précieuse apaise la grisâtre, accalmie nerveuse que la sœur met à profit pour lui essuyer les joues avant de l'abandonner : Gontrand sort du cimetière, abattu, elle juge plus utile d'aller lui remonter le moral. Le journaliste se met à l'écart avec Armand Lignon, sur la chaussée d'un étang qu'ils contemplent en échangeant de tristes banalités. Respectueuse de leur recueillement, la foule repart sans les déranger ; les deux hommes méditent, confinés dans leur coquille… L'irruption de la sœur les en fait sortir :

– Comment ça va, Gontrand ?

En vérité, fort bien dès qu'il la voit, sa présence lui redonne du punch :

– Comme une grosse poussière encore compacte, pas près de retourner en fine poussière (il s'efface pour lui présenter Armand) ; vous ne vous connaissez pas, je suppose ?

L'entrecôte qui lui sert de main tendue vers elle, Armand Lignon la salue d'une voix chaude et caverneuse, celle d'un type bien dans ses bottes malgré les circonstances :

– Non, bien que mes oreilles soient remplies de vos exploits, ma sœur.

– Mes exploits ? Mon hagiographe exagère toujours.

– Que nenni, dément Gontrand, visé par la remarque. Je restitue les faits dans leur contexte, libre au public de rêver sur leur contenu.

– Je ne me battrai pas avec vous sur ce plan, Gontrand, ni sur un autre. Plutôt que de me battre, si je peux vous assister en quoi que ce soit…

Armand la dévisage sans complexe, il prend le temps de lui répondre, de ce temps dont disposent à leur gré les hommes ouverts sur les autres :

– Je vais vous confier un secret que je raconte urbi et orbi, ma sœur : Jésus est le gentil compagnon de ma vie… On se parle, on s'engueule même, chaque jour que Dieu fait. Je Lui ai déjà dit que la mort de mon père ne m'attristait pas, et Il m'a cru… Je sais que papa est au Ciel, qu'il me regarde, qu'il m'entend… Quel bonheur plus grand peut espérer un chrétien que la vie éternelle ? Alors pourquoi pleurer ?

Le discours d'Armand la déboulonne, il est si inattendu dans la bouche d'un homme au physique de baroudeur qu'elle se tait, pour une fois. Lui continue de dérouler ses arguments :

– Mon père, à cette heure-ci, est heureux, pour toujours, et j'en suis content pour lui… Il ne m'a pas quitté, il est parti en reconnaissance, on se retrouvera plus tard… Telle est ma foi, ma sœur ; *Aere perennius* : plus durable que l'airain… En conclusion, je vais très bien, mais je vous remercie néanmoins de me proposer votre aide.

À l'entendre, ce serait plutôt à elle de lui en demander, Armand est si tranquille, si charismatique.

– Tu parles le latin, maintenant ? le taquine Gontrand.

– Papa m'a expédié chez les frères des écoles chrétiennes jusqu'au bac. J'ai des restes…

– Comme quoi les moines peuvent être utiles en enseignant ce que des imbéciles considèrent inutile. Ils ne se sont pas bornés à t'inoculer le virus de la religion.

– Arrête tes conneries, parrain, je t'ai déjà expliqué que mes convictions ne regardaient que moi… Je suis un type ordinaire, avec des défauts ordinaires, qui s'arrange de ses péchés avec le Ciel… C'est aussi le cas pour la mort de papa, parce que si son départ ne me gêne pas, la façon dont on l'a expédié au paradis me révolte… Je te jure que si je tiens le salaud qui l'a tué, les gendarmes ne retrouveront pas son corps, mes brochets s'en chargeront.

– Après que tu t'en seras occupé ?… Innocent plaisantin…

– Détrompe-toi, parrain : si je mets le grappin sur cet enfoiré, je lui fracasse la gueule, je lui nique les os un à un…

Des gros mots, ouf ! L'ordre des choses se rétablit, les civils reparlent comme des civils, les religieux peuvent enfin prendre la relève, sœur Blandine commençait à désespérer :

– La colère vous égare, Armand…

Et elle y va de son petit couplet, heureuse de pouvoir servir Dieu près de quelqu'un qui, l'instant d'avant, en parlait mieux qu'elle. Elle le chapitre pour la forme, avant de l'interroger sur un détail :

– Pourquoi dites-vous « parrain » à Gontrand ?

Hilare, le journaliste la rassure sur son athéisme :

– Je suis son parrain civil, ma sœur… Axel a fait baptiser mon filleul à l'église, mais par amitié, pour respecter mon rejet de Dieu, il l'a présenté aux hommes au cours d'une cérémonie laïque fort bien arrosée.

L'évocation de ce souvenir électrise Armand :

– Ça m'y fait penser : il faut que j'y aille ! J'ai fait préparer un repas pour la famille et les amis, Germaine ne va pas s'en sortir seule.

– Surtout en ces circonstances… Allez vite aider votre épouse.

– Mon épouse ? Je ne suis pas marié, ma sœur : Germaine est ma nounou…

Des gens sortent encore, les derniers, suivis par Koëstler à la queue du peloton. Le trio se joint à eux pour gagner les voitures. Solange profite de l'occasion pour s'approcher d'Armand, devant des quidams indignés par l'audace de cette créature :

– Je suis sincèrement peinée de la mort de votre père, monsieur Lignon.

Ses grands yeux s'écarquillent, il hoche sa tête de lutteur de foire :

– Depuis quand me vouvoies-tu, Solange ?

Ses sourcils se soulèvent pour indiquer qu'elle n'en sait rien :

– On est voisins, mais on ne se voit jamais. La dernière fois que je vous ai parlé, je devais avoir treize ans. J'ai grandi, vous aussi, ça met des barrières.

– Je te conseille de les abattre, elles sont ridicules.

– Bon… Si « tu » veux, je n'y vois pas d'inconvénient… J'en reviens à ton père, c'était un homme bon, l'un des rares à me causer, il va me manquer.

– Merci, Solange, c'est gentil… Ceci dit, si on n'a pas bavardé ensemble pendant quinze ans, la faute à qui ?… À ce que je sache, mon père t'a transmis ma proposition, non ?

– Peut-être… Il y a longtemps…

– Ton étang, qui ne sert à rien, il me serait utile pour empoissonner, il est juste à côté de l'un des miens… Tu serais à peine dérangée dans ta solitude chérie, l'évolage dure sept ans, sept ans sans voir personne, et rentable au bout du compte sans que tu aies à t'occuper de quoi que ce soit, je prends tout en charge… Il t'avait bien passé le message, papa ?

– Il me semble me rappeler que oui.

– Alors, de quoi te plains-tu ?… Même si ta réponse avait été « non », tu venais me la porter à la maison, elle est grande ouverte, et tu ne te plaignais pas de ce que je ne t'aie pas parlé pendant quinze ans, d'accord ?

Belles phrases, elle s'en méfie, elle les hait :

– Discuter avec une sorcière, tu serais bien le seul du canton.

– Écoute-moi bien, ma grande… (Il compte sur ses doigts :) Un : sorcière ou meneuse de revue, je m'en tape le coquillard… Deux : je cause à qui je veux et j'emmerde ceux à qui ça déplaît… Trois : en affaires, on ne doit jamais pleurnicher pour gagner un contrat. En conclusion de quoi, quand tu en auras fini avec tes foutues diableries, essaye de redescendre sur terre, viens casser une croûte à la maison, parlons d'avenir sans horoscope, ou alors boucle-la et ne te plains pas, en tout cas pas à moi.

Sur cette envolée, il l'invite ainsi que les irréductibles du dernier carré :

– Un buffet vous attend à la maison, vous êtes tous les bienvenus, on en boira un dernier à la santé de papa.

Fustigée par la philippique d'Armand, Solange marmonne dans son coin :

– Il se prend pour quoi, ce macho ?… Et comment que j'y vais, à son buffet, on va voir s'il tient la route, le bonhomme… Il ne risque pas de m'oublier…

Prophétie que la sœur capte, inquiète de la tournure des événements. Solange lui semble remontée à fond… Elle entend aussi la sonnerie d'un portable… À ses vibrations, Gontrand se palpe, se frappe, sort son téléphone en présentant mille excuses à l'assemblée, cherche le bon bouton :

– Menu, No, Rec, Play… Glup-glup, OK… Je le sens bien, celui-là…

Il appuie, la magie s'opère :

– Cheuillade, j'écoute… C'est toi, fleur de ma vie ?… Dis-moi comment ça s'est passé… Oui, au cimetière… Avec le lieutenant Koëstler… Sœur Blandine est là aussi… D'autres personnes ?… Bien sûr… Bon, d'accord…

Il se dandine, un peu gêné :

– Pardonnez-moi, Victoire veut me parler en privé.

Quelques mètres rapidement parcourus le coupent du groupe. On l'entend parfois pousser un grognement, une exclamation :

– Hein ?… Je ne le crois pas !… Lui !… Elle !… Combien ?… C'est fou !…

L'attente se prolonge, il fait les cent pas, le front plissé :

– Entendu, je le lui dis… À bientôt…

Il replie l'appareil, un soupçon contrarié :

– Mesdames, messieurs, j'ai une information urgente à transmettre au lieutenant Koëstler, si vous me le permettez, je vous l'enlève.

Le gendarme s'avance après une courbette à l'assistance.

– Ma sœur, si vous voulez bien vous joindre à nous…

Il n'aurait plus manqué qu'il l'oublie, elle se précipite vers eux à grandes enjambées. Le bouleau sous lequel elle s'était réfugiée leur convient pour s'arrêter à bonne distance de toute oreille indiscrète. Toutefois, ils se méfient, parlent bas ; Gontrand attaque tout de go après avoir griffonné quelques mots sur un carnet :

– J'éviterai de prononcer des noms, on ne sait jamais… Je vous les ai écrits sur cette feuille, évitez de les citer à haute voix.

Ils les regardent, la sœur ne comprend pas :

– C'est un peu court, jeune homme, dirait Cyrano.

– Je vais vous donner deux versions de ce que vient de m'apprendre Victoire, une brève et une longue. D'abord la brève : Ruhaut s'est enfui avant la perquisition de la SOGEMIM, probablement en Suisse, pour rejoindre Rezwiakoff. Ces crapules se sont acoquinées pour acquérir mon château et divers terrains, dont celui de Vouvéré. Très coopératif, Ancellin lui a remis une liste de gens qu'ils ont « achetés » pour appuyer un projet de soi-disant siège social, pas très propre… Voici les noms et les sommes… Lisez…

Leurs pupilles se dilatent en les découvrant :

– Nom de Dieu ! Oh ! Pardon, ma sœur.

– Le Sien ne figure pas dans cette liste, lieutenant, contrôlez-vous.

– A contrario, des demi-dieux du système en croquent… Je passe à la version longue…

Et Gontrand de raconter tout ce que Victoire lui a appris sur la CIH, sur Alexandre Tchénine, d'évoquer les clauses du contrat signé par Colette Gérard et Amédée Ruhaut.

– Tchénine ! s'exclame la sœur. Monsieur « T »… Vous vous rappelez, lieutenant ?

– Évidemment, il ne s'agit peut-être que d'une coïncidence… Ce qui me paraît prioritaire, c'est de convoquer la dénommée Gérard.

– Chut ! Pas de noms, se fâche Gontrand en montrant les gens près du cimetière.

Sœur Blandine reste physiquement présente ; pourtant, elle vogue ailleurs, son esprit triture la bouillie… Rezwiakoff a rencontré Katz, Thiercelot… Tchénine a harcelé Lignon, Solange… Martine Beaulieu a été tuée après avoir parlé de manière à peine équivoque de la SOGEMIM, partenaire de la CIH… Gaëlle a dissimulé les preuves de l'empoisonnement de Katz… Elle s'est abouchée avec Marc Rochelle pour qu'il lui fabrique un filtre d'amour… Et Ruhaut avec Colette Gérard pour qu'elle lui concocte des envoûtements… Le tout sur fond politique et financier… Le pouvoir se mêle à l'argent… Et celui-ci va être rationné chez les Delporte, Maurice va en manquer, il va probablement quitter sa femme et la course à la députation, il n'aura bientôt plus rien à perdre… Où est le fil conducteur dans ce pataquès ?…

– Un signe, mon Dieu, un tout minuscule-riquiqui-pas-grand… Envoyez-le-moi.

Elle cherche, cherche… Sur l'étang, un couple de canards se dispute, pas vraiment content… Un troisième a l'audace de se mêler à la querelle… Du coup, le mâle fait face à l'intrus, qu'il chasse à grands cris… La sœur observe leur manège, d'abord indifférente… Puis elle se concentre sur leur démêlé, laisse son cerveau ouvert, entend sa petite musique, se laisse emporter par sa mélodie, murmure pour elle-même :

– Pourquoi ne l'ai-je pas compris plus tôt ?… Merci, mon Dieu, merci…

À la stupeur de ses compagnons, elle exulte presque :

– Les canards !

– Plaît-il, ma sœur ? s'inquiète Gontrand.

Excitée, elle ignore son ami journaliste pour s'adresser à Koëstler :

– Si vous m'en croyez, lieutenant, ce soir cette affaire sera terminée.

– Hein ? Quoi ?

– On dit : « comment », lieutenant… Et ça, je vais vous l'expliquer… Quant à vous, Gontrand, vous prendrez contact avec Victoire pour l'informer…

Ils se regardent, plus babas que des ronds de flan.

Que viennent fabriquer les canards dans cette histoire ?

***

Le reste de la journée voit une sœur Blandine pendue au téléphone. Le forfait de Gontrand en prend une sacrée baffe, mais il s'en fiche : si elle a raison, il tient un des plus beaux articles de sa vie… Et son intuition lui dit qu'elle ne se trompe pas… Celle de mère Adrienne aussi, sa bénédiction accompagne l'autorisation qu'elle lui délivre pour aller jusqu'au bout de son enquête :

– Mais faites attention à vous, n'oubliez pas de prier… Et de tout me raconter !

C'est ainsi qu'elle tisse sa toile, retranchée dans le château du journaliste, reconverti en QG… Elle joint tout d'abord

Véronique, avec laquelle la conversation se prolonge, longtemps, très longtemps :

– Bien, ma sœur, comptez sur moi…

Puis ses doigts pianotent le numéro de Maurice, qui la quitte sur ces mots :

– Ah ! Il fallait s'y attendre…

Gaëlle reste sans voix avant de conclure :

– Ce n'est pas possible ?…

Léonie en manque de s'étouffer :

– Ben, heureusement que Monsieur n'est plus là pour voir ce désastre !

La grise Arlette est à deux doigts de s'évanouir au bout du fil :

– Nous faire ça ! Non, non, c'est impossible… Inadmissible…

Quant à Thiercelot, il s'étrangle de rire :

– Tous dans le même sac… La Dombes va en crever… Je me marre…

Solange, elle, joue l'indifférence :

– Franchement, je m'en bats l'œil, ce ne sont pas mes oignons.

Même Armand figure sur sa liste, mais il a l'air de s'en ficher tout autant :

– C'est bien dommage… Comme on dit : c'est la vie…

Koëstler, en revanche, prend l'initiative de la rappeler :

– Mission accomplie, ma sœur.

– Vous avez pu les voir ?

– Oui, les gens de la SAB sont charmants… Ils m'ont confié le dossier sans discuter : vous aviez raison. Pourquoi n'y a-t-on pas songé avant ?

– Dans une affaire tortueuse, on ne pense pas à tout, lieutenant.

– Ce ne sera pas le cas ce soir, ma sœur, tout est au point.

De son côté, Gontrand reste en liaison avec Victoire, ses coups de fil à répétition le mettent en joie, il les résume en fin de journée :

– Terminé, ma sœur… Victoire croise les doigts, elle espère que vous ne vous mettez pas le vôtre dans l'œil.

– Le doute plane toujours, mais que risque-t-on à essayer ?… Si je me suis plantée, j'irai présenter des excuses à tout ce monde, un peu de honte est vite passé… Alors, où en est Victoire ?

Il prend ses notes pour les lire :

– Elle a fait passer le message dans le Landerneau des truands, ces messieurs vont à coup sûr contacter les Rezwiakoff, Tchénine, Ruhaut et consorts… Par ailleurs, elle a secoué Colette Gérard et Marc Rochelle, ses collaborateurs sont passés chez eux pour leur annoncer la nouvelle… On n'a plus qu'à attendre…

La nuit tombe sur la Dombes, des phares de voitures balayent le chemin du château, Gontrand se frotte les mains :

– Les voilà ! En place pour le trois ! Tous en scène !

Les véhicules s'arrêtent devant le perron, Koëstler en descend, froid, concentré à bloc, au contraire du maître des lieux, de fort plaisante humeur :

– La chasse aux sorcières est ouverte, lieutenant !

– Souhaitons qu'on n'en revienne pas bredouilles… Vous êtes prêts ?

– Parée pour le final, lance la sœur pour le détendre.

– À la condition que tous les moyens mis en œuvre justifient une fin, ma sœur… Mais depuis ma visite à la SAB, je crois que vous n'avez pas tort.

– Alors cessons de nous interroger, lieutenant, en route !

C'est vrai qu'au point où ils en sont, ils verront vite le résultat… Sœur Blandine et Gontrand montent avec Koëstler, les voitures des gendarmes démarrent ; elles s'enfoncent dans la nuit, quittent le château, virent sur les petites routes de la Dombes.

– J'ai une question à vous poser, ma sœur.

– Je vous en prie, lieutenant.

– Les canards… Qu'avez-vous vu dans ces canards ?

– La solution, lieutenant… Je vous l'expliquerai quand tout sera terminé.

Pour cela, il lui faudra patienter encore quelques heures, si du moins sa théorie est exacte… Il ne sait plus, il oscille, une fois oui, une fois non… Et puis zut ! après tout, le dispositif est en place, il ne peut plus reculer.

Le trajet est de courte durée, ils freinent aux abords d'une haie où une voiture les attend. Victoire en descend, accompagnée de Bernier. Aussitôt, Gontrand s'avance pour l'embrasser ; il sacrifie aux présentations :

– Victoire, je te présente sœur Blandine ; sœur Blandine, je vous présente la commissaire Victoire Amalfi…

Les deux femmes ont du mal à s'apprécier dans la pénombre, mais il semble que le portrait que Gontrand leur a fait l'une de l'autre est exact :

– Ravie de vous voir, commissaire.

– Moi de même, ma sœur et ex-collègue.

Une poignée de main scelle leur première rencontre, longue, amicale… Victoire se sent libérée d'un poids, elle redoutait la confrontation, et de découvrir cette sœur en bonne sœur, ça apaise toutes ses craintes…

– Bonsoir, commissaire, mes hommes sont en place.

– Parfait, lieutenant, on va s'y coller aussi…

– Véronique Delporte a ouvert les rideaux en grand, on suit tous ses mouvements, d'autant mieux que la maison est bordée de baies vitrées.

Il lui montre la demeure, en briques rouges, éclairée à une centaine de mètres.

– Oui, excellent… On planque les voitures ?

– Tout de suite… Messieurs, je ne veux plus voir un véhicule. Exécution !

– Bernier, garez-moi ce tas de boue…

En quelques manœuvres, les voitures disparaissent par enchantement. Tous se regroupent pour avancer en silence vers la propriété des Delporte. Ils poussent la grille, se dispersent, se cachent. Koëstler murmure :

– J'ai déjà des gars en place dans le jardin, on ne les voit pas.

– Et à l'intérieur ? s'inquiète Victoire.

– Il y en a trois, on fonctionne par radio, ils ont des oreillettes.

Une dernière fois, le lieutenant s'adresse à tous :

– Ça risque d'être long, prenez votre mal en patience, mais surtout, plus un mot, plus un bruit…

Et c'est vrai que ça dure…

Assis sur l'herbe, Gontrand commence à souffrir du coccyx, sœur Blandine ne sait comment chasser les damnées fourmis qu'elle a dans les jambes, Victoire soupire, Koëstler bâille, Bernier mange les peaux mortes de ses doigts… Leurs regards ne quittent pas la maison… Véronique ne cesse de bouger, elle évolue d'un fauteuil à l'autre, d'un canapé à une chaise… Elle lit, pose une revue pour en prendre une autre… Vérifie l'alignement de valises coincées dans l'entrée…

– Elle y a pensé, chuchote Victoire à l'oreille de Koëstler.

– Autant bien faire les choses.

Voilà bientôt deux heures qu'ils se gèlent sur le gazon, au milieu des plantes et des rosiers. Ils se tournent, se frottent les membres, s'adressent des signes désespérés. La sœur regarde sa montre : presque dix heures… Elle commence à douter, non pas de son raisonnement, mais de son plan. Une prière l'aide à surmonter ses appréhensions. Une voiture passe sans s'arrêter, puis une autre. Toujours rien… Un nouveau bruit de moteur… Non, le véhicule poursuit sa route… Mais pas très loin… Il s'arrête…

Koëstler se redresse, il écoute le message dans son oreillette :

– Affirmatif… (Il commande à tous :) Prêts ?… On se tait…

Il se redresse à demi, fait un geste avec ses bras pour obtenir un silence complet, ça commençait à se relâcher dans les fourrés…

– C'est bon ? l'interroge doucement Victoire.
– Oui, je crois qu'on l'accroche.

Leurs yeux se fixent sur la grille d'entrée… Viendra, viendra pas…

Il vient, enfin !… Et à sa manière de se déplacer, il n'y a aucune équivoque sur les intentions du visiteur : il longe les murs, marche sur la pointe des pieds en prenant garde de ne pas faire crisser le gravier…

Véronique range une pile de livres… L'ombre la regarde… Puis elle se déplace lentement jusqu'à la porte de la maison… Là, les témoins tapis aux alentours la voient lever un objet… Elle prend son temps, certainement pour se concentrer avant de bondir à l'intérieur, par surprise… Koëstler suit ses gestes, il se met à sa place, anticipe l'action, murmure dans son micro :

– Attention… À « go », on saute…

L'ombre doit respirer une dernière fois avant d'agir… Ça y est, elle ouvre, bondit comme une furie en brandissant son poignard…

– Go !

C'est la ruée, les gendarmes sortent de tous les coins, de toutes les portes. Trois d'entre eux, en planque à l'intérieur, se jettent sur l'ombre avant qu'elle n'ait le temps de frapper Véronique… Des cris, des ordres fusent…

Une prière part au Ciel, celle de sœur Blandine.

***

Le temps est magnifique, un reste d'été indien, les enfants en profitent. Leurs petites jambes courent depuis des heures sur l'herbe, après un ballon, après un oiseau, après des rêves.

– Un peu de calme, les p'tits choux, vous nous donnez le tournis !

– Laissez-les, madame Koëstler, ils ne font rien de mal.

– Tout de même, monsieur Lignon, ils vont finir par tout vous abîmer.

– Mais non… Ils sont à la campagne, qu'ils en profitent…

Derrière Armand, tout sourire, le lieutenant observe les ébats de sa progéniture. C'est beau, une famille, se dit Victoire en serrant le bras de Gontrand, ah ! si elle avait su… Sœur Blandine ne se pose pas la question, tous les enfants sont les siens, sa famille est immense. L'air triste de Solange en dit long sur ses doutes : en aura-t-elle une un jour ?

– Quel temps magnifique ! s'extasie Armand… Je vous propose de boire le café dehors, il fait chaud comme tout.

Proposition saluée dans l'enthousiasme, surtout par le lieutenant :

– Le café ! Enfin sœur Blandine va me raconter son histoire de canards, elle me l'a promise pour la fin du repas, je ne sais pas pourquoi.

– Parce que café plus sucre égale canard, lieutenant.

– Mmm !… Subtil humour de couvent…

Ils rient, ils sont détendus… Il y a deux semaines que l'opération commando chez Véronique Delporte a mis un terme au cauchemar. L'enquête est terminée, l'heure des rapports a sonné, longs et fastidieux, mais moins stressante que celle de la dernière attente où ils ont cru échouer.

Armand a tenu à les remercier en invitant les héros de l'affaire « des sorciers de la Dombes ». Le repas que Germaine a préparé restera gravé dans leur mémoire, il leur a fallu du temps pour en venir à bout, de même que des bouteilles, choisies avec soin. Ils s'installent autour d'une grande table de jardin, les petits Koëstler vont et viennent jusqu'à un étang tout proche, la maison ressemble à celle de Solange, avec un terrain immense, où ils peuvent faire les diables…

– Le café est servi, ma sœur, il est temps de respecter votre parole.

– Je vais y venir, lieutenant…

Armand s'interpose :

– Si je puis me permettre, j'aimerais qu'avant d'en arriver à votre histoire de canards, vous m'expliquiez tout, parce que moi, je n'y comprends rien.

– La sœur est la reine de la synthèse, renchérit Gontrand, c'est une excellente idée… S'il vous plaît, ma sœur, résumez-nous le dossier…

Elle se fait un peu prier pour la forme et cède au plaisir de la révélation.

– Quitte à vous surprendre, je dirai que tout est parti d'une réalité géo-économique indéniable, à savoir que la région constitue une plaque tournante commerciale de premier plan. Certes, cette force est connue des entreprises, mais aussi des truands, lesquels ne manquent pas de culture ; aujourd'hui, on croise dans leurs rangs de brillants diplômés… C'est ainsi que ceux de la CIH ont jeté leur dévolu sur les alentours lyonnais. Bien entendu, cette société est parfaitement bidon, ses actionnaires constituent un ramassis d'anciens du KGB, de maffieux russes et albanais, désireux de blanchir leur argent en France et d'y trouver une base pour leurs différents trafics.

– Ce n'est pas nouveau, soupire Victoire. Drogue, prostitution, racket, vente d'armes, ils jouent sur tous les tableaux. Les infrastructures rhônalpines leur offrent de nombreux débouchés.

Elle se tait aussitôt, confuse, pour redonner la parole à la sœur.

– Rezwiakoff connaissait bien Ruhaut, qu'il avait engagé pour contrôler ses filles sur les pavés de Lyon. Aussi, quand il s'est agi de dénicher un endroit discret pour servir de base régionale – voire nationale – aux activités de la CIH, il s'est tout naturellement tourné vers ce dernier… L'immobilier n'était-il pas son métier, après tout ?

Elle lampe une gorgée de café, reprend le cours de son histoire.

– « Discrétion » est le mot majeur de cette affaire… La Dombes, pourtant proche de Lyon, offre toutes les garanties de quiétude. C'est ainsi que les promoteurs de la SOGEMIM, dûment mandatés par la CIH, ont prospecté le coin. Très vite, ils ont compris le parti qu'ils pouvaient tirer du château de

Gontrand et de ses terrains environnants : calme, retrait, opacité…

– Que l'on roue ces gueux ! s'enflamme le comte de Chailleux.

Victoire lui plaque sa main sur la bouche, tandis que la sœur relance :

– Leur seul problème était de pouvoir obtenir des autorisations pour construire, entre autres, leur héliport… Le transport par hélicoptère est un élément vital de leurs activités, ou d'urgence en cas de repli… C'est ainsi qu'ils ont d'abord approché Clément Katz, qui les a envoyés promener… De cette expérience ils ont subodoré que le gendre ne les recevrait pas mieux, c'est pourquoi ils ont fichu la paix à Maurice Delporte… En revanche, ils ont été surpris de l'abord agréable d'Arlette Henrioux, grise assistante de ces élus, qu'ils avaient charmée au passage en lui accordant de l'importance… Voilà pourquoi ils ont exploité ce contact chaleureux… Jetés dehors par Katz, ils se sont donc rendus à la mairie pour prier Arlette de leur livrer les noms des propriétaires qui les intéressaient… Flattée d'être considérée par des hommes d'affaires puissants, cette imbécile leur a donné ceux de Gontrand, de Solange et, hélas, celui de votre père, Armand.

La pomme d'Adam du Viking roule dans sa gorge de taureau, il boit une goutte de gnôle pour dissimuler trente-six vilains trucs qui lui traversent la tête.

– Les voici à pied d'œuvre… Tout irait bien si un détail ne les gênait pas dans cette liste, ou pour être exacte, si Ruhaut ne craignait pas Solange… L'homme croit à la sorcellerie, aux astres, aux pouvoirs des esprits, il ne tient pas à la rencontrer lui-même et s'empresse de prier Tchénine de le faire à sa place, par téléphone… Nous connaissons la suite, les pressions qu'il a exercées sur elle… Et c'est bien Tchénine qui a tué votre chat, Solange…

– L'ordure…

Une larme embue les yeux bleus de la jeune femme.

– Ruhaut se charge des autres… Arlette lui a appris qu'Axel Lignon assumait la fonction amicale de régisseur du château. Il fait donc d'une pierre deux coups en proposant à Vouvéré de lui acheter son étang et d'intercéder auprès de Gontrand pour le convaincre de vendre son domaine… Refus d'Axel… Nouvel appel de Ruhaut à la CIH, Tchénine entre en scène, il menace papa Lignon à son tour. Toutefois, Axel retient un détail capital au cours des conversations qu'il a avec les promoteurs, il devine que c'est Arlette qui les a renseignés : « quelqu'un de la mairie », écrit-il en substance dans la lettre qu'il adresse à Gontrand… Il va donc la voir pour lui parler du pays…

Son café commence à refroidir, elle l'avale d'un trait…

– Voilà pour le premier volet… Examinons maintenant le meurtre de Clément Katz… Sur son lit de mort, le vieil homme annonce à sa fille les clauses de son testament… Il lui fait également part de son intention de ne pas désigner Maurice comme son dauphin politique, décision qui met la carrière de son gendre en péril si elle vient à se savoir publiquement… Pour l'instant, seule sa garde rapprochée est mise au courant, Arlette l'apprend, Gaëlle l'entend… Elle est la maîtresse de Maurice, relation extraconjugale que Véronique connaît depuis longtemps : elle a fini par me l'avouer quand il a fallu crever l'abcès…

Mme Koëstler a du mal à suivre la logique des deux affaires :

– Mais quels sont les rapports fondamentaux entre ces meurtres, ma sœur ?

– La folie d'une femme, Christine, la conclusion tragique d'une ambition refoulée, d'une vie passée à attendre Godot.

Silence… Armand interroge Victoire :

– Où est-elle, aujourd'hui ?

– Chez les foldingues, il n'y aura certainement jamais de procès.

Au Moyen Âge on les brûlait, mais puisque ce siècle a décidé de soigner ses fous, Gontrand se range à ses vues ; il invite la sœur à continuer…

– Mais la folie existe-t-elle ? Sujet sans réponse… Celle de notre coupable se traduit par une obsession, un mal qui la rongeait pire que le cancer de Clément Katz : devenir « quelqu'un » en politique ! Achever son existence dans la considération générale !… Dans les honneurs !… Elle a consacré toute sa vie au service du député, elle a dirigé bénévolement sa permanence, sans jamais recevoir de remerciements… Pire : les autres ont accédé à des postes à responsabilités pendant qu'elle restait sur la touche… Alors, le jour où Arlette la grise devient l'assistante de Delporte, elle se dit que son jour de gloire est enfin arrivé : elle voit ses mérites reconnus, après des siècles passés dans l'ombre, obscure secrétaire de la SAB, Société agroalimentaire bressane, où elle s'est ennuyée à mourir en rêvant de monter à Paris, à l'Assemblée nationale, en qualité d'attachée parlementaire, couronnement de son existence… Elle a tout sacrifié pour cela…

Elle accepte la deuxième tasse de café qu'Armand lui propose…

– Aussi, quelle n'est pas sa colère quand elle apprend la décision de Katz ! Renier son gendre, c'est lui faire perdre les élections, et s'il les perd, son beau rêve ne se réalisera jamais, son âge ne lui permettra pas d'espérer une seconde chance… Folle furieuse, elle passe à l'acte…

– Mais d'où tient-elle ses connaissances médicales ? l'interrompt Solange.

Le lieutenant prend les commandes :

– Son cursus nous l'a appris ; sur le conseil de sœur Blandine, je me suis rendu chez ses anciens employeurs, la SAB, où j'ai lu son dossier. Dans sa jeunesse, Arlette Henrioux a abandonné des études d'infirmière pour des questions de famille et d'argent… Elle a ensuite passé un CAP de sténodactylo, très prisé à l'époque, pour démarrer dans la vie professionnelle comme visiteuse médicale… Cinq ans après, fatiguée de sillonner les routes, elle s'est reconvertie dans le secrétariat.

Début d'éclairage que la sœur complète :

– Au préalable, dans la société pharmaceutique qui l'a employée, elle a pu acquérir un formidable bagage médical et chimique… Auquel nous ajouterons ses notions d'infirmière.

– Elle tient donc la route en anatomie et en pharmacologie ?

– Oui, Armand, et elle sait orienter ses pas dans cet univers.

La sœur met de côté un sucre :

– Pour le canard : je le réserve… Bon ! je ferme la parenthèse… Arlette a donc décidé de supprimer Katz avant qu'il ne parle en public… Sa disparition a laissé planer le doute, d'aucuns ont cru qu'il n'avait pas eu le temps de désigner Maurice comme son successeur spirituel ; en cela, son coup a réussi… Par ailleurs, Gaëlle, affolée, s'est empressée de dissimuler les preuves de l'empoisonnement… Le crime a bien failli échapper à la justice.

– Et si elle ne les avait pas cachées ? s'interroge Armand.

– Risque calculé de la part d'Arlette. Maurice aurait-il dénoncé le crime ? J'en doute, d'autant qu'il a dû le flairer. Probable qu'il a cru sa femme coupable… Il s'est tu.

Ce qu'ils font tous également en méditant sur ces suppositions.

– Revenons sur les étangs de la Dombes… Arlette a éliminé le député en glissant le flacon mortel dans sa pharmacie, obstacle sérieux sur la route de ses ambitions, soit, mais pourquoi s'en prend-elle à Axel Lignon ?… Parce qu'elle le tue, lui aussi, avec un acharnement hors du commun… Je vais vous répondre : Ruhaut, suivi malgré lui d'Ancellin, lui remet cinquante mille francs, vous traduirez en euros, moi, je ne m'y fais pas. C'est une petite somme par rapport à ce qu'ils ont l'habitude de puiser dans les fonds de la CIH… Il est évident qu'ils présentent leur geste comme un don pour la future campagne de Delporte, qui ne sait rien de ces transactions… Bien entendu, Arlette leur donne son appui en échange, convaincue qu'elle a affaire à des sympathisants de la cause de son chirurgien de patron… C'est ce que flaire Axel Lignon quand il va lui demander des comptes, ce qu'elle comprend tout de suite… Un ennemi de plus à supprimer ! Elle le guette donc un samedi soir, près de ses étangs, il aime à s'y promener en récitant des vers, et elle le poignarde dans le dos, par surprise.

– Mais pourquoi cette mise en scène grotesque autour de sa mort, et à quoi correspond le saccage du cimetière ? l'interpelle Solange.

– Pour orienter l'enquête vers vous, sorcière patentée et voisine de Vouvéré.

– C'est vrai qu'elle a essayé de diriger notre enquête dans ce sens, reconnaît le lieutenant, mais la conversation que j'ai eue avec sœur Blandine m'a dissuadé de vous soupçonner… Enfin, presque.

D'une révérence, la sœur le remercie de sa reconnaissance…

– Le problème, c'est que son scénario diabolique ne tenait pas la route…

– Et pour Martine Beaulieu ?

– De même, Christine, si ce n'est qu'elle a voulu en faire trop… Le meurtre de Martine s'explique pour deux raisons ; la première est que notre banquière avait eu accès aux comptes de la SOGEMIM qu'elle connaissait bien, elle les avait eus comme clients lorsqu'elle était en poste à Lyon… Ruhaut avait prévenu Arlette de s'en méfier… Elle a naturellement pris peur quand elle a entendu Martine parler d'eux le soir de la réunion municipale, il n'y a pas eu la moindre faille dans son esprit : Beaulieu allait tout déballer, briser l'édifice qu'elle avait construit dans le sang… Alors elle en a versé un peu plus, exit Martine…

Reste à savoir le meilleur, ce que Christine réclame :

– Que lui avez-vous raconté, au téléphone, à elle et à tous les suspects ? En raison de quoi s'est-elle rendue chez Véronique Delporte pour la poignarder ?

Tous rigolent autour de Mme Koëstler, seule à ne pas avoir reçu son message. La sœur réclame leur attention :

– Soyez gentils, j'en termine… Quand j'ai lu la liste des heureux bénéficiaires des largesses de la SOGEMIM, j'ai vu le nom d'Arlette Henrioux… Gros choc, étonnement de ma part… Ceci dit, Ancellin avait précisé à Victoire qu'il n'avait arrosé que l'échelon du bas, autrement exprimé : Delporte était pur comme un agneau dans ces combines… Et là, trois canards apparaissent…

– Ah !…

C'est un cri du cœur général, Koëstler applaudit à tout rompre…

– Imaginez la scène : sous mes yeux, Mme et M. Canard se disputent, querelle de couple… Survient une femelle étrangère, qui morigène la rebelle… M. Canard la chasse… Du large ! elle n'a pas à se mêler de leurs affaires… C'est étrange, mais cette bagarre m'a rappelé celle à laquelle j'ai assisté à la réunion municipale, quand Maurice a réclamé des comptes à Arlette et que Véronique est intervenue… La violence avec laquelle la vieille assistante a répondu à l'épouse de son patron m'a sidérée : « Vous, fille de député, femme de futur député ! », sans oublier ses déclarations précédentes : « Je suis votre alliée, ensemble, nous irons à l'Assemblée »… ajoutées à l'épisode de l'argent qu'elle avait dépensé pour la décoration stupide de la salle des fêtes m'ont, comme on dit, interpellée… Ces détails ont activé mon exercice de mémoire. Et je me suis souvenue que Maurice appelait sa femme « mon canard »… Il m'a semblé évident, tout à coup, qu'Arlette roulait pour son propre compte, que ses ambitions se dévoilaient… Et puis elle connaissait Ruhaut – elle nous l'avait dit –, avait accès à la chambre de M. Katz, fréquentait les victimes… et, enfin, elle avait encaissé un petit magot sans en parler à quiconque, surtout pas à Delporte, signe évident de son goût pour la dissimulation… Elle m'est ainsi apparue comme la canarde sournoise qui se mêlait de tout…

– Braves volatiles, soupire Koëstler.

– C'est ainsi que j'ai proposé un plan tout simple pour la coincer en flagrant délit. J'ai téléphoné à Véronique pour tout lui raconter et lui demander son concours quelque peu délicat… Il s'est agi de lui faire accepter de répandre le bruit qu'elle quittait, le soir même, le domicile conjugal. Par prudence – pour ne mettre aucun suspect de côté –, outre Arlette, nous avons répété ce gros mensonge à plein de gens.

Tout paraît clair maintenant à Christine :

– Oui ! De telle sorte qu'Arlette en est devenue folle de rage et d'inquiétude…

– Exactement… Le départ de Véronique détruisait à jamais ses projets, quel scandale ! Pour renverser la situation, faire de Véronique une martyre et de Maurice un veuf inconsolable, elle n'avait pas d'autre choix que d'aller la poignarder.

– Mais nous étions à la réception, ma chérie, conclut le lieutenant.

Et là, en ayant terminé, sœur Blandine peut enfin déguster son canard.

Les enfants crient, se roulent dans l'herbe, sales comme des catis.

– Alors, où en est-on maintenant au niveau local ? relance Armand.

– La morale de cette sanglante fable, mon cher filleul, va paraître dans mon article de demain.

– Qui dit quoi, parrain ? Donne-nous-en la primeur.

– Si le combat a cessé faute de combattants, écrit le poète, la campagne électorale continue sans candidats : Thiercelot s'est officiellement retiré, quelque peu inquiété par la Brigade financière, de même que Delporte, éclaboussé par les meurtres de son assistante.

– Et lui, où en est-il, dans sa vie privée ?

– Ça le regarde. Arrivera ce qui arrivera…

Sœur Blandine, dans son for, prie pour une fin heureuse…

– Et nos maffieux, demande-t-elle à Victoire, vous pensez pouvoir les coincer ?

– Ruhaut, c'est certain : on a demandé son extradition, nous allons l'obtenir. Quant aux deux Russes, ma sœur, on ne les tient pas encore, d'autant que leur immunité les protège… Quoi qu'il en soit, nous avons la certitude d'avoir démantelé le réseau Rezwiakoff, les arrestations se succèdent à un rythme d'enfer, si je puis me permettre…

Sur ces propos, le rideau tombe, la pièce s'achève. Armand décide de fêter le succès avec un verre de cerdon, proposition acceptée à l'unanimité :

– À papa qui nous regarde !… Qu'il repose maintenant en paix.

Après ce premier toast, suivent ceux qu'ils portent à la mémoire des disparus, de la réussite, de l'amitié, de l'avenir. Sujet sur lequel Armand rebondit en apostrophant Solange :

– Ça tombe fort à propos ; alors, t'es-tu décidée, que penses-tu de mon offre ?

– M'ouais, faut voir, hésite-t-elle.

– Comment, faut voir ? Mais c'est tout vu ! Tu as des yeux, tu vois mon étang, tu vois le tien, où est le problème ?

Elle bombe sa poitrine, se masse le dos, grimace :

– Ça va trop vite, j'ai besoin de réfléchir.

L'alcool met les nerfs d'Armand un peu à vif :

– Purée ! Ça c'est bien les bonnes femmes, ça traîne, ça prend son temps !

– Oh ! Si t'es pas content, tu sais où tu peux te les mettre, tes évolages ?

À l'évidence, il n'aime pas qu'on lui parle ainsi :

– Tu sais que tu as de la chance d'être une bonne femme, je te répondrais bien quelque chose de pas très joli.

Solange rigole, le défie :

– Vas-y, je ne suis pas une bonne femme, je suis une sorcière.

– Ah, non ! Je te le répète : pas à moi ! Ça ne m'impressionne pas, tes poudres de turlututu ! Tu as certainement un don, ce sont des choses qui existent, mais en dehors, tu restes une bonne femme !

– Tiens donc ! Tu n'as pas peur ? Mes pouvoirs ne te font pas trembler ?

Armand a un petit sourire charmeur :

– Carrossée comme tu l'es, ma belle, l'effet que tu me fais, c'est pas de la peur.

Les joues de Solange en rougissent :

– Crétin, va, macho !

– Stupide, rétrograde !

– Imbécile ! Et j'en ai d'autres à te servir, t'auras pas le dernier mot avec moi !

– Ça serait bien la première fois, surtout avec une nénette !

– Je ne suis pas une nénette, je te l'ai dit : je suis une sorcière !

– Sorcière, mes fesses, oui ! Change de disque, dis-moi si on s'associe ?

– Parle-moi d'abord sur un autre ton !

– Si je veux !

Lentement, très lentement, le rire vient envelopper leur prise de bec, les insultes deviennent un jeu.

Les convives sont sortis de table pour les laisser s'expliquer, sœur Blandine se penche vers Gontrand :

– Ils s'engueulent trop, j'ai dans l'idée que ça se terminera par un mariage.

Le visage de Gontrand s'épanouit :

– Vous savez, ma sœur, j'ai un cœur de midinette : j'adore les histoires qui finissent bien…

La Dombes resplendit autour d'eux…

C'est pas sorcier, le bonheur…

CET OUVRAGE
A ÉTÉ ACHEVÉ D'IMPRIMER
SUR ROTO-PAGE
PAR L'IMPRIMERIE FLOCH
À MAYENNE EN MAI 2004

N° d'éd. 116. N° d'impr. 60163.
D.L. mai 2001.
(Imprimé en France)